dtv

Frankfurt 1953: Zu ihrer eigenen Verwunderung haben die Teilacher, die jüdischen Handelsvertreter, sich eingerichtet im Nachkriegsdeutschland. Acht Jahre nach dem Krieg beginnen die Wunden zu vernarben. Es gibt die Bundesrepublik Deutschland, einen volkstümlichen Präsidenten und einen scharfkantigen Kanzler. Die Teilacher ziehen weiter mit ihren Wäschepaketen von Tür zu Tür. David Bermann, das Verkaufsgenie, genießt mit seiner alten Liebe Baby und ihren zwei Söhnen die Früchte hart erarbeiteten Wohlstands. Robert Fränkel, die Berliner Stimmungskanone, hat geheiratet, ist Vater einer Tochter und besitzt einen Teppichladen. Der 14-jährige Alfred hilft bei ihm aus und ist froh über sein erstes selbst verdientes Geld. Außerdem ist er heimlich in Juliette verliebt. Das Leben zeigt sich von überraschend sonniger Seite. Allerdings halten sich hartnäckig Gerüchte, dass Fränkel mit den Nazis kollaboriert habe. Schließlich wird er sogar von einem CIA-Beamten vorgeladen, dem er erklären soll, warum sein Name wiederholt in Akten der SS auftaucht. Dabei hat Fränkel im Lager doch nur Witze erzählt. Witze, die so gut waren, dass er einige davon Hitler beibringen sollte. Und damit fangen die Machloikes an …

Michel Bergmann, 1945 als Kind jüdischer Eltern in einem Internierungslager in der Schweiz geboren, zog nach einigen Jahren in Paris mit den Eltern nach Frankfurt am Main. Bergmann absolvierte eine Ausbildung bei der ›Frankfurter Rundschau‹ und wurde freier Journalist. Er entdeckte seine Liebe zum Film und arbeitete u. a. als Autor, Regisseur und Produzent. Seit über 15 Jahren schreibt er Drehbücher für Film und Fernsehen. ›Machloikes‹ folgt auf den Roman ›Die Teilacher‹, der große Resonanz fand und verfilmt wird.

Michel Bergmann

Machloikes

Roman

dtv

Von Michel Bergmann
sind bei dtv außerdem erschienen:
Die Teilacher (14030)
Herr Klee und Herr Feld (14359)
Alles was war (14457)

Ausführliche Informationen über
unsere Autoren und Bücher
www.dtv.de

MIX
Papier aus verantwortungsvollen Quellen
FSC® C019821
FSC www.fsc.org

4. Auflage 2016
2013 dtv Verlagsgesellschaft mbH & Co. KG, München

Umschlagkonzept: Balk & Brumshagen
Umschlagfoto: gettyimages/Harry Kerr
Druck und Bindung: Druckerei C.H.Beck, Nördlingen
Gedruckt auf säurefreiem, chlorfrei gebleichtem Papier
Printed in Germany · ISBN 978-3-423-14214-4

Für meine Schwester Ruth Jody

Prolog

Die wilden Jahre waren vorbei und langsam begannen die Wunden zu vernarben. Es gab die Bundesrepublik Deutschland, einen volkstümlichen Bundespräsidenten und einen scharfkantigen Kanzler. Und es gab die Teilacher, die jüdischen Handelsvertreter, die von Tür zu Tür zogen, um den Deutschen Wäschepakete zu verkaufen. Es war für die Juden aus Osteuropa und für die wenigen zurückgekehrten jüdischen Frankfurter keine Frage, dass sie nur kurzzeitig im Land der Täter bleiben wollten. Ein wenig Geld machen, dann ab nach Israel oder in die USA, nach Kanada oder Australien, in die gelobten Länder, die alle das große Glück verhießen. Vor allem sollten es ihre Kinder einmal besser haben. Deshalb war die Bundesrepublik für die Juden lediglich ein Transitland. Aber es kam anders.

David Bermann, der König der Teilacher, kehrte aus Algerien in seine Heimatstadt Frankfurt zurück und blieb. Er wurde Mitarbeiter des polnischen Juden Max Holzmann, der ebenfalls blieb und sich in die blonde, deutsche Else verliebte und sie 1949 heiratete. Und das, obwohl er in Auschwitz Frau und Tochter verloren hatte. Emil Verständig kehrte mit seiner Frau aus Schanghai zurück und blieb ebenfalls. Auch Jossel Fajnbrot, der von Oskar Schindler gerettet wurde, blieb. Moische Krautberg blieb ebenso und erhängte sich, weil er Treblinka nicht aus dem Kopf bekam. Jankel Lubliner kam mit siebzehn aus dem KZ und blieb und machte eine Karriere als Unterweltboss. Barbara »Baby« Kleefeld, David Bermanns heimliche Vorkriegsgeliebte, kam Anfang der Fünfziger mit ihren zwei Söhnen Moritz und Alfred aus den USA zurück. Und blieb. Sie und David wurden wieder ein Paar, und die Jungens nannten ihn »Onkel«. Und Robert Fränkel, die Berliner Stimmungskanone, blieb ebenfalls, heiratete und machte sich selbstständig. Und damit fingen die Machloikes an …

1.

Glaub mir, er wird kriegen machloikes!

Ach was! Du übertreibst, meinte David.

Ich übertreibe? Wo übertreib ich?

Fajnbrot schaute Hilfe suchend zu Verständig.

Was sind machloikes?, fragte Alfred und sah von seinem »Illustrierten Klassiker« auf. Der Fünfzehnjährige liebte diese Comicheftchen. Es war der beste Weg, die klassische Literatur zu entdecken, ohne dicke Wälzer lesen zu müssen.

Das ist so was wie Ärger, antwortete Onkel David kurz.

Der lange Emil Verständig schlug sich auf Fajnbrots Seite. Das war keine Überraschung. Er widersprach David gern. Er schob sich seinen Hut, den er niemals abnahm, ins Genick, kniff sein gesundes Auge zusammen und stierte mit seinem Glasauge in die Ferne, als ob er damit etwas erkennen konnte. Er nannte es gelegentlich sein »Gestapo-Auge«, denn die hatte es ihm ausgeschlagen.

Ich sage dir, Fajnbrot hat recht.

Jossel Fajnbrot nickte dankbar. Der untersetzte Mann mit dem dunklen Teint, dem gegelten Haar und seinem zweireihigen Glencheckanzug kam Alfred vor, wie aus einem alten Gangsterfilm.

Der Junge vertiefte sich wieder in sein Heft. Er kannte das. Es war wie immer. Die Männer stritten über ein Thema und am Ende behielt jeder recht. Zwei Juden, drei Meinungen, wie David einmal so treffend bemerkte.

Die drei Teilacher und Alfred Kleefeld saßen zur Mittagszeit auf der Terrasse bei »Unterleitner«. Jawohl, Unterleitner hatte inzwischen eine Terrasse! Und von dort aus konnte man die Hauptwache im Zentrum der Stadt überblicken.

Das hatte Alfred in der Vergangenheit oft getan. Er hatte hier oben gestanden und auf den Verkehr geschaut. Denn das große Dreieck mitten in Frankfurt war verkehrsumbraust, und es gab die unterschiedlichsten Autos, die der Junge, als er noch kleiner war, brav in sein Späherheft eingetragen hatte:

Chevrolet Bel Air, Opel Olympia, Borgward Hansa, Studebaker Commander, BMW Isetta, Mercedes 300, Pontiac und Goliath und wie immer eine Menge Jeeps und Lkws der US-Army. Dazu Tempo-Dreiradpritschen, Lastwagen mit und ohne Holzvergaser, Busse, und dazwischen wuselten schwarze Volkswagen, die Alfred mit ihren geteilten Rückfenstern und ihrem Heck an Kakerlaken erinnerten. Dazu kamen Pferdefuhrwerke, Handkarren, Motorräder mit und ohne Seitenwagen sowie Motorroller und Fahrräder ohne Zahl.

Der Krieg war seit acht Jahren vorbei. Und hätte es nicht die zahllosen Trümmergrundstücke gegeben, die wie Wunden die Stadt überzogen, und die Fassaden der Ruinen mit ihren toten Fenstern, man hätte meinen können, achtzig Jahre wären vergangen.

Die Straßenbahnen klingelten, die Eisenräder kreischten in den Kurven, die Schaffner stellten mit einer Stange die Weichen, bevor sie behänd auf die anfahrende Bahn sprangen. Gelbrote ET-Taxis waren zu sehen und schwarze deutsche. Die Menschen hasteten durch die Straßen, flanierten über die Plätze, die Schaufenster der Geschäfte verführten zum Einkaufen, man rannte zum DeFaKa, in das erste Kaufhaus der Stadt. Die Kaffeehäuser und Gaststätten waren gut besucht. Man gönnte sich wieder was.

Kurz, alle waren fröhlich, nur die Teilacher waren verärgert, das war Alfred klar. Auf jeden Fall schienen sie über die Angelegenheit aufgebrachter, als es Max Holzmann war, den es ja letztlich anging.

Seit Jahren arbeitete Robert Fränkel für ihn, hatte in dieser Zeit gutes Geld verdient, war anständig behandelt worden, und es gab keinen Grund, Verrat zu üben. Verrat? Das sah sein Chef anscheinend anders.

Jeder Friseurlehrling, so meinte Holzmann kürzlich, macht sich selbstständig irgendwann und nimmt mit Kunden. So ist das. Das Leben wird weitergehen schon, auch mit ohne Herrn Fränkel.

Wie dem auch sei, David Bermann fühlte sich gar nicht gut bei der ganzen Angelegenheit. Schließlich war er es gewesen, der Fränkel seinerzeit gegen den Widerstand der anderen durchgesetzt hatte. Und nun das.

Was weiß ich, sagte David, wenn er einen Imbiss aufgemacht hätte oder ein Bordell oder wieder als Conférencier arbeiten würde, geschenkt, aber sich selbstständig machen, in Wäsche? Das gehört sich einfach nicht, das ist …

Ah, es gehört sich nicht!, fiel ihm Verständig ins Wort, oj, Bermann, Überraschung! Fränkel hat uns ausspioniert! Er ist ein linker Vogel! Stell dir vor! Ich habe schon immer gesagt, er ist ein arroganter potz. Moische Wichtig!

Und Fajnbrot sagte abschätzig:

Eine Berühmtheit! Beim Film hat er gespielt! Ufa – Schmufa!

Verständig hakte nach:

Ihr kennt doch Abi Friedländer, der mit der Glatze, der in Leder macht, der ist auch Berliner. Und was soll ich euch sagen? Er hat noch nie was von ihm gehört. Who the hell is Fränkel?

Fajnbrot nickte und rief:

Ich werd dir sagen, was er ist, dein Fränkel: a niemand!

Eine gute Gelegenheit für David, das Thema zu wechseln.

Kennt ihr den, fragte er, wo der Rabbi inbrünstig betet: Oh Herr, nimm mein Gebet an, obwohl ich ein Niemand bin! Das hört der Kantor und ruft laut: Schöpfer der Welt. Vernimm mein Flehen, obwohl ich doch ein Niemand bin! Das hört der schammes und schreit noch lauter: Du Allmächtiger! Ich rufe Dich, obwohl ich nur ein Niemand bin! Da schaut der Rabbi zum Kantor und flüstert:

Schlimm, wer sich alles heute schon ein Niemand nennen darf!

Die Männer lachten.

Auch Alfred grinste hinter seinem Heft. Immer hatte David für alles einen passenden Witz parat. Wo holte er die nur her?

Eine Pause entstand.

Emil Verständig zog an seiner Zigarettenspitze, dass die Camel nur so glühte.

Fajnbrot griff ein Stück Würfelzucker, kaute es und nahm dann einen Schluck aus seinem Teeglas. Das machte er immer so, wie seinerzeit in der Bukowina. Er setzte das Glas ab und sagte hintergründig:

Wenn ihr mich fragt, es wird schon stimmen, was sich erzählen die Menschen.

So? Was sagen sie? Red schon!

David wollte es jetzt wissen.

Fajnbrot formte mit Daumen und Zeigefinger ein O und betonte jedes einzelne Wort.

Er hat kollaboriert, hat er, mit die Nazis.

Nazis! Das war das Wort, bei dem Alfred aufmerkte. Er ließ sein Heft sinken und hörte interessiert zu.

Blödsinn! Nein, davon wollte David nichts hören. Was die Leute reden!

Ah, Bermann weiß besser!

Fajnbrot zog anerkennend die Mundwinkel nach unten, nickte zu Verständig. Der hielt den Daumen hoch.

David blinzelte in die Sonne und meinte:

Man kann über Fränkel sagen, was man will, aber glaubt mir, an dieser Sache ist nichts dran. Nichts. Schmonzes!

Du warst dabei?

Verständig schaute ihn ernst an.

Ich weiß, was ich weiß, antwortete David.

Alfred fand das wenig überzeugend, aber der Onkel fuhr rasch fort:

Ich habe ihn vor Jahren schon gefragt nach der Sache, und er hat mir geschworen, dass da nix dran ist.

Schon, ließ sich Fajnbrot hören, und das glaubst du? Nicht lang, hat er noch geschrien: ich … selbstständig? Meschigge werd ich sein! Niemals! Und heute? Da hast du deinen Fränkel!

Verständig nickte.

Wo er recht hat, hat er recht!

Wieder entstand eine Pause.

Herr Gravenholt kam, der distinguierte Ober, stets kultivierter als die Gäste, nahm das Geschirr lautlos weg, wischte danach gekonnt den Tisch ab. Dabei fragte er:

Darf es noch etwas sein, die Herren? Wir haben frischen Käsekuchen, nach jüdischer Art, von Madame höchstpersönlich.

Nein danke, sagte David.

Wie Sie wünschen …

David tätschelte kurz Alfreds Hand.

Bubele, komm. Wir müssen Benzingeld verdienen, für unsere Reise.

Wo fahrt ihr hin?, fragte Fajnbrot.

Nach Knokke, sagte Alfred, während er sich erhob.

Nach Knokke! Ihr wisst zu leben.

David warf ein paar Münzen auf den Tisch. Dabei murmelte er:

Glaubt mir, Fränkel ist kein schlechter Mensch.

Aber auch nicht kein guter, meinte Fajnbrot.

Bist du broiges?, wollte Verständig wissen.

David winkte ab.

Ach was! Ich muss zu einem Kunden. Eschborn. Reklamation. Inmitten meines Tuches befindet sich ein Loch.

Die Teilacher grinsten.

Yalla!, rief David dem Jungen zu.

Er klopfte auf den Tisch und ging los.

Alfred schnappte sich sein Heft und nickte den beiden Männern kurz zu. Dann folgte er David auf dessen Slalom zwischen den Tischen.

Verständig und Fajnbrot sahen ihnen hinterher.

Mit Bermann kann man doch nebbich alles machen, sagte Fajnbrot, er ist zu gutmütig, ist er.

Verständig legte seine Hand auf Fajnbrots Arm.

Jossele, merk dir: Gutmütigkeit ist ein Stück Dummheit. Hat meine Mama selig immer gesagt.

Dabei beobachteten sie David, wie er die Straße überquerte und zu seinem Wagen ging. Ein eleganter Mann von fünfundfünfzig Jahren, picobello gekleidet, mit wippendem jugendlichem Schritt.

Aber, dir gesagt, als Teilacher ist er unschlagbar, meinte Fajnbrot.

Was heißt unschlagbar, bestätigte Verständig, eine Bombe!

Auguste Winter, eine mittelalte pummelige Frau mit Kittelschürze, sah zu David Bermann hinüber, der am Fenster stand und das Laken prüfend gegen das Tageslicht hielt. Alfred saß brav am Tisch vor einem Glas Frischa-Limonade und aß Marmorkuchen.

Und, fragte die Frau fast ängstlich, sehen Sie's?

Das ist kein Loch, liebe Frau Winter, das ist ein Anschluss. Da wurde beim Weben bei der Fertigung neu angesetzt. So was kommt vor. Das ist normal.

Herr Winter, kriegsversehrt mit nur einem Bein, saß auf dem Sofa. Neben sich hatte er die Krücken geparkt. Er mischte sich ein:

Das kann ja sein, aber bei dem Preis, da kann man was anderes erwarten, gell.

David sah ihn an.

Bei dem Preis? Sie machen Witze, guter Mann. Was wollen Sie noch? Runde Waschlappen mit Goldrand? Für sage und schreibe fünfhundertachtzig haben Sie ein komplettes Aussteuerpaket mit Tischdecke, Servietten, Laken, Überzügen, Kissen, Handtüchern, Badetuch, Küchentüchern und was weiß ich gekriegt! 1-a-Qualität! Also, kommen Sie …

Alfred war gespannt, wie es weiterging.

Das mag ja sein, meinte Winter knarzig, aber die Ware muss trotzdem einwandfrei sein.

Und seine Frau ergänzte:

Ei, was denkt denn unsere Heidi, wenn wir der so was hinterlassen tun?

Ah, meinte David, Sie müssen sich schon entscheiden. Entweder Sie benutzen die Sachen täglich, oder Sie heben sie auf für die Kinder. Oder …, er machte es spannend, … Sie wollen eine Garantie!

Herbert Winter sah den Teilacher groß an.

Eine Garantie? Gibt's des?

Das war auch für Alfred neu.

Na, sicher. Geben Sie mir hundert Mark, und ich garantiere für die Haltbarkeit. Geht was kaputt, also nicht durch Ihre Schuld, dann tausche ich die Ware anstandslos um. Jederzeit!

Die Frau sagte misstrauisch.

Ei, und wenn ich Sie dann nicht mehr finde?

Wo soll ich sein? Im KZ?

Alfred verschluckte sich an seinem Kuchen und musste husten.

Herr Bermann! Wie könne Sie denn so was sagen? Ich meine nur, wenn Sie nicht mehr bei der Firma Holzmann arbeiten.

Kunden wie Sie lasse ich doch nicht im Stich. Erst wenn ich in der Kiste liege!

Damit nahm er das Laken und legte es gekonnt zusammen.

Ist ja schon gut, meinte Herr Winter, und David sagte:

Sie holen jetzt das Geld, und ich hole ein neues Betttuch.

Frau Winter machte sich auf den Weg in die Küche.

David ging zur Zimmertür und rief der Frau hinterher:

Und einen Kaffee trink ich auch noch!

Dann zeigte er auf Herrn Winter.

Und Ihnen zeige ich jetzt mal eine echte Plaid-Decke, beste englische Ware, Schottenmuster, Schurwolle, Lamm, da sind Sie baff! Nicht so einen Dreck …, damit zeigte er auf eine billige Filzdecke, die auf einem Sessel lag, … und wenn Sie den Preis hören, lassen Sie mich abholen ins Irrenhaus!

Der Herr Bermann, sagte Winter und schüttelte den Kopf, ihr Judde wisst, wie's geht, gell!

2.

Alfred fühlte sich wie in einem Film, während das Auto mitten in der Nacht leise über die leere Autobahn dahinglitt. Neben ihm auf der Rückbank saß Moritz, der eingenickt war und dessen Gesicht regelmäßig von den gelblichen Lichtern angestrahlt wurde, die über der Autobahn hingen. Vorn saß Baby, seine Mutter, die sich an ihren geliebten David schmiegte, der am Steuer seines neuen Ford saß und in die Nacht starrte – die unvermeidliche Zigarette im Mundwinkel. Aus dem Autoradio erklang leise »Mister Sandman«.

Zu Beginn der fünfziger Jahre war Belgien das Traumland für die Juden aus Deutschland. Den Belgiern ging es damals viel besser als den meisten Menschen in Europa. Es gab einen huldvollen König, es gab den Kongo, der fröhlich ausgebeutet wurde, es gab das Diamantenzentrum der Welt in Antwerpen, die Montanindustrie und es gab US-Autofabriken. Jeder Belgier fuhr mindestens einen amerikanischen Straßenkreuzer. Viele neue Straßen durchzogen das Land, einige davon Autobahnen, die mancherorts sogar beleuchtet waren.

Die vier waren auf dem Weg ans Meer, nach Knokke, wo sie ein paar Tage verbringen wollten. Es war Pfingsten. Moritz hatte vor ein paar Wochen ein gutes Abitur hingelegt und würde im Herbst mit seinem Studium beginnen. Alfred war auch nicht schlecht in der Schule. Davids Geschäfte liefen gut, und Baby fühlte sich großartig als Übermutter.

Bis zuletzt hatte es Streit gegeben, denn Baby wollte endlich mal bekowed wohnen, am liebsten im eleganten »Memlinc Palace« oder im »Grand Hotel Motke« direkt an der Strandpromenade.

David jedoch fühlte sich seinem alten Bekannten Moische Pomeranz verpflichtet, den er noch aus der Französischen Legion kannte, und der ein kleines Hotel, das »Royal Pomerance«, in einer schmalen Nebenstraße besaß, die zum Strand führte. Ostern waren sie schon nicht zu Pomeranz gefahren, wie sonst üblich, sondern nach Lugano, weil Baby darauf bestanden hatte.

Man tut eine mizwe, wenn man bei ihm wohnt.

Na, fabelhaft! Jedes Jahr tun wir ihm die mizwe! Aber was ist mit uns?, fragte Baby. Kein Sonnenstrahl kommt ins Zimmer, und ich muss wieder in der Kälte sitzen.

Weißt du, was man machen muss, wenn einem kalt ist?

David sah sie an. Dann sprach er weiter:

Man muss zittern und mit den Zähnen klappern!

Sie haute ihm mit der flachen Hand liebevoll auf den Hinterkopf.

Meschuggener, rief sie.

Du wirst nicht älter, war das Erste, was Pomeranz zu David sagte, als der aus dem Wagen stieg.

Hör schon auf, meinte Bermann, das sagen sich nur alte Kacker.

Die Männer umarmten sich und klopften sich dabei gegenseitig auf den Rücken. Dann erst begrüßte der Hotelier Baby mit einem gekonnten Handkuss, danach die beiden Söhne.

Na, ihr zwei, wie geht's? Was gibt's Neues?

Moritz lächelte gezwungen, und Alfred ging nach hinten zum Laderaum.

Moritz wird jetzt studieren, sagte Baby.

Mazl tov, rief Pomeranz, und was? Jura? Medizin?

Soziologie, sagte der Junge.

Was ist das?, meinte Pomeranz. Davon kann man leben?

Das werde ich sehen, sagte Moritz.

Wenn nicht, wird er aufmachen ein Hotel, sagte David, spielt a roll.

A broch, meinte Pomeranz verzagt. Die Menschen meinen doch immer, man braucht nur stehen am Eingang und die Gäste werden kommen und areinwerfen das Geld zum Fenster. Jeder glaubt, es ist ein Vergnügen, zu haben ein Hotel. Ich kann euch erzählen, was heißt »Vergnügen«.

Moischeleben, ich soll nicht wissen, sagte David milde lächelnd. Du hast es emmes schwer. Keiner hat es nebbich so schwer wie du.

Ihr lacht, sagte Pomeranz mürrisch. Der Hotelier schnappte sich Davids großen schwarzen Koffer mit den tausend Hotelaufklebern und alle folgten ihm ins Haus.

Moishe, was meinst du, kann ich den Wagen hier stehen lassen?, rief David ihm hinterher.

Pomeranz sah sich um.

Natürlich nicht.

David zeigte in die Straße.

Was heißt? Da stehen doch alle.

Na, sicher, meinte Pomeranz, aber die fragen auch nicht vorher, so wie du. Du bist und bleibst a jecke!

Baby lachte.

Sie hakte sich bei David unter und beide verschwanden im Flur.

Zur Begrüßung spendierte der Hotelier Baby ein Pimm's, den Jungs Schweppes und für David?

A glusl tei!

Als Erstes gingen die beiden Jungs zum Strand. Sie überquerten die Straße, die an der Promenade entlangführte. Während hier oben viele Besucher flanierten, war es am Strand fast menschenleer. Moritz und Alfred liefen die mit rötlichem Klinker gepflasterte Schräge hinunter in den Sand, obwohl es daneben eine Treppe gab.

Sie liefen bis zu einer Mole, deren glitschige aufgeschichtete Steinquader weit hinaus ins Meer ragten. Hier zwischen den Steinen, in den Ritzen unter den Algen, fanden Moritz und Alfred das, worauf sie aus waren: riesige Krabben, die verzweifelt versuchten zu entkommen. Die beiden hatten vor, sie zu fangen, um sie am Strand um die Wette laufen zu lassen. So wie sie es schon vor Jahren getan hatten.

Während Moritz sich bereits ein wenig zu alt für dieses Spiel vorkam, ging Alfred völlig darin auf. Er gab den Krabben Namen von Automobil-Rennfahrern, wie Ascari oder Farina, und machte »Sportreportagen«. Irgendwann verschwanden die Rennasse in den Brechern, die an den Strand schlugen.

Später saßen die Brüder einträchtig nebeneinander, ließen den Sand durch die Finger rieseln und sahen hinaus auf die graue See. Es roch nach Meer und Tang. Am Horizont zog ein großes Schiff vorbei, und die Sonne versuchte einen diesigen Wolkenschleier zu durchbrechen.

Sie sprachen über die Gezeiten, die Sache mit der Anziehungskraft des Mondes und so. Physik war nicht gerade Alfreds Stärke, aber er hatte ja seinen älteren Bruder. Moritz besaß eine enorme Allgemeinbildung.

Und während sie das Wasser beobachteten, kamen sie zwangsläufig auf die Vergänglichkeit zu sprechen und darauf, dass es im Grunde keine Gegenwart gibt. Moritz schnippte mit den Fingern:

Siehst du, eben war es noch Gegenwart, und nun ist es schon Vergangenheit.

Das ist Ansichtssache, meinte Alfred. Jeder hat seine persönliche Gegenwart. Ich kann einen Moment, den ich genieße, für mich hinauszögern. Also Gegenwart kann eine Sekunde sein, aber auch eine Ewigkeit.

Mag sein, erwiderte sein Bruder, aber es gibt sicher eine physikalische Norm, eine Regel.

Dazu müsste man den Begriff Zeit definieren können.

Einstein kann das.

Ja, Einstein!

Baby hatte sich bei David untergehakt und flanierte mit ihm auf der Promenade, so wie es alle taten um diese Tageszeit. Ab und zu blieben sie stehen, um nach den Jungs Ausschau zu halten. Ein älteres jüdisches, orthodoxes Ehepaar, sie mit Perücke, er mit Schläfenlocken und Pelzhut, watete in der Gischt und versuchte belustigt den Wellen auszuweichen. Er hatte die Hosenbeine hochgekrempelt, sie ihren langen wollenen Rock angehoben.

Da fällt mir der Witz ein, sagte David, wie sie aus dem Meer gelaufen kommt und ruft: Jankele, hast du gesehen, die Wellen haben mich geküsst. Ja, sagt er, und ich habe auch gesehen, wie sie sich hinterher gebrochen haben!

Baby musste so laut lachen, dass sich die Passanten umdrehten, die gerade vorbeigingen.

Alle hatten sich am Abend darauf gefreut, endlich einmal

wieder ins edle Restaurant des Casinos essen zu gehen. Aber David wollte Pomeranz partout nicht enttäuschen, der es sich vorgenommen hatte, seine Freunde festlich zu bewirten. Schon seit Tagen hatte sich Claire, seine belgische Gemahlin, darauf eingestellt, die Gäste aus Frankfurt mit einem Vier-Gänge-Menü zu beeindrucken. So saß man nun in dem kleinen, schwach beleuchteten, miefigen Allzweckraum, der als Frühstücks-, Aufenthalts-, Wohn- und Speisezimmer diente, und Frau Pomeranz servierte Erlesenes aus der jüdisch-flämischen Küche.

Wie gern hätten die Jungs eine Riesenportion Pommes frites gehabt, und auch Baby sehnte sich nach allem, nur nicht nach zerkochtem Fisch mit ungesalzenen Kartoffeln und labbrigen Karotten. Als schließlich das Kompott serviert wurde, Pflaumen mit Aprikosen in einer Art Gelee, eine Spezialität des Hauses, waren alle erleichtert, denn das Dinner war damit zweifelsfrei beendet, und man hatte es überlebt. Als Frau Pomeranz erschien, um die Huldigung entgegenzunehmen, meinte David:

Madame Pomeranz, Ihr seid eine balebuste comme il faut.

Merci, sehr nett von Sie, Monsieur Bermann.

Die Lockschensupp, superbe. Le Fisch, genial, le fromage, aufm Punkt et le Kompott, wie bei der mamme! Aber euer Brot – chapeau!

Baby trat David heimlich gegen das Schienbein.

Ein paar Minuten später saßen sie alle an der Bar oder das, was in diesem Hause so genannt wurde. Pomeranz hatte darauf bestanden, seine Gäste noch zu einem Schnaps einzuladen. Die Jungs tranken Schweppes, ein Getränk, das es in Frankfurt nicht gab.

Was weißt du von der Relativitätstheorie?, wurde David plötzlich von Moritz gefragt. Bevor David etwas sagen konnte, war Pomeranz dazwischen:

Alles ist relativ, wollte Einstein damit sagen. Schau, rauchen eine Zigarette ist a kurzes Vergnügen, relativ. Es dauert zehn Minuten. Aber zehn Minuten sitzen mit dem tuches auf einer heißen Herdplatte ist relativ lang! Er lachte heftig über seinen Witz.

David sah Moritz an.

Weißt du, was Einstein mal gesagt hat? Manche Männer bemühen sich ein Leben lang, das Wesen einer Frau zu ergründen. Andere befassen sich mit weniger schwierigen Dingen, zum Beispiel mit der Relativitätstheorie.

Baby lächelte gequält, dann sah sie auf die große Standuhr in der Ecke.

Meine Herren, sprach sie zu ihren Söhnen, es ist fast Mitternacht.

Es ist doch noch früh, maulte Alfred.

Nicht für dich, sagte seine Mutter.

Die Jungs erhoben sich.

Seht ihr, bemerkte David, das hat Einstein gemeint.

Unmittelbar neben dem »Grand Café« an der Strandpromenade lag der »Luna-Park«, ein Ort, der Moritz, aber besonders Alfred wie magisch anzog. Es war ein großer überdachter Jahrmarkt mit vielen unterschiedlichen Automaten, die gurrten und surrten, schrillten, lärmten, klingelten, tönten, Musik machten und auch sprechen konnten. »Bermuda«, »Big Round up« oder »Stadium« hießen die bunten Flipper-Maschinen, und man musste keine achtzehn sein, wie in Deutschland, um sie bedienen zu dürfen. Die wenigen, die es in Frankfurt gab, standen ohnehin in den einschlägigen Kneipen und Etablissements des Bahnhofsviertels oder in Bars für GIs. Jungs in Alfreds Alter wurden rausgeworfen, sobald sie auf der Bildfläche erschienen. Anders in Belgien. Hier konnten Alfred und sein Bruder nach Herzenslust flippern oder mit Elektrogewehren auf Bakelitbären schießen und stundenlang bleiben und möglichst viele Punkte machen, für die es dann bunte Plastikmünzen gab.

Die konnte man eintauschen und dafür Freispiele oder Gutscheine für Pommes frites oder »Salem«-Menthol-Zigaretten bekommen, über die sich besonders Onkel David freute, denn die waren, so glaubte man seinerzeit, »sehr gesund«. Am Ausgang lauerten dann die letzten Verlockungen: große Glaskästen mit allerlei Krimskrams und einem kleinen Kran, den man von außen steuern konnte und mit dem man dann die Objekte der Begierde herausholen konnte. Aber ging der Greifarm einmal nach unten, ließ er sich nicht mehr steuern und deshalb vergriff man sich meistens und ging mit leeren Händen ins Hotel zurück.

An jedem Sonntagvormittag fand auf der Terrasse des »Luna-Parks« ein Gesangswettbewerb für Kinder statt, veranstaltet von der berühmten Wasserfirma »Apollinaris«. Die Kinder, meistens kleine Mädchen, wurden von den Müttern hübsch hergerichtet und auf die Bühne geschickt, wo sie einen Schlager ihrer Wahl, aber auf jeden Fall als Zugabe den Hit »Apopo-Apopo-Apollinaris« zum Besten geben durften. Eine erlesene Jury aus selbst in Flandern unbekannten Stars beurteilte die kleinen Kandidaten, und es gab naturgemäß viele Tränen, aber nicht nur aus Freude. Den Vätern blieb es schließlich vorbehalten, am Schluss handgreiflich zu werden, wenn ihnen eine Entscheidung nicht passte, und das war der Grund, warum Baby, David und die Jungs gern bei diesem Ereignis dabei waren. Dann bemühte sich ein dicklicher, verschwitzter, kurzatmiger Conférencier mit zu engem weißem Jackett und roter Papierrose im Knopfloch, die Streithähne zu trennen und ihnen klarzumachen, dass es nur einen Gewinner geben konnte – obwohl selbstverständlich alle gleich gut waren, keine Frage. Aber das Leben, so meinte er weise, sei nicht immer gerecht und auch die Besten müssten oft steinige Wege gehen. Und während der Mann am Akkordeon noch ein letztes »Apopo-Apopo-Apollinaris« intonierte, verließen die Kämpfer schwer atmend die Arena und zogen ihre kreischenden Kinder hinter sich her. Wenn sich die Reihen lichteten, blieb meist eine zerstrittene Jury zurück und ein Conférencier, der sich sein blaues Auge kühlte.

Baby und ihre Männer machten sich auf den Weg zum Restaurant »Rubens«, und die Jungens sangen dabei: »Apopo-Apopo-Apollinaris«.

Leider blieben die nächsten Stunden in Knokke nicht ungetrübt.

Bereits beim Mittagessen bestand Baby darauf, in ein anderes Hotel zu gehen, aber David hatte Pomeranz gegenüber ein schlechtes Gewissen. Außerdem würde der jetzt die Zimmer nicht mehr vermieten können.

Daraufhin erklärte Baby sich bereit, die Zimmer weiter zu bezahlen, aber trotzdem das Hotel zu wechseln. So kam es, dass David in der folgenden Nacht allein in seinem Hotelzimmer im »Royal Pomerance« lag, an die Decke starrte, wo regelmäßig das rote Neonlicht der Bar von gegenüber aufflackerte. Er bereitete sich bereits grimmig darauf vor, was er Baby am nächsten Tag alles an den Kopf werfen würde. Deshalb war an Schlaf nicht zu denken.

Nach dem verdrießlichen Frühstück in dem kleinen Hotel (Madame hatte für vier Personen gedeckt!) und einem unangenehmen Gespräch mit Moische Pomeranz verließ David den Ort der Niederlage, zündete sich eine Gitanes an und begab sich zum »Memlinc«, wo er Baby und die Jungs fröhlich und aufgekratzt im eleganten Frühstückssaal antraf. In einer Ecke befand sich ein Trio, bestehend aus Geige, Bass und Klavier, und spielte beliebte belgische Frühstücksmelodien. Die weiß beschürzten Kellner schwebten über die dicken Teppiche und trugen auf großen Tabletts schweres Geschirr und Silberkännchen herum.

Nachdem sich David grußlos zu den Seinen gesellt hatte, erhoben sich Moritz und Alfred wie auf ein Signal hin und verließen den Tisch. Sie ahnten, dass der Morgen ungemütlich werden würde.

Schweigend saßen sich Baby und ihr Lebensgefährte gegenüber. Eigentlich wollte David mit seinem Donnerwetter beginnen, aber es wäre das erste seines Lebens gewesen, denn er hatte die Seele eines Schafs. So begann Baby:

David, ich glaube, wir müssen mal etwas Grundsätzliches klären. Mein Leben kann nicht darin bestehen, dass du den Takt vorgibst.

Er lachte.

Ich? Ich gebe den Takt vor? Lächerlich. Du entscheidest doch immer!

Ich?, ging sie dazwischen, wer wollte denn unbedingt nach Knokke? Wer wollte zu Pomeranz? Wer hat es einfach entschieden? Merkst du denn nicht, dass sich alles nach dir richtet?

Das konnte David so nicht stehen lassen.

Habe ich irgendwann mal etwas gegen deinen Willen gemacht?

Immer! Und ich habe mich gefügt, aber das ist jetzt vorbei.

Du dich gefügt? Unser Leben wird doch von dir bestimmt. Wer wollte denn nach Lugano an Ostern?

Ach, Gottchen, ein Mal konnte ich mich durchsetzen!

Ein Mal? Du kannst es ja gar nicht aushalten, wenn du nicht das Sagen hast.

Sie lächelte bitter und stellte dann fest:

David, bitte, alles richtet sich nach dir. Wann wir wohin fahren und wie lange. Was es kosten darf, und was wir kaufen. Aber du vergisst, ich bin eine selbstständige Frau. Ich habe zwei Söhne großgezogen, ich habe immer für mich gesorgt. Ich komme von ganz unten, das weißt du. Ich hatte es nie einfach im Leben.

Obwohl sie damit maßlos übertrieb, widersprach ihr David nicht.

Seit wir uns kennen, das sind jetzt genau …

Sie überlegte noch, und er sagte spontan:

Fast fünfundzwanzig Jahre.

Stell dir vor! Und in diesen Jahren hast du mein Leben bestimmt!

Ich?, David konnte es nicht glauben, sie hatte sich doch nie was vorschreiben lassen.

Ich bin sogar wegen dir aus New York zurückgekommen. Habe keine Rücksicht auf meine Kinder genommen. Meinst du, das war leicht?

In ihren Augen zeigten sich erste Tränen.

David wusste, jetzt hatte er verloren. Gut, er hätte sagen können: Wer hat dich gezwungen? Aber das wäre das Ende der Ferien geworden, und er wollte die letzten Tage noch einigermaßen harmonisch verbringen. Denn nichts war ihm mehr zuwider als eine permanente Krisenstimmung. So hörte er sich sagen:

Baby, Liebling …

Und er tastete nach ihrer Hand. Sie ließ es geschehen.

Lass uns nicht streiten, ab jetzt machen wir es so, wie du willst. D'accord?

Ich will ja gar nicht recht haben. Ich will nur meine Meinung sagen dürfen. Du bist manchmal wie ein Diktator.

Er nickte schuldbewusst, obwohl er sie nicht verstand.

Ein Kellner beugte sich über den Tisch und begann abzuräumen.

Bonne journée, Messieur-Dames, sagte er dabei.

Das war das Zeichen zum Aufbruch. Bald würde für das Mittagessen eingedeckt werden.

Baby und David erhoben sich.

Willst du mal mein Zimmer sehen?, fragte sie.

Gern, meinte er.

Sie gingen los durch den Saal, und die wenigen Gäste sahen ihnen hinterher. Ein hübsches Ehepaar, mögen sie gedacht haben. Sie so blond, so schön und natürlich, er so elegant, gewiss ein erfolgreicher Geschäftsmann.

3.

Die Kaiserstraße war die Achse, die das Viertel rund um den Hauptbahnhof mit der Innenstadt verband. Bevor sie im oberen Teil eleganter wurde, rund um den Kaiserplatz, dem Kreisel am Frankfurter Hof und bei Mercedes-Benz, machte sie bis zur Gallusanlage einen eher schäbigen Eindruck. Dort mündeten die Flüsse in die breite, ehemals repräsentable Straße: Mosel-, Elbe- und Weserstraße und in diese wieder Neckar, Werra oder Nidda. In jeder dieser Straßen hatten sich zwischen den Ruinen und Trümmergrundstücken neben Bars, Stundenhotels und Kneipen auch Schuster, Schneider, Schlosser, Kürschner, Fahrradwerkstätten, Uhrmacher und Kurzwarenhändler angesiedelt. Auch eine Autowerkstatt konnte man finden, mit einer Esso-Zapfsäule auf dem Bürgersteig, bei der das Benzin per Hand gepumpt wurde. Viele der Geschäfte machten sich Konkurrenz. So gab es die Straße der Schmuck- und Uhrenhändler, der Pelzkaufleute, der Teppichverkäufer und der Trödler.

Unweit der Ecke Mosel- und Kaiserstraße hatte Robert Fränkel kürzlich eine leer stehende ehemalige Garage gemietet, in einer halben Ruine, die bis zum ersten Stock reichte und dort provisorisch abgedichtet war. Flachbau nannte man das seinerzeit. Er lag zwischen einem Kino und einem der ersten Schnellimbisse. Die meisten Teilacher waren der Meinung, dass er hier ein Wäschelager aufmachen würde. Aber Fränkel hatte ganz andere Pläne, die er bis zur Eröffnung seines Ladens nicht verriet.

Dann aber Ende Mai, an einem Freitagmittag, wurde das große Geheimnis gelüftet, als Robert Fränkel feierlich sein Firmenschild enthüllte und gleichzeitig das Gitter hochziehen ließ …

»Robby's Teppichparadies« konnte man deutlich lesen, und kurz darauf strömten die Gaffer in den Laden. Auch Bermann und Verständig waren unter den Premierengästen. Und sie waren beruhigt, dass Fränkel nicht in Wäsche machte.

Staunend gingen die potenziellen Kunden durch den riesigen Raum, der noch nach Benzin und Altöl roch und wo an den Wänden Teppiche aller Farben, Größen, Materialien und »Provenienzen« hingen.

David war anfangs verblüfft, dass sich Fränkel, der ein Gespür für Geschäfte hatte, ausgerechnet ins Teppichmetier begab. Denn um ihn herum lagen förmlich in Spuckweite die Läden von Salim Rahmani, dem Perser, auch »Ali Salami« genannt, und Elias Ter-Vanasian, dem kleinen, stark beringten Armenier.

Wenn der dir die Hand gibt, sagte Verständig einmal bissig, dann zähl hinterher besser deine Finger nach!

In der hinteren rechten, ziemlich dunklen Ecke stand ein mächtiger Schreibtisch, darum ein paar pseudobarocke Sessel, das war Fränkels »Büro«. Hier wurde an die engsten Bekannten warmer Sekt ausgeschenkt, und für die Unverwüstlichen gab es Bourbon, allerdings ohne Eis. Im Nu hatten die anwesenden Teilacher diesen Platz okkupiert und schmusten mit und über Fränkel, der sichtbar stolz Hof hielt.

Auch einige Bardamen und Huren aus der Nachbarschaft ließen es sich nicht nehmen, ein kostenloses »Pitzelwasser« zu nehmen, wie sie den Sekt nannten, und eventuell würde auch ein Freier dabei abfallen. Bei den Teilachern allerdings, das wussten die Damen, war kein Blumentopf zu gewinnen.

Kennt ihr den, fragte David, wo einer fragt: Na, was kostet's denn, Fräulein? Da sagt sie: Dreißig Mark. Da sagt er: Zwanzig! Sie schüttelt den Kopf: Zwanzig kostet es mich ja schon!

Die Männer lachten.

Während die neugierigen Frankfurter einige Male scheu Fragen stellten, schwadronierte Fränkel über die herausragende Qualität seiner Teppiche, die zwar echt aussahen, aber von denen nicht einer aus Persien kam, geschweige denn je von einer kundigen Hand geknüpft worden war. Seine Preziosen kamen aus dem kleinen Belgien, besser gesagt, aus der Fabrik von Harry van der Meulen in Mechelen.

Sie waren aus Wolle, Sisal oder Jute. Sie hatten klassische Täbris-, Mesched-, Kirman-, Afghan- oder Bucharamuster und waren bunt und eindrucksvoll. Sie durften nur nicht feucht werden, das bekam den Farben gar nicht. Egal, die Preise waren moderat.

Drehte man eine der Ecken am Teppich um, erschien auf der Unterseite ein exotisches Etikett mit allerlei französischen und flämischen Worten und einer von Fränkel mit Tinte geschriebenen Zahl darunter. Diese Ziffer verriet den Verkäufern den Einkaufspreis, sodass sie nach Belieben erhöhen konnten. War da also eine hundertzwanzig, dann verlangten sie zweihundertzwanzig Mark und erhielten zehn Prozent vom Gewinn, dem sogenannten »Riss«, in diesem Fall also zehn Mark. An einem guten Tag konnte ein Verkäufer über fünfzig Mark machen. Deshalb war dieser Job sehr begehrt.

Als Fränkel eröffnete, hatte er drei Verkäufer: Samuel »Schmul« Honigbaum, ein älterer, missmutiger Mann mit Auschwitz-Karriere, den Fränkel eher aus Mitleid eingestellt hatte. Ein einnehmendes Wesen hatte er wahrlich nicht. Honigbaum war stets mürrisch, hatte das Lachen verlernt. Dadurch wirkte er seriös, und viele Kunden hielten ihn für den Chef.

Er machte sich ständig Notizen und schaute unbestechlich drein. So hatte sich bald das Spiel eingebürgert, dass die anderen Verkäufer Honigbaum zum Schein fragten, ob man dem Kunden einen Preisnachlass gewähren könne. Dann legte Schmul die Stirn in Falten, überlegte einen Moment und sagte dann gequält:

Soll sein. Ihr werd' mich ruinieren noch.

Honigbaum hatte einen Tick: Er verfasste Listen! Er liebte es, Listen zu erstellen mit allem Möglichen. Diese Manie stammte noch aus der Zeit, als er im Krankenbau des Lagers arbeiten musste und dort für Dr. Josef Mengele Listen zu führen hatte. Über Eingänge und Abgänge, über Alte und Junge, Männer, Frauen und Kinder, Zwillinge und Behinderte, Fleckfieberopfer, Typhustote, Kälte- oder Heilgasversuche. Er machte das mit einer derartigen Akribie, dass er mit der Zeit glaubte, unverzichtbar zu sein. Mengele nannte ihn spöttisch »meinen Listenjuden«, und dies wurde für Honigbaum eine Auszeichnung. Erst in den Wochen bevor die Rote Armee unaufhaltsam näher rückte, wurde es auch für Honigbaum kritisch, denn die SS wollte die Immobilie unbewohnt übergeben. Aber Honigbaum rettete sich dadurch, dass er den Lagerkommandanten Rudolf Höß davon überzeugte, täglich Inventarlisten zu erstellen, um den Überblick zu behalten.

Das war besonders wichtig, nachdem Gaskammern gesprengt worden waren, die Arbeit »von Hand« erledigt werden musste oder die Häftlinge auf die Todesmärsche geschickt wurden. Immerhin ging es um den Restbestand der über zweihunderttausend ungarischen Juden, das war kein Pappenstiel. Da waren »Unregelmäßigkeiten« an der Tagesordnung. Auch kamen immer mehr Sachwerte abhanden. Auch dafür war es zwingend notwendig, den Überblick zu behalten.

Honigbaums großer Auftritt kam, als er am 27. Januar 1945 dem verblüfften Oberst Wladimir Bryschtschenko, dem russischen Divisionskommandanten der 60. Armee »Ukrainische Front«, auf dem Appellplatz seine aktuellen Listen übergeben konnte.

7134 Gefangene waren darauf verzeichnet.

Name deiner?

Honigbaum, Samuel, Towarischtsch Kommandant!

Wo kommen?

Lwow.

Jewrej?

Da.

Choroscho.

Der Kommandant nahm die Liste, blätterte sie durch. Er war offensichtlich beeindruckt.

Spasibo bratan, sagte er anerkennend.

»Bruder« hatte der Oberst den Häftling Honigbaum genannt. Der spürte, dass er zurück im Leben war.

Im Frühjahr 1947 begann in Warschau der Prozess gegen den Kommandanten des Vernichtungslagers Auschwitz-

Birkenau, und auch Schmul Honigbaum war als Zeuge geladen. Nachdem der Richter das Verfahren eröffnet hatte, beschrieb der Gerichtspsychologe den SS-Obersturmbannführer Rudolf Höß als geistig normal, allerdings ohne Moral und vollkommen gefühllos. Er war gewissenhaft und sorgfältig, ein Befehlsempfänger ohne Hang zum Sadismus. Was die Judenvernichtung betraf, so hatte Höß keinerlei moralische Bedenken. Außerdem war er davon ausgegangen, niemals zur Rechenschaft gezogen zu werden.

Als das Gericht ihn fragte, ob er denn an die Schuld der Juden glaube und der Meinung sei, sie verdienten ihr Schicksal zu Recht, meinte Höß, dies seien unrealistische Fragen. SS-Männer hätten darüber nicht nachzudenken, sie hätten Befehle zu befolgen.

Schmul Honigbaum konnte während seiner Anhörung mit seinen Listen glänzen. Auch das Gericht war dankbar für die präzisen Aufzeichnungen. Selbst Höß schien so etwas wie Stolz auf seinen Ex-Häftling zu empfinden. Da war es kein Wunder, dass der ehemalige Lagerkommandant am Abend vor seiner Hinrichtung darum bat, Honigbaum möge eine Liste seiner Hinterlassenschaft erstellen.

Der Lagerkommandant blieb der ordnungsliebende, pflichtbewusste Mann. Nachdem er Honigbaum alle Angaben diktiert hatte, bedankte sich Rudolf Höß mit Handschlag. Er wusste, was sich gehörte.

Am nächsten Morgen wurde Höß nach Auschwitz gebracht und dort gehenkt.

Als Honigbaum mit seiner Arbeit in »Robby's Teppichparadies« begann, war es für jene, die seine Marotte kannten, keine Überraschung, dass er Fränkel anbot, für ihn ein paar Listen zu führen. Wareneingangslisten, Bestandslisten, Verkaufslisten, Listen der Putzmittel und eine Strichliste, auf der man die tägliche Kundenzahl ersehen konnte. Zuerst war Fränkel befremdet und zögerlich, aber als er spürte, dass die Ablehnung der Listen zu mentalen Ausfällen bei Honigbaum zu führen drohte, gab er klein bei, und Schmul war glücklich. Er führte seine Listen, neben den privaten für sich, versteht sich. Nachts übertrug er seine Aufzeichnungen säuberlich auf liniertes Papier und überreichte sie morgens seinem Chef. Der warf sie dann ungelesen heimlich weg. Irgendwann allerdings wurde die Situation kritisch, als Honigbaum seine alten Listen einsehen wollte, um eine Liste aller Listen anfertigen zu können. Da flunkerte Fränkel rasch, indem er behauptete, er habe sie abgeben müssen, der CIA interessiere sich dafür. Damit war Honigbaum auf dem Olymp angekommen und fragte nie wieder nach.

Der zweite Verkäufer war Kelbassa. Jürgen Kelbassa aus Castrop-Rauxel, dreiundzwanzig, ein hundertprozentiger goj. Er rühmte sich, mit dem gleichnamigen Fußballer, dem Nationalspieler von Borussia Dortmund, verwandt zu sein, was trotzdem nicht verhindern konnte, dass seine Kollegen immer grinsten, wenn sein Name fiel. Denn »kielbassa« heißt auf Polnisch »Wurst«. »Wurst« durften ihn die Kollegen allerdings niemals im Beisein von Fränkel nennen. Der wurde dann fuchsteufelswild. Keiner wusste warum.

Kelbassa war eine merkwürdige Figur. Er war freundlich und hilfsbereit, etwas einfältig und litt wie ein Hund, dass er aus einer unbelehrbaren Nazifamilie stammte. Deshalb war seine Liebe zu Juden schon gnadenlos und pathologisch.

Er verteidigte noch die größten jüdischen Lumpen und Ganoven, wenn es mal wieder zu Konflikten oder Bandenkriegen im Bahnhofsviertel gekommen war. Gleichzeitig fühlte er sich in klassischer linker Ruhrgebietstradition dem Proletariat zugehörig und war sicher einer der wenigen in Frankfurt, die nach Stalins Tod vor ein paar Wochen weinten und so etwas wie Trauer und Verlust empfanden. Kelbassa, einst als Hitlerjunge gestartet, als Volkssturmpimpf den Krieg gemeistert, dann als Falke den sozialistischen Werktätigen zugeflogen, war ein typisches Kind seiner Zeit, hin- und hergerissen in seinen politischen Ansichten. Er verzieh es sich nicht, dass er im Westen lebte, und drohte immer wieder damit, rüberzugehen. Tat er aber nicht, obwohl ihn keiner zurückhielt.

Die Massenmorde und die antisemitischen Exzesse Stalins wollte er genauso wenig wahrhaben wie die Aussicht auf kollektive Läuterung der Deutschen nach der Hitlerzeit. Er kannte seine Landsleute, und dass seine ehemaligen verbohrten Kameraden und Flakhelfer aus der Hitlerjugend plötzlich überzeugte Demokraten sein sollten, konnte und wollte er nicht glauben. Kelbassa war besonders aufmerksam und witterte überall Verrat. Er hatte mit seiner Familie gebrochen, um sich ganz der individuellen Wiedergutmachung zu widmen. Das führte gelegentlich dazu, dass er Kunden des Ladens verwies, die seiner Meinung nach antisemitische Bemerkungen gemacht hatten, was nicht so selten vorkam. Kaufen wollten die Leute ganz gern beim »Judd«, aber halten taten sie nicht so viel von ihm.

So konnte der zuvorkommende Herr Kelbassa auch mal handgreiflich werden, wenn ihm einer zu dumm kam oder einen blöden Spruch drauf hatte. Er war deshalb gelegentlich bitter enttäuscht, wenn sein Chef, der Herr Fränkel, trotzdem solche Kunden bediente.

Der belehrte ihn in diesem Fall:

Pecunia non olet, wie der Schwede so treffend zu sagen pflegt, Geld stinkt nicht!

Wenn Kelbassa widersprach, meinte der Berliner Fränkel verschmitzt:

Ick habe an dem Jeld länger Freude als wie er an dem Teppich!

Der Dritte war Blum. Ein Galizianer. Man kannte den geschniegelten, gut aussehenden Mann von zweiundzwanzig nur unter diesem Namen. Blum. Blum hatte tubenweise Brisk im Haar, trug stets schneeweiße Hemden, enge Ami-Anzüge und benutzte »Robby's Teppichparadies« lediglich als Operationsbasis, denn seine tatsächlichen Geschäfte pflegte er mit anderen Waren zu machen: Poker, Uhren, Dollars, Autos, Frauen.

Blum hatte ebenfalls eine KZ-Karriere hinter sich, aber die hatte ihn, im Gegensatz zu Honigbaum, nicht gebrochen. Im Gegenteil. Blum hatte Überlebenswillen entwickelt, er war vierzehn als Mauthausen befreit wurde. Er hatte seine gesamte Familie verloren, auch im Kopf.

Fränkel hatte mit einem, für damalige Verhältnisse, bombastischen Eröffnungsverkauf begonnen. Dem sollte ein Sommerschlussverkauf folgen, der »sich gewaschen hatte«. Im Herbst dann: »Blätter und Preise fallen« und schließlich der Weihnachtsverkauf: »Leise rieseln die Preise«, selbstverständlich mit Tombola. Zum Jahreswechsel dann: »Neues Jahr – neue Preise«.

Das Geschäft lief prächtig, und Fränkel war der König. Er stand vor seinem Laden, warf einen kleinen Teppich auf das Trottoir und ließ sein Talent als Entertainer aufblitzen:

Kommse näher, kommse ran, hier wernse beschissen wie nebenan! Hereinspaziert, die Herrschaften! Ja, da könnse ruhig rufflatschen! Den könnse strapazieren! Da könnse en Elefanten drüber jagen, wa! Wer hat noch nicht, wer will noch mal? Der reißt nicht, der fusselt nicht, der Teppich überlebt uns alle!

Das waren die Sprüche, die Fränkel abließ und die Menschen scharenweise in sein Teppichparadies lockte. Da er auch noch ganz leidlich Akkordeon spielte, kam es vor, dass man seine berüchtigte Hans-Albers-Parodie aus »Liliom« aus dem Laden vernehmen konnte:

Auf dem Rummelplatz ist was los, mein Schatz,
mal schießen, der Kleine? – Das Kalb mit fünf Beine! –
Das Riesenkind – jeder Wurf gewinnt!
Doch das schönste Vergnügen, wo ist das zu kriegen?
Komm auf die Schaukel, Luise! Es ist ein großes Pläsir.
Du fühlst dich im Paradiese, und zahlst nur nen Groschen dafür. –
Ach – komm auf die Schaukel, Luise – ich schaukel her dich und hin,
und zeig dir nachher auf der Wiese, Luise, wie gut ich dir bin.

Gerade bei der letzten Zeile waren es die Damen, die verschämt nach unten blickten und rot wurden.

4.

Fränkel war irritiert, als er eines schönen Junitags feststellen musste, dass die Kunden wegblieben! Ziemlich allein stand er im Eingang seines Ladens. Keiner hörte ihm zu, mehr noch, der Gehsteig war wie leer gefegt. Zu seiner Verwunderung waren auch seine Verkäufer Blum und Kelbassa verschwunden. Nur Honigbaum war im Laden geblieben, komplettierte seine Liste und zeigte wortlos mit dem Kopf nach draußen.

An der nächsten Ecke, an der Elbestraße, auf der gegenüberliegenden Straßenseite, scharten sich zahllose Menschen um das Schaufenster von »Radio-Stein«. Fränkel stapfte geladen über die Straße und versuchte sich durch die Menge zu drängen …

Auf einem winzigen Schwarz-Weiß-Fernseher der Marke »Saba Schauinsland«, der einsam im Schaufenster stand, waren die Bilder der ersten Direktübertragung eines weltumspannenden Ereignisses zu bewundern: die Krönung der englischen Königin Elizabeth II. Man konnte die Kutsche, die Pferde und die junge Queen kaum im Gekrissel der gewellten, unscharfen Bilder erkennen, doch die Menschen waren fasziniert. Nicht nur im Commonwealth, sondern auch im Nachkriegsdeutschland war eine Zeitenwende eingeleitet worden. Das Fernsehen begann seinen Siegeszug in die Wohnzimmer und in die Herzen.

Bald würden auch Hörfunklieblinge wie Kulenkampff

oder Frankenfeld zu sehen sein, der Koch Clemens Wilmenrod mit dem Rezept für Toast Hawaii und der Turner Adalbert Dickhut mit der Mutter aller Fitness-Sendungen. Nicht zu vergessen, die Fußballweltmeisterschaft in der Schweiz, die im kommenden Jahr stattfinden sollte.

Als Elizabeth endlich gekrönt war, machte Fränkel wieder gute Geschäfte. Besonders das Modell »Buckingham-Palast« wurde gern genommen. Die Kunden rissen ihm die billigen Teppiche aus der Hand, jeder wollte sein Heim verschönern, wollte sich einen Hauch von royalem Luxus gönnen.

Vor fünf Jahren hatte Robert Fränkel seine Frau Nina kennengelernt, die er liebevoll »Ninotschka« nannte. Sie stammte aus einer jüdischen Familie aus Wien, und ihr Vater, ein Russe, besaß vor dem Krieg eine Spielwarenfabrik. Nina Fränkel, geborene Aranowitsch, litt ganz besonders unter dem mangelnden Luxus der Nachkriegsjahre, sie war als verwöhnte Tochter groß geworden und hatte den Krieg in Istanbul bei türkischen Geschäftsfreunden ihres Vaters überlebt, während die Eltern nach Auschwitz deportiert und ermordet wurden.

Wie es Nina nach Frankfurt verschlagen hatte, blieb ungeklärt. Auf jeden Fall war sie hier und hatte den Teilacher und ehemaligen Schauspieler, Kabarettisten und Ansager Robert Fränkel auf einem Fest kennengelernt, bei dem Fränkel den Conférencier gab. Ab und zu ließ er sich gern zu Ausflügen in sein altes Metier überreden. In diesem Fall war es ein glücklicher Zufall, der ihn in die Arme von Ninotschka trieb. Er gefiel ihr. Aber bald stellte sie fest, Fränkel war auch nicht das, was sich eine Frau ihres Kalibers wünschte.

Er konnte ihr wenig Sicherheit bieten, geschweige denn

Reichtum. Doch Nina hatte aufgrund ihrer Geschichte einen Hang zur Kunst und zur Boheme, und nur so war es zu verstehen, dass die beiden ein Paar wurden und blieben.

Nina Fränkel war bei den Teilacherkollegen ihres Gatten nicht sonderlich beliebt. Man unterstellte ihr, dass sie sich für etwas Besseres hielt, was auch der Fall war, und einige machten sich lustig über sie. Ihr Spitzname war: die Zarin.

Nicht selten wurde sie das Opfer von Spott, besonders gern nahm man sie auf den Arm, weil sie immer »ba« sagte, statt »Auf Wiedersehen«. Sie sagte, wie in gewissen Wiener Kreisen üblich, zum Abschied: »ba!«. Und wenn sie jemanden mochte, »baba!«. Wenn sie jemanden besonders mochte, konnte es auch mal ein »bali« sein, und die größte Auszeichnung war »babali«. Über sie lernte Alfred die exotischsten Begriffe kennen, wie Fisolen für Bohnen, Paradeiser für Tomaten, Ribisel für Johannisbeeren oder Buschkawü für Durcheinander.

Nina Fränkel war im Grunde ein verunsichertes Geschöpf. Und genau diese Tatsache kaschierte sie mit einer gewissen Hochnäsigkeit. Gern brüstete sie sich zum Beispiel damit, dass Arthur Schnitzler viele Jahre der Hausarzt ihrer Familie gewesen war. Kurz, sie wollte etwas anderes sein, etwas Besseres. Nicht die Gattin eines Alleinunterhalters und mittelmäßigen Kleinunternehmers. Sie sah sich als eine moderne Frau, die etwas darstelle, zum Beispiel eine Künstlerin. Sie spielte, wie alle jüdischen Töchter Wiens, ganz leidlich Klavier und war auch als Malerin durchaus begabt. Aber die Zeiten waren nicht danach. Man musste heute anpacken, etwas leisten. Das ging ihr ab. Daher kompensierte sie dieses Defizit, indem sie versuchte, ihrem Mann und sich ein erlesenes Heim zu schaffen. Sie investierte nicht wenig Geld in die Drei-Zimmer-Wohnung im Westend. Sie verschlang Zeitschriften wie »Film und Frau«, »Paris Match« oder »Life« und ließ sich vom Lebensstil der Stars und der Hautevolée anregen.

So war es nicht verwunderlich, dass die Familie einen der ersten Fernseher in Frankfurt besaß. Fränkel machte gute Miene zu diesem Spiel, obwohl es ihm schwerfiel, die Ansprüche seiner Angetrauten zu befriedigen.

Dazu kam, dass die gemeinsame Tochter Ruth zu einer jüdischen Prinzessin heranwuchs, deren Aussehen, Bekleidung und Ausbildung im Kontrast zu Fränkels finanziellen Möglichkeiten stand. Aber darauf, dass eine Vierjährige selbst aus der Haute Couture rasch herauswachsen würde, nahm die Zarin keine Rücksicht. Im Gegenteil. Es kam vor, dass Madame und Tochter gemeinsam nach Paris reisten, um sich dort auszustaffieren.

In Paris wohnte nämlich Ninas Cousin Joel Aran (das -owitsch hatte er gestrichen), der in einer homosexuellen Beziehung mit einem der gefragtesten Couturiers lebte: Hervé Fouks, der noch vor wenigen Jahren Herschel Rotfuchs geheißen hatte. Aber auch ein Preisnachlass beim »Maison Fouks« von fünfzig Prozent sprengte Fränkels pekuniären Rahmen. Er wollte das jedoch nicht wahrhaben und schlug alle Warnungen seiner wohlmeinenden Kollegen in den Wind. Zwei Jahre später war er bankrott und fing wieder als Teilacher an. Das war ein großer Schock für die Zarin, denn Fränkel hatte seine Frau stets mit profanen Geldbeschaffungsangelegenheiten verschont.

Im Sommer 1953 allerdings war das Drama noch nicht abzusehen. Da führte der Weg noch steil nach oben.

Mittwoch, der 17. Juni, war ein Tag wie jeder andere. Für

die Juden jedenfalls. Während Kelbassa in »Sammy's Imbiss« vor dem Radiogerät hing und die aktuellen Nachrichten vom RIAS hörte und noch nicht recht wusste, ob er sich mit den aufständischen Arbeitern in Ostberlin solidarisieren oder die stalinistischen Genossen unterstützen sollte, saß Blum entspannt auf dem Hocker und trank Muckefuck, für den dieses Lokal berühmt war.

Was gingen ihn die unterdrückten Massen im Osten an? Er gönnte den Deutschen alles Schlechte. Ihm war es egal, ob es den Leuten da drüben gut ging oder ob sie gequält wurden oder ja oder nein. Sie hatten in jedem Fall ihre gerechte Strafe bekommen. Und er war sicher, die Sowjets würden mit ihren Panzern kommen und alles plattmachen. Und das war auch gut so.

Das werden die nicht tun, meinte Kelbassa aufgebracht, sie richten ihre Waffen niemals gegen die Arbeiterklasse. Niemals!

Um zu behalten die Macht, werden sie alles tun, glaub mir, sagte Blum.

Du hast doch keine Ahnung vom wahren Sozialismus!

Kelbassa stand nun in der Mitte des kleinen Gastraums und agitierte. So wie er es bei der sozialistischen Arbeiterjugend in Castrop-Rauxel gelernt hatte.

Weißt du, was ich glaube? Diese Arbeiter da drüben, die sind vom Klassenfeind aufgehetzt, sind die, verstehst du? Seit Monaten schürt der Westen das Feuer. Die größte Geißel der Menschheit ist die Ungeduld. Vor einem Jahr hat die SED in der 2. Parteikonferenz die Leitlinien für die friedliche Entwicklung des Sozialismus vorgegeben, und nur aus Angst, verstehst du, aus Angst vor dem Erfolg dieses Modells, werden die einfachen Menschen vom Ausland beeinflusst. So ist das.

Was du alles weißt, murmelte Blum.

Kelbassa ließ sich nicht abbringen.

Ja, ich weiß es eben, aber politischen Analphabeten, wie du einer bist, denen kann man ja alles erzählen.

Politik interessiert mich nicht. Wo hinführt Politik, habe ich gesehen.

Blum trank gelassen seinen mutmaßlichen Kaffee aus.

Aber du lebst, verdammt noch mal, in diesem Land, sagte Kelbassa und baute sich vor Blum auf.

Dieses Land kann untergehen meinetwegen auch. Und alle können fahren zur Hölle.

Kelbassa war schockiert, dann bekam er sich wieder in den Griff.

Klar, ich verstehe, du als Jude und was du durchgemacht hast …

Das geht dich nix an, du Wurst, kapiert? Was ich habe durchgemacht, hat nicht zu interessieren dich. Und dein rachmunes kannst du dir schieben in den tuches arein!

Das wollte der Junge aus dem Ruhrgebiet so nicht stehen lassen.

Blum, was redest du da? Wir kämpfen doch auf derselben Seite. Der Sozialismus ist doch für alle da, auch für euch Juden! Stimmt's Sammy?

Sammy Werbowitzer, der kleine Wirt der Imbisstube, kam mit einer schweren Bierkiste aus der Kellerklappe gestiegen und stöhnte.

Oj, Kelbassa, is er a schmock! Er weiß vom Sozialismus wie a Hahn vom Eierlegen …

Er stellte die Kiste auf den Boden und wischte sich die Hände im grauen Kittel. Dann sprach er weiter:

Du willst mir erzählen vom Sozialismus? Der Sozialismus

ist sogar eine jüdische Erfindung, ist das. Marx, Luxemburg, alles jidn. Und Trotzki? Bronstein hat er geheißen, na, stell dir vor. Die Eltern sinnen gewejn arme, ukrainische jidn, nebbich, mit a sach Kinder!

Den Kopp hat man ihm eingeschlagen in Mexiko, rief der Wirt, alles im Dienst der Menschheit!

Genau, rief Kelbassa. Da könnt ihr stolz drauf sein!

Sammy lachte bitter.

Stolz! Hör zu. Die Frage ist immer: Gut für jidn oder schlecht für jidn?

Wie meinst du das?

Ich werd's erklären dir. Eigentlich, sagte Werbowitzer, sollte ich draußen hängen ein Schild. Und weißt du, was darauf sollte stehn geschrieben?

Keine Ahnung. Kelbassa zuckte mit der Schulter.

»Eintritt für Juden verboten«.

Kelbassa glotzte dümmlich. Warum das denn?

Weil man Juden meinen Fraß nicht kann zumuten, du nudnik! Genauso ist es mit dem Sozialismus!

Blum lachte herzlich, was er selten tat, und Kelbassa verstand nichts mehr. Was öfter vorkam.

Und als Stunden später sowjetische Panzer über die Ostberliner Stalinallee rollten, bekam Kelbassas sozialistisches Weltbild einen gewaltigen Sprung.

5.

Kurz vor den Sommerferien sah sich Alfred Kleefeld nach einem Job um. Zwei Ferienwochen sollte er in einem zionistischen Jugendlager im Schwarzwald verbringen, die Zeit vorher und danach wollte er arbeiten und sich das Geld für ein Rennrad verdienen. Im Winter hatte David ihn zum Sechstagerennen mit in die Festhalle geschleppt, und er hatte sich sofort infiziert. Der Junge liebte die Atmosphäre, die schrille Musik, die Glocke, die zum Spurt rief, das Geräusch der Räder auf der Holzbahn. Sein Idol, der Schweizer Hugo Koblet, hatte gewonnen. Und er hatte nur noch einen Traum: ein Rennrad!

Die Tour de France, die Alfred am Samstagnachmittag in den Wochenschauen im Aki-Kino im Bahnhof verfolgte, und der triumphale Sieg von Louison Bobet taten ihr Übriges. Er träumte nachts schon von einer Rennmaschine. Aber seine Mutter kaufte ihm partout kein Rad und bat auch David, sich zurückzuhalten, was der schweren Herzens tat. Wenn Freddy ein Rad will, meinte Baby kurz und knapp, soll er sich eins verdienen, basta! Außerdem wäre sein älterer Bruder Moritz wieder einmal eifersüchtig geworden und hätte ein Moped gefordert.

So ging Alfred manchen Sonntagmittag mit David hinaus in den Stadtwald Richtung Waldstadion zur dahinterliegenden Radrennbahn, einem ovalen Zementklotz, auf dem die allseits beliebten Steher-Rennen stattfanden. Die Radrennfahrer mussten den Motorräder folgen und durften nicht den Kontakt zur rückwärtigen Rolle verlieren. Die Motorradfahrer als Schrittmacher hatten ihre Maschinen zwischen den Beinen und standen dabei aufrecht.

Sie sahen sich immer wieder um, ob ihr Teamkollege dranblieb, und ein großartiges Duo dieser Tage war der belgische Weltmeister Verschueren mit seinem Schrittmacher Roelants, der sich oft mit dem Deutschen Meister Lohmann zähe Duelle lieferte. David liebte das Geräusch der Motoren, den Geruch von Öl und Auspuffgasen und steckte Alfred mit diesem Fieber an. Nachts lag der Junge dann im Bett und träumte sich auf die Radrennbahn und siegte dort immer in allerletzter Sekunde, in dem er stets den Geschwindigkeitsrekord unterbot.

Einige von Alfreds Klassenkameraden fuhren edle Cinelli- oder Peugeot-Räder, mit denen sie täglich zum Goethe-Gymnasium kamen, er besaß lediglich ein altes Adler-Damenfahrrad, dick schwarz überlackiert. Wenn es im Sommer heiß war, wurde der Lack weich, und er konnte die Farbnasen abpulen. Das war ein nicht länger hinnehmbarer Zustand. Deshalb hatte er David gebeten, ihm bei der Jobsuche behilflich zu sein. Der hatte eine Idee, wollte aber nichts verraten, bevor alles unter Dach und Fach war.

Vor dem Krieg war Leipzig das Zentrum des Pelzhandels, danach wurde es Frankfurt am Main. Die mehrheitlich jüdischen Pelzhändler siedelten sich im Bahnhofsviertel an. In der Niddastraße, in der die meisten saßen, gab es das imposante Pelzlager von A. Ron Salisbury, einem Juden aus Leipzig. Dort hatte man ihn noch als Aron Salzburger gekannt. Er belieferte die Kürschner und Pelzfabrikanten mit Rohware. Salisbury war bereits lange vor dem Krieg nach London emigriert und dort zum Engländer mutiert.

Wenn er nicht sein sächsisches Englisch gesprochen hätte, keiner wäre auf die Idee gekommen, der stattliche Mann mit dem gezwirbelten Schnurrbart wäre je etwas anderes gewesen als ein Lord oder zumindest ein britischer Kolonialoffizier. Deshalb wurde er in Pelzhändlerkreisen respektvoll »Sir« genannt, was ihm nicht unangenehm war.

David kannte den Sir von der Pferderennbahn in Niederrad, denn auch darin war der Pelzhändler ein typischer Engländer. Als wäre er in Ascot, trug Salisbury zu diesem Anlass einen grauen Zylinder, einen eleganten Anzug mit Einstecktuch und Perle, Weste und Uhrkette und war somit die Karikatur eines britischen Aristokraten.

Bei einem dieser gemeinsamen Besuche auf der Tribüne fragte David seinen Bekannten, ob er nicht einen Ferienjob für einen aufgeweckten Fünfzehnjährigen hätte, der dazu noch perfekt Englisch sprach, denn er habe seine Kindheit in den USA verbracht. Der Sir war begeistert, und Alfred trat einen Tag nach Ferienbeginn seinen Dienst in der Niddastraße an.

Salisbury empfing seinen neuen Mitarbeiter freundlich und parlierte mit ihm angeregt auf Englisch, das Alfred besser sprach als der Mann aus Leipzig. Aber der Junge war geschickt und wollte seinen neuen Chef nicht gleich in Verlegenheit bringen. Deshalb vermied er komplizierte Worte, die seine rhetorische Stärke unterstrichen hätten.

Gemeinsam bestiegen sie einen betagten Otis-Lastenaufzug, A. Ron Salisbury schloss das Scherengitter und bewegte einen Hebel nach unten. Dann rumpelte der Lift gemächlich abwärts.

Sie betraten das kühle, große Pelzlager im Keller des Hauses, wo sich Zehntausende von Pelzen stapelten. Nerze, Füchse, Nutrias, Biber, Hasen, Chinchillas, Bären und vor allem Persianer, der Modepelz dieser Tage.

Hier war das unterirdische Reich von Ilja, einem russischen Ungetüm, dem Frankenstein'schen Faktotum Igor nicht unähnlich, wie Alfred amüsiert feststellte. Der riesige Kerl war ein wortkarger, mürrischer Zeitgenosse, ein ehemaliger Rotarmist, der zum Klassenfeind übergelaufen war und nun hier in den Katakomben unter dem Rotlichtviertel sein dumpfes Dasein zwischen Tierhäuten fristete.

Meet my creature, sagte der Sir launig und winkte Ilja zu sich.

Smotri!

Ilja kam angeschlurft, nickte kurz und knurrte unverständlich so etwas wie: Kto tam?

Was Alfred sogleich auffiel, war ein Geruch nach Verwesung und die blutroten, riesigen Hände des Mannes.

Das sein Freddy! Er mit dir rabotaj!, schrie der Sir, so wie alle Menschen, die Sprachunkundige anschreien, weil sie glauben, man würde sie dann besser verstehen.

Ilja glotzte emotionslos vor sich hin.

You assist him, sagte Salisbury leise zu Alfred und verschwand wieder im Otis. Der Junge sah ihm sehnsuchtsvoll hinterher, denn er war beunruhigt über das Ungewisse, das ihn hier in der Unterwelt erwarten würde.

Ilja machte eine kurze Bewegung mit dem Kopf, und Alfred folgte ihm in den hinteren Bereich des Kellers. Hier wurde der Gestank unerträglich, denn auf dem Boden stapelten sich Häute von Nerzen, in dem Zustand, in dem sie den bedauernswerten Tieren abgezogen worden waren. Das Fell befand sich innen, außen war graue, getrocknete Haut sichtbar, und daran klebten Klumpen von schwarzem Fleisch und geronnenem Blut.

Wenden, knurrte der Riese, zeigte grinsend diverse Lücken zwischen den Goldzähnen und zündete sich gemächlich eine gelbe »Africaine« an.

Alfred stand hilflos und hob ein Tier mit spitzen Fingern auf. Ilja grunzte ungnädig und nahm dem Jungen ruppig den toten Nerz aus den Händen.

Mit einem geschickten Griff zog er sich das Tier wie einen langen Handschuh an, bis sein Ellbogen darin verschwand, und wendete das Ding, sodass schließlich ein glänzendes braunes Fell mit Kopf sichtbar wurde. Eine vertrocknete Schnauze und Reste von Augen waren gut erkennbar.

Nein, sagte sich der Junge, selbst die Aussicht auf ein Cinelli wird mich nicht dazu bringen, diese Arbeit zu machen.

Alfred versuchte ein hilfloses Lächeln.

Sehr schön. Aber ich … sprechen … mit … Sir.

Er sprach langsam und brachte kaum ein Wort, ohne zu würgen, heraus.

Ilja lachte debil und zeigte höhnisch zur Tür.

Poshalujsta! Dawaj!

Als Alfred auf die sonnige Niddastraße trat, atmete er erst einmal tief durch. Sir A. Ron Salisbury alias Aron Salzburger war nicht begeistert davon, dass Alfred den Job so schnell hingeworfen hatte. Die Jugend von heute war verweichlicht, was konnte man machen? Sollte er ihm erzählen, was er nach den Bombenangriffen auf London alles gesehen hatte? Sollte er ihm von den vielen Toten berichten, die er gemeinsam mit anderen Helfern aus den Trümmern geborgen hatte? Den halben Menschen? Von den Köpfen, den Beinen, den zerquetschten Kindern?

Es soll dir im Leben nichts Schlimmeres passieren, als Nerze zu wenden, hatte er zu Alfred gesagt und müde hinzugefügt:

Leave me alone.

Alfred war das unangenehm:

Mister Salisbury, Sir, I am desperately inconsolable, but …

Der Pelzhändler unterbrach:

Give my best regards to your uncle. He is a nice man. Goodbye.

Sir, I mean …

Salisbury hinter seinem zu großen Schreibtisch hatte Alfred durch einen Wink mit dem Handrücken unterbrochen, dann zur Tür gezeigt und wie der Großgrundbesitzer zu seinem Sklaven gesprochen:

Farewell, Alfred. You are free now.

Dann hatte er sich wieder seiner Post zugewandt.

David saß auf der Terrasse bei »Unterleitner« vor seinem Omelette und war überrascht, Alfred zu sehen, der zwischen den Gästen offensichtlich nach ihm Ausschau hielt. Er hatte seinen Onkel entdeckt und winkte kurz. Neben David befand sich Verständig, der auf seinem zähen Suppenfleisch kaute, gleichzeitig sprach und mit der Gabel gefährlich in der Luft herumfuchelte.

Dir gesagt, Bermann, das ist das Geschäft der Zukunft. Du stellst deine Wurlitzer auf, wechselst ab und zu die Platten und kassierst und fertig! Das nenn ich a panuße!

Der Junge kam an den Tisch und ließ sich wortlos auf den dritten Stuhl fallen.

Bubele, was ist?, wollte David wissen.

Freddy! Alter Junge! Ihr habt Ferien, gell, mischte sich Verständig ein.

Alfred nickte.

Beneidenswert, fuhr der lange Teilacher fort, Ferien! A mechaje.

Dann änderte sich sein verträumter, einäugiger Blick.

Aber ich musste ja immer schaffe. Auf'm Land, da gab's keine freie Zeit. So war das damals. Was glaubst du? Nicht wie heute, wo die Jugend nur ans Vergnügen denkt …

David unterbrach ihn.

Emil, der Junge arbeitet ja auch.

Und dann zu Alfred:

Nu? Wie war der erste Tag? Willst du was trinken?

Ich bin den Job los, sagte Alfred kurz.

Er arbeitet beim Sir, erklärte David, ohne auf Alfreds Einwand zu achten. Aber dann:

Hn? Was soll das heißen, du bist den Job los?

Der Sir ist doch ein Knauser, ein Sachse. Das sagt alles!

Für Verständig war der Fall klar.

Nein, meinte Alfred, das Geld war okay, aber die Arbeit war eklig. Tote Tiere wenden. Ich könnte jetzt noch kotzen.

Während sich Verständig wieder ein Stück Fleisch in den Mund schob, sagte er kauend:

Und was willste jetzt machen?

Der Junge zuckte mit der Schulter.

David legte sein Besteck zur Seite.

Ich könnte mal mit Fränkel reden.

Gute Idee, sagte Verständig. Bei dem brummt der Laden.

Alfreds Stimmung hellte sich auf.

Isst du das noch?, fragte er David.

Bermann schob ihm den Teller mit dem halben Omelette hin.

Hack rein, unberufen.

Und Verständig sagte kauend:

Wer viel schafft, der muss auch viel essen!

6.

Strictly confidential.
US Army Headquarters Europe, Frankfurt/M., IG-Farben Building, floor 4, room 4566, Intelligence Service American Sector, investigation unit.
Aktenzeichen: 2553/47
In der Sache Fraenkel, Robert. Geschaeftsmann. Geboren in Posen, Germany, Januar 12, 1904. Juedisch. Wohnhaft 35, Kettenhofweg, Frankfurt am Main, nach Vorladung persoenlich anwesend.
Vernehmender Offizier: Major Howard G. Kramski.
Protokoll: Sgt. Louis B. Lederman.

Mit diesen Daten begann das Protokoll zur Anhörung von Robert Fränkel. Jeden Dienstag hatte der Teppichkaufmann vor dem US-Offizier Major Howard Kramski zu erscheinen, um Rede und Antwort zu stehen. Ausnahmen von dieser Regel wurden nur genehmigt, wenn Fränkel dringende Gründe anführen konnte, wenn Kramski anderweitige Verpflichtungen hatte oder in Urlaub war.

Es war bereits Ende 1949 zu einer ersten Aussprache gekommen, damals hatte Fränkel einem CIA-Mitarbeiter nur kurz berichtet und war dann mit dem Hinweis entlassen worden, »er werde noch hören«.

Nun war es so weit. Fränkel hörte. Nicht, dass er ein schlechtes Gewissen gehabt hätte, aber er spürte doch, dass seine Knie weich wurden, als er das IG-Farben-Gebäude betrat. Man kann ja nie wissen. Manches fängt harmlos an und endet in einer Katastrophe, manches könnte schlimmer sein und wird dann auch schlimmer.

Eine Zivilangestellte der US-Army erwartete ihn bereits in der Halle und führte Fränkel in den vierten Stock, der eigentlich der dritte war, aber die Amerikaner zählen das Erdgeschoss als Nummer eins mit. Das war Fränkels erste Lektion an diesem Tag.

Als er das karge Büro betrat, erhob sich der untersetzte Major Kramski freundlich und begrüßte Fränkel. Auch der dürre Protokollführer Louis Lederman stellte sich vor. Fränkel war zunächst verwundert, dass zusätzlich noch ein Tonbandgerät mitlief, aber Lederman protokolliere lediglich Namen, Adressen, Daten und schwer verständliche Begriffe, die beim Abhören zu Fehlinterpretationen führen würden. Ein missverstandenes Wort könnte schon zu Verwicklungen führen oder gar ungerechtfertigte Beschuldigungen in Gang setzen. Und das wäre eine Katastrophe für alle Beteiligten. Fränkel tat beruhigt und setzte sich. Ihm gegenüber hing grinsend Ike Eisenhower an der Wand.

Nachdem man ein paar Floskeln über das Wetter und die hübsche Aussicht auf den Park ausgetauscht hatte, erhielt Fränkel seinen Ausweis zurück. Den hatte Sergeant Lederman inzwischen überprüft. Fränkel saß vor dem Schreibtisch, auf dem sich Akten stapelten und wurde von Kramski ermahnt, nur die Wahrheit zu sagen und nichts als die Wahrheit. Der Major begann förmlich:

Mister Fränkel, nachdem Ihre Identität festgestellt wurde und Sie Ihre Bereitschaft erklärten, auszusagen nach amerikanischem Recht und Gesetz, kommen wir jetzt zur Sache.

Er blätterte in den Papieren und fuhr dann fort:

Ihr Name erscheint unter dem Rubrum »Geheime Reichssache« in der Zeit zwischen dem 10. Mai 1944 und 30. August 1944 in zahlreichen Aktennotizen, Schriftstücken und Dokumenten der SS, des Reichssicherheitshauptamts, der Reichskanzlei und in Protokollen des Ministeriums für Volksaufklärung. Uns ist bekannt, dass Sie ab Oktober 1943 Häftling im Konzentrationslager Sachsenhausen waren. Dazu sollen Sie sich in der Hauptsache äußern. Vorab kurz Ihren Lebenslauf, wenn ich bitten darf.

Fränkel räusperte sich und sagte:

Könnte ich eine Zigarette bekommen?

Kramski warf einen geschäftsmäßigen Blick zu Lederman, der sprang auf, lief zu Fränkel und reichte dem eine Chesterfield, die der sofort anzündete. Dann begann er mit seiner Aussage:

Ich komme aus einer Künstlerfamilie. Mein Vater Paul Fränkel war Musiker, ist bereits 37 gestorben, das war sein Glück. Meine Mutter Amalie, geborene Sternberg, war Astrologin, so eine Art Wahrsagerin. Hat ihr leider nicht viel geholfen.

Warum?

Nun, sie ist deportiert worden – zuerst nach Theresienstadt, später dann weiter nach Auschwitz. Dort ist sie umgekommen. Auch meine Schwester Thea.

Und Sie?

Ich bin nicht umgekommen, wie Sie sehen, meinte Fränkel bissig.

Kramski ging nicht darauf ein und fragte freundlich:

Wie sind Sie der Deportation entkommen?

Ich bin vom Sammelplatz an der Oranienburger Straße

einfach weggelaufen und habe bis zum Frühjahr 43 in Berlin versteckt gelebt. Zuerst im Fundus des Deutschen Theaters, dann bei deutschen Freunden, das gab es auch.

Kramski unterbrach ihn.

Wie hießen diese Freunde?

Menke, Fritz Menke. Ich kannte ihn vom Theater. Er war Requisiteur. Ein feiner Mensch. Auch seine Frau. Anständige Leute.

Kramski ließ nicht locker, während er sich Notizen machte, obwohl ja auch Lederman in seiner Ecke mitschrieb.

Wo wohnten diese ... Menkes?

Nicht weit vom Bahnhof Charlottenburg. Niebuhrstraße 34, 2. Hof,

3. Stock links, sagte Fränkel.

Während er schrieb, sagte Kramski:

Weiter bitte ...

Die Menkes hatten mich als einen Cousin ausgegeben, ich sei angeblich ausgebombt. Aber irgendwann wurde es zu gefährlich. Die Nachbarn schienen den Menkes die Geschichte nicht abzunehmen und schauten schon scheel.

Lederman unterbrach aus seiner Ecke.

Wie schreibt man das?

Bevor Kramski antworten konnte, sagte Fränkel:

Schreiben Sie »argwöhnisch«.

Kramski schaute einen Moment verdutzt, dann befahl er:

Argwöhnisch!

Und zu Fränkel: Go ahead.

Dann bin ich umgezogen, auf den jüdischen Friedhof Weißensee.

Kramski: Auf den Friedhof?

Fränkel: Jawohl. Ins Mausoleum der Familie Mosse, das Verlagshaus, gut situierte, vor allem ruhige Mitbewohner. Unten war ihre Gruft mit den Särgen. Dort hielt ich mich versteckt, so knapp drei Monate.

Kramski: Von was haben Sie sich ernährt?

Fränkel musste grinsen.

Was heißt ernährt? Ich war froh, dass ich lebte. Es wurde Herbst, es gab Obstbäume. Es gab Beeren, Äpfel, Pflaumen, was weiß ich … Kennen Sie Weißensee? Eine Totenstadt. Riesig …

Kramski winkte ungeduldig ab.

It's okay. Wie ging es weiter?

Obwohl ich nur nachts unterwegs war, erklärte Fränkel, wurde ich irgendwann bemerkt und von anständigen deutschen Kindern denunziert. Man hat mich gejagt, auf mich geschossen und geschnappt und zur Gestapo in die Prinz-Albrecht-Straße gebracht.

Dort hat man mich gefoltert, da sie hofften, dass ich den Aufenthaltsort weiterer versteckter Juden verraten könnte.

Und? Haben Sie?

Fränkel wurde zornig.

Was soll das? Werfen Sie mir vor, dass ich überlebt habe?

Kramski versuchte ihn zu beruhigen und fragte leise:

Was genau hat man mit Ihnen gemacht, Mister Fränkel?

Was man so macht, Major. Schlagen, auf einen pissen, nicht einschlafen lassen, stundenlang stehen lassen, Strom auf die Eier und weitere Scherze.

Kramski wurde klar, dass er nicht nach Details fragen sollte.

Was geschah dann?

Fränkel atmete tief durch.

Als einer feststellte, dass ich der Robert Fränkel war, der Schauspieler, ließ man von mir ab. Es gab also auch bei der Gestapo Leute, die sich früher über mich amüsiert haben. Herbst 43 kam ich ins Lager. Nach Sachsenhausen.

Fränkel machte eine Pause.

Die Erinnerung wühlte ihn auf. Da saß ihm dieser wohlgenährte, beigefarbene Offizier gegenüber und hatte keine Ahnung davon, was ein Mensch alles mitmachen konnte. Während hier die Hölle los war, hat der doch irgendwo in Texas gesessen und sich die Eier gekrault. Und heute sitzt er hier und gibt den dicken Max. Und verhört Leute.

Mister Fränkel? Brauchen Sie eine Pause?

Fränkel schüttelte den Kopf und sprach dann leise weiter:

Etwa zwei Wochen nach meiner Ankunft wurde mir mitgeteilt, dass ich von nun an Sondergefangener der Gestapo sei und in einen separaten Bereich des Lagers überstellt würde, in den Zellenbau. Hier traf ich einige prominente Mitgefangene, unter anderem Herschel Grynszpan, den Pastor Martin Niemöller und den Hitler-Attentäter Georg Elser.

Interessant, sagte Kramski, was war das für ein Sonderbereich?

Nun, in diesem abgeteilten Bereich des Lagers waren alle Gefangenen ausschließlich der Gestapo unterstellt. Die SS hatte keinen Zugriff. Man trug die Ehrenbezeichnung »persönlicher Gefangener des Führers«. Ich hatte es zu etwas gebracht, da konnte ich stolz drauf sein.

Und Sie hatten keine Ahnung, warum Sie in diesen Sonderbereich gekommen waren?

Nein. Keine Ahnung.

Kramski wurde misstrauisch.

Sie sagten eben, Sie waren prominent?

Fränkel lächelte.

Was heißt prominent? Ich war bekannt in Berlin. Sie würden sagen als »Entertainer«.

Ich habe viele Jahre erfolgreich im Kabarett, im Theater, beim Film und in Shows als Conférencier gearbeitet.

Was haben Sie da für Rollen gehabt? Im Film?

In Revuefilmen bei der Ufa habe ich gespielt, meistens Frackrollen. Ich habe mit Kurt Gerron gearbeitet. »Meine Frau, die Hochstaplerin« zum Beispiel, war auch so ein Meisterwerk.

Und in Shows? Was haben Sie da gemacht?

Was man so macht. Man sagt das Programm an. Ich habe Witze erzählt.

Witze?

Was soll das, dachte Fränkel. Er war nicht sonderlich überrascht, dass sein Gegenüber nicht wusste, was Witze waren. Er sagte:

Ja, jokes, Witze. Anekdoten, lustige Geschichten, Gags, Sketche, Satiren, Schmankerl, wie Sie wollen. Ich war ein professioneller Witzeerzähler, manchmal auch ein Witzeerfinder. Die Leute riefen mir Begriffe zu, aus dem Publikum, und ich machte irgendwelche lustigen Geschichten daraus. Dafür war ich bekannt. In Berlin weltberühmt, wie Tucholsky sagen würde.

Tucholsky? Wer ist das?

Fränkel konnte es nicht glauben. Wo war er hier gelandet? Dieser kulturlose Mensch kannte einen der Größten nicht. Fränkel atmete tief durch:

Kurt Tucholsky! Weltbühne, Peter Panter, Theobald Tiger, der Schriftsteller. Der Satiriker. Er hat sich umgebracht.

It rings a bell.

Fränkel glaubte ihm kein Wort. Kramski wollte nur nicht für ungebildet gelten und wechselte rasch das Thema. Er sah Fränkel neckisch an.

Erzählen Sie mir einen Witz.

Fränkel war überrascht.

Was? Jetzt? Hier? Ihnen? Unmöglich! Und schon gar nicht gratis!

Kramski lächelte. Dann wurde er wieder ernst.

Was geschah dann in Sachsenhausen?

Fränkel dachte einen Moment nach, dann sagte er:

Gegen Weihnachten 43 kam der Adjutant des Gruppenführers Otte, ein gewisser Standartenführer Wilhelm Strelau.

Kramski unterbrach, während er die Namen aufschrieb.

Wer war dieser Gruppenführer Otte?

Fränkel war verwundert.

Sie wissen nicht, wer Otte war? Ich denke, Sie haben einen Geheimdienst? Albrecht Otte? Der flotte Otte?

Kramski sagte leise:

Wir wollten es von Ihnen wissen.

Fränkel war erbost.

Hören Sie, ist das hier ein Quiz?

Kramski ließ sich nicht beirren.

Mister Fränkel, keep cool, please. Erzählen Sie weiter. Was wollte Albrecht Otte von Ihnen?

Fränkel entschloss sich, seinen Ärger zu unterdrücken. Er musste sich einfach damit abfinden, dass sich sein Gegenüber doof stellte. Darin bestand offenbar die Verhörmethode. Er atmete tief durch und sprach weiter:

Die SS hatte eine Weihnachtsfeier geplant, Otte hatte sich angesagt. Und man musste einen bunten Abend organisieren. Dafür wollten sie mich haben. Als Conférencier, als

Alleinunterhalter, was weiß ich. Man hat ein Orchester zusammengestellt aus Juden und Russen. Es gab ja russische Kriegsgefangene im Lager, da waren gute Musiker dabei. Die Russen können ja alle irgendwas spielen. Wer nicht Geige spielte oder auf der Laika ballerte, spielte Quetschkommode.

Hn?

Akkordeon. – Man hat mich gefragt: Spielst du Klavier?, und da habe ich geantwortet: Hab's noch nicht ausprobiert. Keiner hat gelacht. Da wusste ich, ich werde es schwer haben mit meinen Witzen. Ich musste mich vorsehen, ein unverstandener Witz hätte absolut tödlich sein können in diesen Kreisen. Man konnte von Gruppenführer Otte behaupten, er sei ein Hurenbock, ein Schwein, ein Mörder, ein Kinderschänder. Das war alles legitim. Aber man durfte ihm nicht unterstellen, er habe keinen Humor. Keinen Humor zu haben war schlimmer als eine jüdische Großmutter. Bei der SS wurde überhaupt viel gelacht. Aus Verlegenheit, aus Angst. Sie haben über die blödesten Blödheiten gelacht, um nicht als humorloses Kameradenschwein zu gelten. Schon wenn einer »zum Bleistift« gesagt hat, statt »zum Beispiel«, haben sich alle totgelacht. Na ja, totgelacht ist übertrieben, leider. Wenn's nur so gewesen wäre ...

Drinnen, in der Dienststube, nicht draußen beim Appell, da wurde wenig gelacht. Wenn, wurde nur über die dummen Juden gelacht. Besonders, wenn sie tot waren. Das fanden sie ziemlich komisch. Das war ihr Humor. Ja, beim Zählappell, bei sogenannten »Vorkommnissen«, auch so ein herrliches Wort, da wurde gelacht. Es kam sogar vor, dass die Häftlinge gezwungen wurden mitzulachen, sonst hatten sie nichts mehr zu lachen.

Kramski unterbrach:

Können Sie so ein … Vorkommnis schildern?

Wenn es sein muss, sagte Fränkel und atmete tief durch.

Es muss sein, sorry.

Es war noch, bevor ich in den Zellenbau kam, beim Zählappell, begann Fränkel leise, Sie müssen sich vorstellen …

Fränkel erhob sich und stand plötzlich aufrecht.

Man steht stramm, eine Stunde, zwei Stunden, es ist fünf, sechs Uhr und saukalt. Ein SS-Mann geht durch die Reihen, mit einer Reitgerte, so … zack, zack!

Fränkel nahm, ohne zu fragen, ein Holzlineal von Kramskis Schreibtisch und machte es vor.

Hier gefällt ihm der Sitz einer Mütze nicht, da sind die Füße nicht aneinander, es muss doch alles perfekt sein … Idiotisch, nicht? Auf der einen Seite sind Juden Untermenschen, Ungeziefer, aber exerzieren sollten sie können wie ein preußisches Garderegiment!

Der SS-Mann, ein Neuer, den wir vorher noch nie gesehen hatten, das waren die Schlimmsten, jedenfalls geht der Kerl durch die Reihen, mit zusammengekniffenen Augen, alle schauen mit gesenktem Blick auf den Boden, jeder macht sich klein, auf einmal bleibt er stehen, neben mir. Ich ahne es schon und versuche aus den Augenwinkeln etwas mitzubekommen …

Fränkel machte eine Pause, bevor er, sichtlich berührt, leise weitersprach:

Der SS-Mann schreit los. Steh gerade! Neben mir steht Serge Goldner, er kann nicht gerade stehen, er ist nebbich ein wenig krumm gebaut, ein Jude aus Antwerpen, ein feiner, ein stiller Mensch, ein hervorragender Herrenschneider. Jedenfalls zerrt er Goldner nach vorn, schlägt mit seiner kurzen Gerte auf ihn ein, Goldner muss sich hinknien. Der SS-Mann, er hieß Schirdewahn, falls das interessiert, Hartmut oder Helmut Schirdewahn, ein Franke, ich glaube, er kam aus Coburg ...

Kramski schrieb den Namen auf, während Fränkel weiterredete:

Er zieht seine Pistole, legt an auf die Stirn von Goldner und sagt: Du wirst lernen, gerade zu stehen, du krummer Saujud, du gottverdammter!

Dann drückt er ab. Das Hirn von Goldner spritzt überall herum. Schirdewahn geht ab und ruft dabei: Macht den Dreck weg!

Kramski schluckte. Dann fragte er:

Genau so hat es sich zugetragen?

Fränkel verzog das Gesicht.

Was denken Sie? Ich erfinde das? Ich erzähle Witze?

Kramski reagierte schroff:

Mister Fränkel, bitte überlassen Sie es mir zu fragen. Keine Frage ist unüberlegt oder überflüssig. Sie können sicher gut Witze erzählen, ich kann Fragen stellen, okay?

Fränkel machte mit der Hand eine »Sorry-Geste«.

Nach einer Pause fragte Kramski:

Möchten Sie einen Kaffee?

Fränkel schlagfertig:

Ist das eine Fangfrage?

Kramski musste lachen, und Fränkel sagte:

Ja, bitte. Mit Zucker.

7.

Unmittelbar rechts neben »Robby's Teppichparadies« befanden sich die Atrium-Lichtspiele, ein ehemals großes Kino. Durch einen Bombentreffer halbiert, war es nach dem Krieg zu einem kleinen Kino geworden, das die aktuellen Hollywood-Produktionen spielte wie »Schrecken der Kompanie« mit Jerry Lewis und Dean Martin. Aber auch jene, die von den Nazis verboten worden waren und die sich Goebbels nur zu Hause angesehen hatte. All diesen verjudeten Dreck!

Diese Filme wurden nun im Atrium einer staunenden Öffentlichkeit gezeigt.

Besondere Ereignisse waren die sonntäglichen Matinee-Vorstellungen, die Alfred ab und zu gemeinsam mit Onkel David besuchte. Da gab es Naturfilme wie »Von Alaska nach Feuerland« oder »Die Geschichte des Walfangs«. Auch vor den Hauptfilmen liefen oft sogenannte »Kulturfilme«, manchmal auch Zeichentrickfilme mit Micky Maus, Goofy, Donald Duck oder Tom und Jerry.

Außerdem hielt das Kino ein sensationelles Nachtprogramm bereit, ein Muss für alle Horrorfilm-Fans, zu denen auch Alfred gehörte. Obwohl Filme wie »King Kong«, »Dracula«, »Frankensteins Braut« oder »Der Wolf-Mann« erst ab achtzehn Jahren zugelassen waren, durfte Alfred hinein. Es gab sogar Filme, in die man erst ab einundzwanzig durfte! Da war dann mal eine halb entblößte Mädchenbrust zu sehen.

Der Eigentümer des Kinos, Erich Rosenzweig, mochte den Jungen. Da Alfred in den USA gelebt hatte, war er für Rosenzweig ein Experte auf dem Gebiet des Showbusiness und wurde gelegentlich von ihm als Zeuge und Kenner herbeizitiert. Alfreds Mutter sah es nicht gern, dass ihr Sohn am Samstag um 22 Uhr noch ins Kino ging, allerdings hatte er in ihrem Freund David Bermann einen Sympathisanten, der ihn dabei unterstützte oder ihn sogar begleitete.

Was keiner ahnen konnte: Der Grundstein zu Alfreds späterer Karriere als B-Movie-Star in Horrorfilmen wurde im Atrium gelegt.

Und das hatte auch nur geschehen können, weil David eines Tages mit seinem ehemaligen Kollegen Robert Fränkel gesprochen hatte, um dem Jungen einen Ferienjob im Teppichparadies zu besorgen. Fränkel kannte Alfred und mochte ihn. Alle mochten Alfred. Er war ein kluger und wohlerzogener Junge. Aufsässig wurde er erst später.

Alfred erschien pünktlich und wie vereinbart im Teppichparadies und wurde von den Verkäufern erst einmal misstrauisch beäugt. Fränkel hatte sich verspätet, und so stand der schlaksige Junge in seinen kurzen Hosen mit seinen dünnen Beinen, den Ringelsocken und Sandalen erst einmal dumm im Laden herum und beobachtete das Geschehen. Schnell hatte Alfred gesehen, wie hier der Hase lief: Der rührigste Verkäufer war ohne Frage Kelbassa, der jeden Kunden freundlich empfing und in die Gruft lockte. Der Charmeur Blum war für die einsamen Damen, oft Lebedamen, zuständig. Honigbaum hielt sich im Hintergrund, machte sich Notizen und tat im Übrigen so, als ginge ihn das alles nichts an. Er erinnerte Alfred an eine Kreatur aus einem Horrorstreifen: das Ungeheuer, das fauchend aus seiner Höhle kam und über Leben und Tod entschied. Und wie Alfred so herumstand und nachdachte, legte sich eine Hand auf seine Schulter. Fränkel war durch den Hintereingang gekommen.

Doctor Livingstone, I pressume, sagte er leise.

Alfred lächelte. Der Junge gab Fränkel höflich die Hand. Der mittelgroße Mann im eleganten Anzug roch nach einem guten Rasierwasser. Er war Ende vierzig, hatte Frisiercreme im dunklen Haar und begann Geheimratsecken auszubilden. Fränkel sah an Alfred hinunter.

Dit is nüscht, sagte er, du musst seriös daherkommen. Haste keene Minelle?

Hn?

Na, en Zwirn! En Anzug!

Doch. Der Junge nickte.

Pass auf, meinte der Mann, im Geschäft ist es wie auf der Bühne. Jeder hat seine Rolle. Kelbassa, also der da vorn, das ist der anständige Deutsche. Ein Kommunist. Bei dem fühlen sich die einfachen Kunden wohl. Er ist einer von ihnen.

Der da drüben, das ist Blum. Der gibt das Schlitzohr. Man wird zwar reingelegt, aber genießt die Show. Honigbaum ist der Mann ohne Eigenschaften. Er biedert sich nicht an. Er entscheidet darüber, ob ein Kunde überhaupt etwas kaufen darf! Ob er es wert ist, hier etwas mit rauszunehmen. Und ich bin das, was ich immer bin, der Alleinunterhalter. Der Koberer. Ich locke die Menschen in den Laden.

Und was ist meine Rolle?, wollte der Junge wissen.

Du spielst den Naiven. Der, dem sich die Kunden überlegen fühlen. Die Leute finden dich ja so nett, ein unbedarfter Gymnasiast, der hier aushilft, der seine schwangere, verwitwete Mutter, seine schwindsüchtige Schwester und den kleinen gelähmten Bruder durchbringen muss.

Alfred war unsicher.

Aber ich habe keine Ahnung von Teppichen.

Genau das ist es, sagte Fränkel. Die Kunden fühlen sich dir überlegen. Du hast keine Ahnung und musst deine Kollegen fragen. Pass auf ...

Er nahm den Jungen an der Schulter und führte ihn zum Eingang. Dann sagte er:

Heute kriegen wir noch kleine Teppiche rein. Brücken nennt man die, »brickel« auf jiddisch. Die sind so fünfzig auf achtzig. Gut als Türvorleger oder für ins Bad. Du bist ab heute unser Brickelspezialist. Du stehst hier, neben einem hohen Stapel und wirst sie verkaufen. Sie kosten im Einkauf einen Zwickel, also zwei Mark. Für zehn gehen die weg. Also achtzig Pfennig Gewinn für dich an jeder Brücke. Rechne dir aus, wenn du am Tag, sagen wir mal, zwanzig verkaufst. Hn?

Klasse, das sind sechzehn Mark!

Alfred war begeistert.

Aber nur, sagte Fränkel, wenn du jetzt heimgehst und im Anzug zurückkommst, wie a Mensch.

Jutana, Sisala, Cottonia. Wie das klang! Das waren die Provenienzen aus denen Fränkels erlesene Teppiche offiziell stammten. Diese märchenhaften Orte lagen irgendwo im fernen Orient oder im tiefsten Afrika, da wo noch keiner seiner Kunden je war. Ja, es kam schon mal vor, dass ein ehemaliger Soldat, der unter Rommel in Nordafrika gedient hatte, sich zu Wort meldete und versuchte Fränkel zu widerlegen, aber der schaffte es immer wieder, diese Störenfriede abzubügeln. Wenn der begnadete Alleinunterhalter von seinen haarsträubenden Abenteuern berichtete, die mit dem Ankauf der Teppiche verbunden waren, blieben die Passanten stehen und ihre Münder offen. Er erzählte ganze Romane – Karl May war Dreck dagegen.

Jutana, mein Jutana!, rief Robert Fränkel enthusiastisch und zeigte auf einen Jute-Teppich, der vor ihm auf dem Bürgersteig lag. Jutana, wo dieses einmalige Stück herkommt, ist eines der letzten Paradiese. Schöne, bronzefarbene Menschen leben dort unten, mit blitzend weißen Zähnen, voll natürlicher Anmut.

Stolze, geheimnisvoll verschleierte Frauen knüpfen die Teppiche mit flinken Fingern, während sie vor den Lehmhütten sitzen, ihre Neugeborenen stillen, die Hirsesuppe kochen und singen und miteinander lachen.

Wenn die Schatten kürzer werden, die Maultiere um die Brunnen kreisen, ziehen die Männer mit Kamelen, den Buckelrindern und den Ziegen hinaus auf die kargen Felder. Und selbst die vielen Kinder arbeiten schon. Es ist ein hartes Leben, aber hört man je ein Wort des Unmuts? Nein! Anders als hier, wo alle nur meckern und auf der Regierung rumhacken. Und diese Gastlichkeit! Man kommt als ein Fremder und geht als Freund. Leute, ich habe diesen Menschen mein Wort gegeben, euch ihr Handwerk und damit ihre Kultur nahezubringen. Wer einen solchen Teppich erwirbt, hat nicht nur ein edles Stück fürs ganze Leben und darüber hinaus, er ist auch für immer mit Jutana verbunden, dem Morgenland. Und, nicht zu vergessen, er tut was für die armen Menschen dort drüben. So, jetzt aber hereinspaziert, Herrschaften, solange der Vorrat reicht.

So etwa hörte sich der Vortrag von Fränkel an. Ehrfurchtsvoll blieben die Menschen stehen, bevor er sie in der

Falle hatte. Selbst Alfred, der in seinem guten Anzug neben seinen Brücken stand, war fasziniert. Und obwohl er vermutete, dass es das Land Jutana nicht gab, nahm er sich vor, es heute Abend in Dierckes Weltatlas zu suchen.

Als der junge Herr Kleefeld im Teppichparadies anfing, machten sich die Kollegen über ihn lustig. Kelbassa und Blum feixten über den linkischen Oberschüler, wie er draußen bei Wind und Wetter stand und wie ein Zerberus seine brickel bewachte.

Sie fühlten sich wie die Könige, denn sie brauchten nur täglich ein, zwei große Teppiche zu verkaufen und hatten ihr Geschäft gemacht, während Alfred zehn Stunden vor dem Laden herumstand, um ein paar kleine Brücken loszuwerden. War Fränkel nicht im Geschäft, verzogen sich die beiden in »Sammy's Imbiss« am Eck, um über Frauen und das schöne Leben zu sprechen und sich gegenseitig zu versichern, dass sie zu Größerem geschaffen waren, als Teppiche zu verhökern. Oder dass sie, wenn sie Chef wären, wesentlich erfolgreicher agieren würden als Fränkel. Aber die Welt ist bekanntermaßen ungerecht.

Jeden Dienstag erschien Fränkel erst gegen Abend, um die Abrechnung zu machen. Seit Wochen hatte er an diesem Tag offenbar regelmäßig Termine außerhalb und viele Gerüchte machten die Runde.

Manche behaupteten, er habe ein Verhältnis mit einer reichen, prominenten Dame aus Bad Homburg. Und dienstags sei deren Gatte wohl regelmäßig aushäusig.

Einige unterstellten ihm, mit untergeschlüpften Nazis Geschäfte zu machen, und andere wiederum glaubten zu wissen, Fränkel arbeite mit dem US-Geheimdienst CIA zusammen. Es gefiel ihm, seine Angestellten im Unklaren zu lassen.

Als er allerdings Honigbaum darum bat, in seiner Abwesenheit den Kollegen auf die Finger zu sehen, verbat sich dieser das vehement.

Eine Liste ja, aber ich bin nicht dein Kapo nicht, rief er.

Alfred hatte davon keine Ahnung, als Fränkel zu ihm kam und ihn zu seinem Spion machte.

Du bist der Einzige, dem ich trauen kann, sagte er sorgenbeladen zu dem Jungen, und der war stolz, seinem Chef einen Gefallen zu tun. Allerdings war es nicht so, dass Alfred minutiös verriet, wer wann wie lange weg war, aber er meldete zum Beispiel den regelmäßigen Besuch von Elias Ter-Vanasian im Laden. Das war eine interessante Botschaft, denn der Armenier kam niemals rein, wenn Fränkel anwesend war. Irgend etwas stank, das lag in der Luft.

8.

Rechts neben den Atrium-Lichtspielen stand ein unbeschädigtes Haus aus der Gründerzeit. Es war ein mächtiges Gebäude aus rotem Sandstein mit allerlei Verzierung unter den Simsen und um die Balkone. Links und rechts neben dem pompösen Eingang ragten Säulen empor, die ein Vordach trugen, das ebenfalls Verschnörkelungen aufwies. Das eindrucksvolle Jugendstilhaus war vor dem Krieg ein elegantes Geschäftshaus gewesen, im Besitz einer Familie Oppenheimer, von der man nach 45 nicht mehr viel gehört hatte. Es stand unter der Verwaltung der US-Administration, beherbergte die Damenschneiderei Prochaska, ein paar Organisationen und Hilfsfonds. Und in der Beletage die Anwaltskanzlei von Dr. Dr. Jean Lubinski. Zu erreichen mit dem eleganten, holzgetäfelten Aufzug, in dem sich ein roter herausklappbarer Samtsitz befand.

Der korpulente, eloquente Anwalt, der Alfred an Oliver Hardy erinnerte, hatte sich auf Wiedergutmachungsverfahren spezialisiert und war in den Frankfurter Justizkreisen gefürchtet. »Gewinnsti? Lubinski!« war ein populäres Bonmot in diesen Jahren. Es war für Alfred an manchem Morgen ein Ereignis, zu beobachten, wie Herr Lubinski in seinem Maybach vorfuhr, der von einem livrierten Chauffeur gesteuert wurde. Wenn es regnete, flitzte der Mann mit einem Schirm zur hinteren rechten Tür, öffnete den Schlag, und Maître Lubinski entstieg seinem beeindruckenden Automobil, das Weißwandreifen hatte und zwei Reserveräder auf den Trittbrettern. Stets verweilte Lubinski noch ein paar Sekunden in der geöffneten Autotür, als würde er Applaus erwarten. Schien die Sonne, verwandelte sich der Maybach in ein imposantes Cabriolet, dann trug der Anwalt einen kecken Strohhut, den er freundlich lupfte, wenn ihm ein Gesicht bekannt vorkam.

Selbst Alfred, eher doch ein unscheinbarer Knabe, wurde hin und wieder von ihm gegrüßt, wenn die Blicke sich trafen. Lubinski war schließlich auch der Anwalt seiner Mutter und wusste, was man der Mandantschaft schuldig war.

Ein weißes Emailschild, das zum Erdgeschoss des Hauses gehörte, hatte schon länger Alfreds Aufmerksamkeit erregt, denn die schwarzen Buchstaben waren in altdeutscher Schrift gestanzt, und dort stand zu lesen:

G. Fuchs, Urzt, Sprechstunden 8–18 Uhr, täglich außer Sonntag und nach Vereinbarung.

Alfred allerdings hatte von der altdeutschen Schreibweise keinen Schimmer, eine Folge seiner amerikanischen Kindheit. Deshalb kannte er das große A nicht, das im Altdeutschen oben offen ist und eher einem kantigen U gleicht. Und so kam es, dass in »Robby's Teppichparadies« »Fuchs-Urzt« zu einem Begriff wurde. Anfangs war der Junge ein wenig gekränkt, wenn ihn die Kollegen auf den Arm nahmen, aber mit der Zeit begann er stolz auf seine Kreation zu werden und konnte sich rühmen, mit Fuchs-Urzt einen Begriff in die Welt gesetzt zu haben, über den noch Generationen sprechen würden, nicht zuletzt hier und jetzt.

Wer aber war dieser Fuchs-Urzt?

Georg Fuchs war ein langer, hagerer Mann, der stets gebückt ging, selbst wenn er keine schwere Arzttasche bei sich trug. Obwohl er noch keine fünfzig war, wirkte er wie ein junger Greis. Sein zerknittertes, gegerbtes Ledergesicht hatte eine höchst ungesunde Farbe. Kein Wunder, denn Fuchs-Urzt sah man nie ohne Kippe im Mundwinkel.

Es störte ihn auch nicht, dass bei seinen Untersuchungen oder Behandlungen Zigarettenasche selbst auf die intimsten Bereiche seiner Patienten fiel, keiner hätte sich je beschwert.

Vor ein paar Wochen war der Arzt in das Teppichparadies gerufen worden, weil sich Honigbaum verhoben hatte und schmerzgekrümmt mit einem Hexenschuss mitten im Geschäft daniederlag. Als ehemaliger KZler und Kenner der Materie, hatte der Jude einen gehörigen Respekt vor langen, hageren, deutschen Ärzten, besonders, wenn sie so griesgrämig daherkamen wie Fuchs-Urzt. Aber der störte sich nicht an seinem waidwunden Patienten, sondern jagte ihm ein Spritze hinten rein, vor allen herumstehenden Zuschauern, und nach ein paar Minuten konnte Honigbaum wieder vorsichtig aufstehen und ein paar Schritte gehen. Fuchs-Urzt hielt sich bedeckt, als er nach dem Wirkstoff befragt wurde. Er kassierte fünf Mark und ging seiner Wege.

Georg Fuchs war nur einfacher Arzt für Allgemeinmedizin und hatte keinen Doktortitel. Als er 1933 seine Doktorarbeit fertig hatte, wurde sein jüdischer Doktorvater, Professor Abraham Kuhn, vom Dienst suspendiert. Auch die renommierte Frankfurter Johann-Wolfgang-von-Goethe-Universität beteiligte sich mit Ehrgeiz an der Entjudung ihres Hauses. Georg Fuchs zeigte sich solidarisch mit seinem Professor und zog seine Dissertation zurück. Als er sich dann auch noch weigerte, als Mediziner in den NSDÄB, den Nationalsozialistischen Deutschen Ärztebund, einzutreten, verbrachte er die Jahre vor dem Krieg als Ausbilder für Sanitäter in Stralsund.

Während des Krieges diente er selbst als Sani in einer Strafeinheit und konnte 1943 desertieren. Mit der US-Armee kehrte er 1945 in seine Heimatstadt zurück und erhielt als einer der ersten Ärzte eine Niederlassungserlaubnis. Jetzt hatte er vor, endlich seinen Doktor zu machen, aber als er zur Universität kam, sah er dort die gleichen Männer wie vor dem Krieg! Nazis, diesmal gewendet und unterwürfig. So verließ er das Haus zum letzten Mal und eröffnete eine Praxis in der Bahnhofsgegend. Bei Schilder-Pfaff am Rossmarkt ließ er ein weißes Emailschild mit schwarzer altdeutscher Schrift herstellen:

G. Fuchs, Urzt.

David Bermann, der später auch kurzzeitig einer seiner Patienten wurde, riet ihm doch mal den Lubinski aus dem ersten Stock zu fragen, ob der ihm nicht einen Doktortitel abgeben würde, der hätte doch zwei. Fuchs fand das nicht komisch. Überhaupt war es mit dem Humor des Arztes nicht weit her. Als David ihm eines Tages folgenden Witz erzählte, war die Reaktion unerwartet:

Da kommt ein Mann zum Arzt und sagt: Herr Doktor, ich bin siebzig, und es geht nicht mehr, Sie wissen, was ich meine. Und mein Nachbar ist über achtzig und macht es noch zweimal die Woche. Woher wissen Sie das?, fragt der Doktor. Er erzählt es, sagt der Mann. Da sagt der Arzt: Na, dann erzählen Sie's auch!

Daraufhin Fuchs: Erektionsstörungen sind ein ernsthaftes Problem für ältere Männer. Darüber sollte man sich nicht lustig machen.

David war bedient und nahm sich vor, dem Arzt keine Witze mehr zu erzählen.

Nicht zufällig hatte sich Fuchs-Urzt in dieser Gegend der Stadt niedergelassen. Hier gab es zahllose Huren und ihre diversen Kunden: GI's, Heimkehrer, Flüchtlinge, Durchreisende, Geschäftsleute.

Hier konnte man sich die exotischsten Krankheiten, Ungeziefer und Infektionen holen, und Fuchs-Urzt hatte dank seiner Militärerfahrung immer die richtige Diagnose und durch seine Beziehungen zu den Amis auch Medikamente. Und er hatte Zugang zu einem Stoff, der wertvoller war als Gold: Penicillin. Dadurch wurde Fuchs-Urzt in kurzer Zeit ein vermögender Mann. Aber er blieb bescheiden, führte seine stets überfüllte Praxis ohne Sprechstundenhilfe, machte zwischendurch Hausbesuche, kannte keinen freien Tag, er arbeitete rund um die Uhr, aber immer missgelaunt. Sein Honorar stopfte er bar in die Hosentasche und war bis zu seinem seligen Ende ein Urzt aus Leidenschaft.

9.

Es war wieder Dienstag, und es war heiß. In Kramskis Büro drehte sich an der Decke langsam und leicht quietschend ein Ventilator. Der Major saß hinter seinem Schreibtisch und wartete, bis Fränkel seine Kaffeetasse absetzte.

Also, fragte der Offizier, was hat sich zugetragen auf dieser Weihnachtsfeier?

Fränkel begann zu berichten:

Zuerst einmal hat man mir befohlen, eine Künstlertruppe zusammenzustellen. Ich nahm also ein paar Russen als Musiker, die übten Weihnachtslieder ein. Einen Opernsänger, Robert Merill, er hat überlebt und ist jetzt in Amerika, den hatte ich als Sänger verpflichtet. Er hat in der Fälscherwerkstatt gearbeitet. Wo die Pfundnoten gedruckt wurden. Wissen Sie davon?

Kramski nickte:

Ja. Das ist uns bekannt. Bleiben wir bei Weihnachten, bitte.

Fränkel sah ihn an.

Wie Sie möchten. Die anderen, etwa zehn Mann, bauten Dekorationen und schmückten den Saal. Ein paar mussten in den Wald, eine Tanne fällen, sie aufstellen, schmücken, die ganze Kinderei. Und wir mussten uns auf das Programm vorbereiten. Es war für uns ein gefährliches Unternehmen, wir haben kaum proben können. Wenn wir versagt hätten und die Herren hätten sich nicht amüsiert oder sie wären zu besoffen gewesen, um die Witze zu verstehen, dann säße ich sicher nicht hier.

Er nahm wieder einen Schluck Kaffee und sprach dann weiter:

Was soll ich Ihnen sagen, der Abend ist ganz gut gelaufen. Für mich jedenfalls. Ich bin raus und habe ein paar Witze erzählt ... es waren übrigens auch Damen im Publikum, weibliche SS, Ehefrauen, Töchter, Freundinnen, Huren.

Welche Witze haben Sie erzählt?, wollte Kramski wissen, haben Sie ein Beispiel?

Fränkel dachte nach.

Zum Beispiel?! Zum Beispiel ... die meisten Witze hatten was mit Weihnachten zu tun. Also, Jesus und seine Eltern sitzen im Stall, kommt der lange Balthasar rein, einer von den heiligen drei Königen und stößt sich den Kopf an der niedrigen Tür. Er ruft vor Schmerz: Jesus! Da sagt Maria zu Josef: Siehste, dit is'n schöner Name, nich Willi, wie du ihn nennen willst!

Kramski lächelte. Fränkel sprach weiter:

War ein großer Lacher. Na ja, so ging's voran. Lauter so harmlose Witzchen. Man durfte nicht politisch werden oder zu unchristlich. Zu vorgerückter Stunde konnte man schon ein bissel schlüpfrig sein, mit Scheißen und Furzen und Pissen und so, das war nach ihrem Geschmack. So wie der, wo der Mann im Zug wie verrückt an eine Klotür klopft und ruft: Mann, machen Sie gefälligst auf, ich habe Durchfall! Da kommt von drinnen eine gequälte Stimme: Sie Glücklicher! Da brach das Haus zusammen. Das kam gut an.

Kramski: Was passierte dann?

Fränkel: Nachdem mein Programm beendet war, wurde ich zu Otte an den Tisch gerufen. Ich hatte Schiss, das können Sie mir glauben. Otte schüttelte mir kräftig die Hand und sagte, das waren wieder mal Heimatklänge, er sei auch Berliner. Wir Berliner, wir hätten den Humor im Blut, jawoll! Habe dir oft jesehen, wa, im Wintergarten in Berlin, wa – dolle Sache. Na ja, und dann den ganzen Sermon: Famos, werde bei gegebenem Anlass zu rühmen wissen! Abtreten! Als ich wegwollte, rief er mich zurück: Halt! Stehen bleiben, Jude! Augenblicklich trat quälende Stille ein. Ich war auf alles gefasst, auch auf einen Genickschuss. Die waren wie Zeitbomben, unberechenbar. Aus einer Laune heraus entscheiden sie über Leben und Tod, als ginge es nicht um Menschen, sondern um Insekten. Ich drehe mich um. Otte steht auf, er schwankt schon und sagt:

Jetzt werde ich dir einen Witz erzählen! Weißt du, warum so viele von euch Juden im KZ sitzen? Na? Pause. Weil's nichts kostet! Ha, ha … Der Saal steht kopf vor Lachen. Ich denke, von wegen. Nix kostet! Es kostet das Leben. Trotzdem, ich grinse kurz und will gehen.

Hier! Nichts für ungut!

Er reicht mir sein Glas.

Prost! Sollst auch was haben von Weihnachten! Obwohl, ihr feiert ja immer diese Schanaka oder so. Dit mit'n Leuchter.

Ich trank aus seinem Glas einen Schluck Champagner, bedankte mich und ging ab.

Kramski: Was passierte dann?

Fränkel überlegte einen Moment.

Tja, was passierte dann? Ich wusste nicht, wie mir geschah, denn ich gehörte ja zu den privilegierten Gefangenen. Wir saßen herum, bohrten in der Nase, mussten ja kaum was arbeiten, durften unsere Haare behalten, konnten sogar mal miteinander reden, ohne dass wir uns in Todesgefahr begaben. Es war fast wie in einem Sanatorium, im Vergleich zum eigentlichen Lager. Niemöller schrieb an einem Buch.

Was war er für ein Mensch?, wollte Kramski wissen.

Ein anständiger Antisemit, nach dem Motto, rauswerfen ja, und Jesus haben sie auch umgebracht, aber gleich vergasen, das gehört sich nicht. Nicht, weil es unmoralisch war, sondern undeutsch.

Kramski: Und Grynszpan?

Grynszpan war in Ordnung. Er war so eine Art Kalfaktor. Er lernte Hebräisch. Er wollte nach Palästina, wenn alles vorbei war. Wir wunderten uns sowieso alle, dass er überhaupt noch lebte. Aber die Nazis brauchten ihn, weil sie ihm und damit allen Juden die Schuld am Weltkrieg in die Schuhe schieben wollten, falls sie den Krieg wider Erwarten verlieren sollten, verrückt, nicht?

Wir glauben, er hat überlebt, meinte Kramski. Es gibt jedenfalls keinen Beweis für seinen Tod.

Das würde mich freuen, sagte Fränkel.

Und was war mit Georg Elser?, fragte Kramski.

Das war ein feiner Kerl. Elser betätigte sich handwerklich. Hatte leider Pech gehabt, sonst wäre diese Katastrophe nie passiert. Hitler ist eine Viertelstunde zu früh aus dem verschissenen Bürgerbräukeller abgehauen! Was kann man machen? Auch hier war ich erstaunt, dass er noch am Leben war, aber der Führer behielt sich vor, Elsers Todeszeitpunkt zu bestimmen. Soviel ich weiß, ist er erst ein paar Tage vor Kriegsende umgekommen.

Kramski nickte und fragte dann weiter: Wie haben Sie Ihre Zeit verbracht?

Ich erfand Witze und probierte sie morgens im Waschraum bei den anderen aus. Alle lachten. Außer Niemöller. Er hatte keinen Humor.

Und dann?

Es war Juni 44, und eines Tages kam Strelau, ich sollte mitkommen, Gruppenführer Otte sei wieder da. Auf Gummibeinen folgte ich ihm. Otte befand sich im Büro des Lagerkommandanten Kaindl, er hatte es praktisch okkupiert.

Hatten Sie mit Anton Kaindl näheren Kontakt?

Kontakt? Ich? Nein, Gott sei Dank nicht. Wo ist der überhaupt abgeblieben?

Er ist 48 gestorben, in sowjetischer Gefangenschaft. In Sibirien.

Fränkel lächelte.

Das ist mal eine schöne Nachricht.

Also, wollte Kramski wissen, wie ist es weitergegangen in Kaindls Büro?

Otte grüßte mich kaum und schickte dann alle anderen SS-Männer aus dem Zimmer. Er sah mich ernst an.

Ich weiß, sagte er leise, ich kann dir vertrauen.

Oj wej! Vertrauen! Er mir! Das ist lebensgefährlich. Sie erzählen dir was und verfluchen sich am nächsten Tag dafür und hängen dich auf. Ich war auf alles vorbereitet.

Hör zu, Fränkel, sagte er verschwörerisch, ich kann was für dich tun, und du kannst was für mich tun. So kann jeder was für den anderen tun. Ich habe dir an Weihnachten versprochen, dass ich mich für dich verwende, und ich halte mein Wort. Auch einem Juden gegenüber. Mann, wenn sie alle wären wir du, dann hätten wir doch keine Probleme miteinander, hn?

Er bot mir eine Zigarette an.

Bei dieser ganzen Juderei geht es doch um was ganz anderes. Es geht darum, dass die Juden, also nicht du, die anderen, dass die die Welt erobern wollen, zusammen mit den Bolschewiken, die Juden sind ja alle Kommunisten. Und die Kommunisten sind alles Juden. Es geht ums Überleben, die oder wir.

Langsam wurde ich mutiger. Ich zeigte rüber in Richtung Hauptlager und sagte:

Da drüben sind auch Kinder. Die wollen die Welt erobern?

Otte wurde ärgerlich.

Es kommt der Moment, sagte er, wo man nicht mehr unterscheiden darf, verstehst du? Ein Kind wird auch mal erwachsen. Das ist wie mit den Bakterien, die sich ausbreiten.

Er beendete harsch das Thema.

Genug jetzt! Das ist nicht unser Bier! Das ist Politik. Hier geht's um was ganz anderes. Geheime Kommandosache. Aber Maul halten, kapiert?

Ich nickte. Dann flüsterte er feierlich:

Bormann hat mich angesprochen!

Er schaute mich an, als müsse ich auf die Knie sinken.

Bormann!

Er wiederholte es ehrfürchtig.

Bormann ist an mich herangetreten, heikle Sache. Es geht um den Führer!

Jetzt wurde ich in der Tat neugierig.

Sie suchen da oben jemanden, der mit dem Führer lernt, der ihm was beibringt, der was einübt mit ihm, verstehst du?

Ich verstand gar nichts. Otte wurde eindringlich.

Fränkel, ich habe dich empfohlen! Ich habe dich als Privatlehrer für den Führer empfohlen!

Mich? Als Lehrer? Für Adolf Hitler? Was sollte ich ihm beibringen? Wie man Juden vergast? Ich hatte keine Ahnung, von was er sprach.

Otte wurde ungnädig.

Herrje! Was kannst du am besten, hn?

Ich kann nichts, außer vielleicht Witze erzählen.

Er tippte mir mit seinem fetten Finger auf die Brust.

Na, das hat ja gedauert, ich denke, ihr Juden seid so fix? Genau darum geht es!

Alles drehte sich. Ich setzte mich auf eine Holzbank, die in der Ecke stand.

Was sagst du dazu?, fragte er mich aufgeregt.

Was soll ich dazu sagen? Ich glaube nicht ... dass ... er ... also, dass der Herr Hitler, dass er ... Humor ... den richtigen Humor ...

Otte setzte sich neben mich und legte seinen riesigen schweren Arm um meine schwache Schulter.

Fränkel, da liegt doch das Problem, wir sind ja unter uns. Er hat, lass es mich mal so sagen, einen speziellen Humor ... einen Humor, der verborgen ist, einen eher unmerklichen Humor. Und er kann keine Witze erzählen. Das tut ihm weh. Das treibt ihn um. Er hat nichts Leichtes, nichts Jüdisches, würde ich mal sagen. Also, nicht dass das sonderlich erstrebenswert wäre, verstehe mich nicht falsch.

Kramski hörte aufmerksam zu, und Lederman kam kaum noch mit dem Notieren nach, während Fränkel diese denkwürdige Begegnung sehr plastisch schilderte:

Hast du verstanden?

Ich schüttelte den Kopf.

Mann, bist du schwer von Begriff! Hör zu. Der Führer kann alles, und er weiß alles! Er kann ein Volk begeistern, er kann Krieg führen, er kann malen, er kann die Feinde des Reiches ausrotten, er kann in die Zukunft sehen, er kennt alle Wagner-Opern auswendig, er ist zum Beispiel Mussolini in allem überlegen. Nur eines kann Mussolini besser …

Ich sagte vorsichtig: Witze erzählen?

Na endlich. Und da der Duce dem Führer bald einen Besuch abstatten wird, hn …?

Kramski war überrascht.

Sie sollten Hitler Witze beibringen?

Fränkel nickte.

Ay, Sir, ich sollte ihm Witze beibringen, damit er Mussolini beeindrucken kann!

Jedenfalls wurde der Otte ganz vogelig:

Ja! Und nicht nur Mussolini, diesen aufgeblasenen italienischen Operettenkasper, sondern alle Hofschranzen und auch die Weiber. Sie schätzen es, wenn Männer Humor haben. Das spürt der Führer auch. Der Führer ist ja nicht blöd. Warum hat der Goebbels so einen Schlag bei Frauen, obwohl er ein abgebrochener Riese mit Klumpfuß ist, hn? Wieso habe ich so viel Erfolg bei den Weibern, hn? Der flotte Otte! Wem sage ich das? Die Weiber spüren es einfach, ob einer Saft auf der Pfeife hat oder mit eingekniffenem Arsch herumläuft.

Ich schaute ihn an.

Sie sprechen vom Führer!

Quatsch, sagte Otte, ich spreche allgemein. Also, machst du's?

Ich fragte, was passiert, wenn ich es nicht mache.

Dann bist du ein toter Mann!

Das überzeugte mich.

Aber ich bin Jude, sagte ich.

Er lächelte sybillinisch.

Das weiß doch der Führer nicht.

Ich denke, der Führer weiß alles, sagte ich.

Otte lachte. Der war gut, meinte er.

Von Fränkel unerwartet, kippte plötzlich die Stimmung, als Kramski scharf sagte:

Und so begann also Ihre Karriere als Kollaborateur!

Fränkel war wie unter Schock.

Was sagen Sie da? Sagen Sie das noch mal.

Major Kramski zog einen Ausweis aus seinen Unterlagen hervor und zeigte ihn Fränkel.

Kennen Sie den Mann auf dem Foto?

Na sicher, sagte Fränkel aggressiv, ich rasiere den Kerl jeden morgen.

Sie geben es also zu, meinte der Offizier.

Was gibt es da zuzugeben? Was soll das? Wo liegt das Problem? Das ist mein verschissener Ausweis.

Kramski sprang auf, beugte sich zu seinem Gegenüber und sagte scharf:

Er lautet auf den Namen Frentzel! Heinz Frentzel! Warum?

Jetzt wurde auch Fränkel laut.

Auf was soll er ja lauten? Auf Israel Frentzel? Es ist eine neue Identität. Kunststück!

Kramski versuchte die Wogen zu glätten und fragte ruhig:

Herr Fränkel, wo haben Sie diesen Ausweis machen lassen?

Fränkel schüttelte ungläubig den Kopf.

Was heißt »machen lassen«? Na, was glauben Sie? Ich bin im KZ zuerst in ein Herrenmodegeschäft! Dann in eins der vielen Fotoateliers! Anschließend in der Lagerstraße in eine hübsche Druckerei! Man hat mir den Ausweis gegeben, verdammt noch mal!

Kramski: Wer hat Ihnen den Ausweis gegeben?

Na, wer schon! Die SS.

Wieder erhob sich Kramski.

Sie geben es also zu, dass Sie mit der SS unter falschem Namen zusammengearbeitet haben, Herr Frentzel!

Fränkel konnte sich kaum beruhigen.

Frentzel, Schwentzel! Was soll das? Sie werfen mir Kollaboration vor?

Kramski schlug mit der flachen Hand auf den Schreibtisch:

Genau das tue ich!

Jetzt stand auch Fränkel auf und begann hin und her zu laufen.

Ah, jetzt begreife ich, was hier gespielt wird. Sie kommen nicht an die wirklichen Nazis ran und meinen, Sie könnten wieder einmal einem Juden etwas in die Schuhe schieben. Jetzt bin ich ein Verräter, weil ich nichts anderes getan habe, als mein kleines, verkacktes Leben zu retten, was Sie ja nicht retten konnten! Sie sind der Kollaborateur!

Kramski wurde ungemütlich.

Passen Sie auf, was Sie sagen!

Fränkel ließ nicht locker und deutete, während er sprach, mit dem Finger immer wieder auf den Major.

Ich werde Ihnen noch mehr sagen, Herr Amerikaner! Wissen Sie, wie viele Juden, Kommunisten, Zigeuner, Bibelforscher, Homosexuelle, Priester, Kriegsgefangene, Zwangsarbeiter und andere Sie auf dem Gewissen haben? Ich werde es Ihnen sagen:

Hätten Sie die Bahnlinien nach Auschwitz, Majdanek,

Treblinka und den anderen Lagern und Ghettos bombardiert, meinetwegen hätten Sie sogar die Lager bombardiert, anstatt irgendwo auf ihrem breiten Arsch zu sitzen, Kaugummi zu kauen und Bourbon zu trinken. Sie hätten Millionen Menschen retten können, das ist die Wahrheit. Glauben Sie mir, ich wäre gern verreckt unter Ihren Bomben, wenn es den anderen genutzt hätte. So sieht es aus, mein Herr! Aber Sie haben es nicht getan, obwohl Ihre Regierung sehr gut Bescheid wusste, was sich hier abspielte. Aber es war der Mutter in Kentucky nicht klarzumachen, dass ihr Sohn wegen ein paar »bloody jews« sein Leben riskieren sollte! Und Sie werfen mir Kollaboration vor? Sie sollten sich schämen

Kramski versuchte ruhig zu bleiben, als er sprach:

Sie bringen leider hier die Dinge durcheinander, Herr Fränkel, oder soll ich Frentzel sagen?

Fränkel nahm seine Jacke, die er über den Stuhl gehängt hatte.

Haben Sie einen Vorgesetzten, Major?

Etwas erstaunt meinte dieser:

Ja. General Fitzcollins. Er sitzt ein Stockwerk höher.

Fränkel ging zur Tür und sagte:

Ich bin gekommen, weil man mich gebeten hat, zu einem bestimmten Vorgang 1944 Stellung zu nehmen und Licht in eine Sache zu bringen, an der ich gezwungen wurde teilzunehmen. Das Ergebnis ist, dass ich mich auch hier behandelt fühle wie ein Staatsfeind. Ich werde mich bei General Fitzdingsbums beschweren.

Kramski ordnete seine Unterlagen, während er sagte:

Wenn Sie glauben, das tun zu müssen, dann tun Sie es. Ich erfülle hier nur meine Pflicht.

… sagte der SS-Mann am Rand des Massengrabs, meinte

Fränkel daraufhin bitter und öffnete die Tür. Kramski schaute betroffen hinaus in den Regen, als Fränkel den Raum verließ.

Es regnete immer noch, als Fränkel in seinen Laden kam. Er ließ sich kurz über die wenigen Verkäufe in Kenntnis setzen und war ansonsten ungewöhnlich wortkarg.

Ist was?, wollte Honigbaum wissen.

Was soll sein, sagte Fränkel mürrisch. Der Umsatz macht mich glücklich, Honigbaum!

Dann sah er, wie Alfred stoisch neben seinen Brücken stand und auf die Straße schaute, wo ab und zu ein Auto vorbeifuhr und wenige Menschen durch den Nieselregen huschten. Fränkel ging zum Eingang.

Freddy, mach Feierabend, sagte er leise und legte dem Jungen die Hand auf die Schulter.

Aber es ist doch erst vier, meinte Alfred.

Wie viel hast du verkauft?

Zwei Stück.

Siehst du, das wird heute nichts mehr. Es gibt solche Tage. Sie fangen mies an und hören schlecht auf.

Enttäuscht trug der Junge seine Brücken in den Laden, dann spürte er plötzlich, wie ihm Fränkel etwas in die Tasche steckte und den Finger an die Lippen legte.

Psst. Topsecret, flüsterte er.

Alfred konnte es kaum erwarten, in die Tasche zu greifen, als er sich auf den Heimweg machte.

Es war ein Zwanzig-Mark-Schein! Alfred war happy.

10.

Baby wohnte mit ihren Söhnen in der Bockenheimer Landstraße Nummer siebenunddreißig, unweit der Oper. Es war eine Art Siedlungsbau mit grauem Rauputz und Rudimenten des Bauhaus-Stils aus den späten 1920ern. Die Ecken des Hauses waren leicht abgerundet, zwischen den Stockwerken liefen schmale Simse, eine schwere, dunkle Tür führte ins Treppenhaus. Hier im ersten Stock lebten die Kleefelds in einer geräumigen Vier-Zimmer-Wohnung mit großer Küche und großem Bad. Moritz und Alfred teilten sich ein Zimmer. Im vorderen Bereich waren Speisezimmer und Salon durch eine zweiflügelige Schiebetür aus Mattglas getrennt, die meistens offen stand. Die verzierten Heizungsradiatoren waren mit Holzgittern verkleidet, darüber breite Fensterbretter vor den hohen Doppelfenstern. Hier hatte Alfred oft mit angezogenen Knien gesessen und auf die Straße hinausgeschaut und die Autos und die Straßenbahnen beobachtet, die vorbeifuhren.

Auf der gegenüberliegenden Straßenseite befanden sich zwei großbürgerliche Villen mit unberührten Vorgärten und mächtigen Kastanien. In einer der Villen hatte die Eigentümerin das Familienhotel »Westend« eingerichtet und vermietete Zimmer mit Halbpension. Man konnte sehen, wie Gäste in der verglasten Veranda saßen und frühstückten. Nicht weit von hier, am Rothschildpark, hatte vor dem Krieg der Bankier Kleefeld mit seiner Frau und seinen kleinen Söhnen gelebt, bevor ihm die Nazis alles weggenommen hatten. Baby floh danach mit Moritz und Alfred ins Ausland. Zuerst nach Schweden, dann in die USA. Louis Kleefeld wollte seiner Familie nachreisen, aber er wurde nach Theresienstadt deportiert, wo er starb.

Baby hatte ihren Söhnen erzählt, dass David schon lange vor dem Krieg ein Freund der Kleefelds wurde. Er war Miteigentümer des renommierten Wäschekaufhauses Gebrüder Bermann und für den Außendienst zuständig. So hatte er auch die neuen maßgeschneiderten Gardinen für die Kleefelds ins Haus geliefert, gemeinsam mit einem Lehrling namens Emil Verständig. Dann kam die Weltwirtschaftskrise, es kamen die Nazis, es war eine schwere Zeit. Der ehemals erfolgreiche Bankier Louis Kleefeld wurde ein armer Mann und von vielen seiner Bekannten von nun an gemieden. Doch David hielt der Familie die Treue. Als er Mitte der dreißiger Jahre nach Paris emigrierte, riss die Verbindung ab.

1948 hatten sich Baby und David wieder gefunden, und sie kam aus New York nach Frankfurt, um ihren alten Freund zu besuchen. Die Liebe erwachte aufs Neue. Bald darauf schnappte sich Baby ihre Söhne und zog ganz hierher. Das war anfangs für die beiden Jungs ein Schock, besonders Moritz litt lange unter Heimweh nach Amerika. Doch Alfred fand in David einen väterlichen Freund und lebte sich schnell ein. Moritz und David wurden nie so richtig warm miteinander, obwohl sich David sehr bemühte. Aber mit den Jahren erkannte auch Moritz die Qualitäten des »Onkels«, und so kehrte schließlich Harmonie ein. Den Brüdern wurde es wichtig, dass ihre Mutter glücklich war und sie in David einen verlässlichen, treuen Partner hatte.

Sie wohnten zwar nicht zusammen, aber waren unzertrennlich.

Jeden Sonntagmittag kam Onkel David zum Essen. Das hatte Tradition. Dann wurde immer etwas Leckeres gekocht, Baby liebte es, »ihre Männer« zu bewirten. Nach dem Essen ging man in den Salon, hörte Radio oder redete über dies und jenes. David begann meistens mit dem großen Sonntags-Kreuzworträtsel in der »Welt am Sonntag«, bevor er im Sessel einnickte.

Nu, wie viel hast du schon gespart?, wollte David wissen, als er sich nach dem Essen mit Alfred ins Wohnzimmer zurückzog. Der Junge überlegte einen Augenblick.

Ungefähr hundertfünfzig.

Was du sagst! Und wie viel muss man hinlegen für so ein Rad?

Dreihundert muss man schon ausgeben, sagte Alfred.

Gerade als David ihm zusagen wollte, gegebenenfalls etwas draufzulegen, betrat Moritz das Zimmer, schnappte sich die Sonntagszeitung und warf sich auf das Sofa.

Bist du schon fertig?, fragte er.

Nein, meinte David, aber ich gebe auf.

Moritz machte sich über das fast gelöste Kreuzworträtsel her.

Hauptstadt der Mongolei?, sagte er vor sich hin.

Ulan Bator, rief Alfred.

Das hätte ich auch gewusst, sagte Moritz mürrisch.

Warum fragst du dann und schreibst es nicht einfach rein?

David zündete sich eine Zigarette an.

Keinen Streit, meine Herren. Man kennt Ulan Bator, wer kann das schon von sich sagen? Das ist schlicht sensationell!

Alfred grinste.

Seit wann rauchst du die?, fragte Moritz.

Ich will sie mal ausprobieren, sagte David.

Und?

Nicht übel.

Weißt du, was wir in der Schule immer gesagt haben? Moritz lächelte und zitierte: Siehst du die Gräber dort im Tal, das sind die Raucher von Reval.

Alfred machte weiter: Siehst du die Gräber dort im Schnee, das sind die Raucher von HB.

Erstens heißt es Reval und nicht Reval und zweitens …

Moritz unterbrach ihn.

Ich weiß, was Reval ist! Die Hauptstadt von Estland! Aber für die Metrik betont man die zweite Silbe.

Ja, ja, die gute, alte Metrik, meinte David. Lieber verhunzt man die Sprache, bevor man die Metrik opfert. Was war das eben? Ein Jambus?

Ein Oktonar!

Donnerwetter, meinte David.

Baby kam ins Zimmer.

Schlau, dein Ältester, meinte David anerkennend.

Das hat er von mir, meinte Baby und ließ sich in den Sessel fallen. Mom, was machen wir heute?, fragte Alfred.

Mein Gott, sagte David, was hetzt du so? Wir sollten uns erst ein bisschen ausruhen, was denkt ihr?

Ihr wollt euch immer nur ausruhen, stöhnte Alfred.

Später wirst du sehen, wie schön das ist, ausruhen, sagte seine Mutter.

Wir könnten ins Kino gehen, schlug Alfred vor. Die Wüste lebt. Von Walt Disney.

Keine schlechte Idee, meinte Moritz.

Baby schüttelte den Kopf.

Ich geh doch in keinen Trickfilm.

Mom! Alfred lachte. Das ist doch ein Naturfilm.

Ach so.

Es geht um Tiere in der Wüste.

Auch Schlangen?

Sicher, Schlangen auch.

Nein danke. Dann könnt ihr allein gehen. Ich gehe mit David ins Café. David?

Dessen Kopf war zur Seite geneigt, und er schlief friedlich und schnarchte leise. Baby lächelte.

Das »Café Laumer« an der Bockenheimer Landstraße war bereits lange vor dem Krieg ein beliebtes Familiencafé. Als Baby und David zum Café schlenderten, erinnerten sie sich, wie in den 1920er Jahren sogar Kuchen und Gebäck in weiß ausgeschlagenen Weidenkörben von adretten Fräuleins ins Haus geliefert wurden.

David ahnte, dass nun wieder der arme Louis Kleefeld und die zerstörte Villa am Rothschildpark das Thema werden würde, und deshalb versuchte er es mit einem Witz zu vermeiden:

Sagt der Gast zum Ober, der gerade serviert: Sieht nach Regen aus. Sagt der Ober: Das mag sein, aber es ist Kaffee.

Damit betraten sie das Laumer.

Gediegene Atmosphäre, schwere Vorhänge, Tüllgardinen, Kronleuchter und Wandlampen mit Hütchen, Korbgeflecht mit runden Glasplatten und Spitzendeckchen, Wiener Gestühl, eine große Vitrine mit allerlei cremigen Torten, eine chromblitzende, zischende WMF-Kaffeemaschine, ein Durchgang mit Bogen und gerafftem Samtvorhang zum Nebenraum Richtung Terrasse. Davor war die Judenecke. Juden saßen nie im Freien. Da gab es nur Kännchen.

Es waren die Kohns zu sehen, die Liebergs, die Bialiks und die Holzmanns. Die Schimmels und die Perlmanns. Die Freibergers und sogar die Sonnenreichs, die ja selber ein Restaurant besaßen, das »Shalom« am Rossmarkt. Baby und David wurden mit »Hallo« begrüßt.

Einige Kinder liefen ungezügelt herum, darunter Micky Holzmann und sein Freund, der kleine Marian Perlmann, dessen Eltern einen Juwelierladen in der Goethestraße besaßen und einen türkisfarbenen Nash Rambler fuhren.

Baby und David setzten sich zu den Holzmanns, und die Frauen begannen angeregt miteinander zu plaudern.

Wo denn ihre Söhne seien, wollte Else von Baby wissen. Zuerst wollten sie ins Kino, aber dann sind sie ins Stadion gefahren, zum Schwimmen.

Da war ich früher auch öfter, aber Max kriegt Zustände in so einem Freibad. Er hasst Menschenmassen. Es sind ihm zu viele halb nackte Leute, und dann die Durchsagen und das Gekreische. Es weckt keine guten Erinnerungen.

Das verstehe ich, meinte Baby, aber wo kann man noch hin zum Baden? Die Kiesgruben sind ja auch überfüllt bei dem Wetter.

In Schlangenbad soll's schön sein, habe ich gehört. Es ist ein Thermalbad. Aber es ist nicht billig.

Baby war begeistert.

Mensch, da lass uns doch mal hinfahren, gleich nächsten Sonntag, wenn's schön ist.

Else war skeptisch.

Meinst du, wir kriegen unsere Männer dazu?

David immer, meinte Baby. Wenn's was zu gucken gibt …

Else lächelte zu ihrem Mann hinüber, aber der war mit David am Diskutieren. Logischerweise ging es wieder um Geschäfte.

Die Gespräche ebbten ab, als die Fränkels erschienen und sich einen Platz suchten.

Robert Fränkel trug seine schlecht gelaunte Tochter auf dem Arm, die ihre Augen geschlossen hielt, den Kopf an Vaters Schulter, und ganz offensichtlich wenig Lust hatte, das brave Mädchen zu geben, während Frau Nina Bussis verteilte.

Max grüßte nur kurz und flüsterte David zu:

Wissen Sie was davon, man sagt er hat machloikes, er soll verwickelt sein in eine Nazisache ...

David zog an seiner Zigarette, dann sagte er, den Rauch ausatmend:

Das habe ich auch gehört. Aron Lustig hat davon geredet, die Amerikaner haben sich erkundigt nach ihm, in der Gemeinde. Aber was da genau läuft? Keine Ahnung.

Man könnte mal fragen den John Thomas. Der ist ja inzwischen ein hohes Tier.

Ist der nicht in Korea?

Er ist wieder gesund zurück.

Gut zu hören, meinte David, John Thomas! Ich seh ihn noch reinkommen, in die Firma, voll beladen mit Zigaretten und Bourbon. Ein feiner Kerl.

Holzmann zückte einen Notizblock.

Ich soll das nicht vergessen, meinte er, den John Thomas anrufen. Vielleicht kann er etwas rausfinden über die Sache. Würde mich schon interessieren.

Das Gespräch wurde jäh unterbrochen, denn Micky und Marian und einige andere Kinder waren beim Spielen mit einer Kellnerin zusammengestoßen! Geschirr klirrte, Kännchen, Kaffee und Kuchen flogen durch die Luft. Mütter schrien, Väter schimpften. Man sprang auf, zerrte die Kinder aus dem Chaos und entschuldigte sich bei der Kellnerin und bei den anderen Gästen. Den Kindern wurde angedroht, sie nie mehr ins Café mitzunehmen, was für die wenigsten eine Strafe war.

Moritz und Alfred hatten endlich einen freien Platz gefunden, wohin sie ihr großes Badetuch legen konnten. Die beiden Jungs wurden belächelt, sie trugen als einzige Bermudashorts, während die anderen Knaben enge, dreieckige Badehosen anhatten, die in Alfreds Augen immer ein wenig ordinär und erbärmlich wirkten, David würde es »nebbich« genannt haben.

Jetzt saßen die Brüder mit angezogenen Knien nebeneinander und sahen sich um. Das große Freibad war übervoll, der Geräuschpegel war enorm. Ganz vorn war das Kinder- und Nichtschwimmerbecken, von wo der meiste Lärm kam. In der Mitte das riesige Schwimmerbecken und ganz hinten das Springerbecken mit dem Zehn-Meter-Turm.

Einige junge Mädchen und Frauen trugen bereits Bikinis. Es gab Liebespärchen, die sich aneinanderdrückten, und manche küssten sich scheu. Dazwischen wieder ältere Menschen, die sich nur sonnen wollten. Mütter rubbelten nasse Kinder ab, bevor sie ihnen ein belegtes Brot in die Hände drückten. Und über allem quäkten die zahllosen Kofferradios. Eine beliebte Marke war das »Akkord«. Ein Frankfurter Original, obwohl es in Offenbach gefertigt wurde. Daher hatten viele einen ledernen Überzug, manche sogar mit Krokomuster, echtes Kunstleder! Aus dieser Kakophonie konnte man AFN heraushören: »Vaya con dios« oder »Pretend« von Nat King Cole, aber auch den HR mit »Dreh dich noch einmal um«, und vor allem den Hit von Peter Alexander, »Die süßesten Früchte«, den die Leute mitgrölten.

Aber überall dort, wo sich Trauben von Männern und Knaben um einen Platz scharten, wurden Fußballspiele übertragen.

Moritz und Alfred unterhielten sich auf Englisch. Das hatte erstens den Vorteil, dass sie nur von den wenigsten verstanden wurden, und zweitens konnte man gerade bei den jungen Damen ungeheuer Eindruck schinden, wenn man sich als Amerikaner ausgab. Amerika, das war für die meisten Deutschen der Traum vom besseren, freien Leben. Amerika, das war die Welt der großen Stars, die Welt von Marilyn Monroe, Frank Sinatra, Elizabeth Taylor, Dean Martin und Perry Como. Amerika, das waren Whisky und Lucky Strike, Kaugummi, Pin-Ball-Maschinen und Pool-Billard, lässige T-Shirts und Bluejeans. Die Heimat von Popcorn, Hamburger und Coca-Cola. Und wer aus dieser Welt kam, war gesalbt. Deshalb nutzte Alfred diese Chance, um Mädchen kennenzulernen. Und Moritz folgte ihm nur in diesem Fall, denn er selbst war zu schüchtern, jemanden anzusprechen, und schwamm im Kielwasser seines jüngeren Bruders.

Und die Bermudas verfehlten ihren Zweck nicht. Sie lockten die Mädchen an. Eines lächelte ihnen zu und kam näher.

Alfred grinste kess zurück.

Kommt ihr aus Amerika?

Das Mädchen war vielleicht sechzehn und stand jetzt etwas verunsichert vor den Brüdern Kleefeld.

Ja, sagte Alfred, und dann weiter in gebrochenem Deutsch, wir sind gekommen aus New York hier und woher du kommst?

Aus Neu Isenburg, sagte das Mädchen. Das ist meine Freundin.

Dann winkte sie ein anderes Mädchen herbei.

Ei, komm doch mal, ich hab recht gehabt, das sind Amis!

Wie heißt du?, fragte Alfred.

Anneliese, sagte das Mädchen. Und das ist die Helga.

Brav streckten die Mädchen die Hände hin, aber Alfred sagte:

In Amerika, man gibt sich nicht die Hand.

Ehrlich?

Ja, frag meinen Bruder. Das ist Mo, mein Bruder. Und ich bin Freddy.

Moritz wurde rot und nickte.

Das stimmt. In Amerika man gibt sich nicht die Hand.

Wieder was gelernt, meinte Helga.

Dürfen wir uns setzen?, fragte Anneliese, oder macht man das in Amerika auch nicht?

Alle lachten. Die Jungs rückten zusammen, und die Mädchen setzten sich auf das Badetuch.

Was macht ihr?, fragte Alfred.

Ich gehe noch zur Schule. Nächstes Jahr mache ich mittlere Reife. Die Helga arbeitet.

Und wo?, fragte Alfred.

Bei der AEG, am Main unten.

Und was du machst da?

Ich bin Lehrling. Da kommt man in alle Abteilungen. Zurzeit montiere ich Tachos.

Tacos?

Nein, Geschwindigkeitsmesser für Autos. Aber ich will später ins Büro.

Und was macht ihr so?, fragte Anneliese.

Mein Bruder studiert, und ich mache nix.

Wie nix?

Ich warte, bis ich bin achtzehn.

Aha. Und dann?

Will ich sein actor, Schauspieler!

Die Mädchen waren hingerissen.

Schauspieler! Das ist ja Klasse! Und wie wird man das?

Man muss gehen auf eine school und lernen.

Moritz hatte das Gefühl, dass er sich nun langsam auch mal einbringen sollte, und sagte:

Ich kann spielen Klavier!

Ja, sagte Alfred, er spielt exzellent.

Helga war begeistert.

Die Anni kann ganz toll singen!

Anneliese war das nicht so angenehm.

Ach, komm, sagte sie.

Aber Moritz ließ nicht locker.

Sing doch einmal.

»Blaue Nacht« von Lale Andersen, das kann sie ganz toll, rief Helga.

Los, rief Alfred. Don't be a frog!

Hn?

Sei kein Frosch!

Und Anneliese begann:

Blaue Nacht, oh blaue Nacht am Hafen … dann brach sie ab.

Nein, heute geht's nicht! Kommt mit, schwimmen!

Damit sprang sie auf und lief davon.

Alle sahen ihr erstaunt hinterher, wie sie über die Wiese spurtete, geschickt zwischen den Badegästen im Slalom, dann sprang sie mit einem Satz ins Schwimmerbecken.

Ein Pfiff aus einer Trillerpfeife ertönte.

Hallo, junges Fräulein! Hier wird nicht vom Beckenrand gesprungen!, konnte man die Stimme des Bademeisters durchs Megaphon vernehmen.

11.

Guten Morgen, sagte Kramski nicht unfreundlich.

Fränkel nickte nur und nahm schweigend Platz.

Können wir fortfahren?, fragte der Major.

Von mir aus, meinte Fränkel kurz angebunden. Was wollen Sie wissen?

Kramski: Wie Sie Heinz Frentzel wurden.

Fränkel atmete tief durch und begann sich zu konzentrieren.

Wie ich Heinz Frentzel wurde? Gut, circa eine Woche nach meiner Unterredung mit Otte kam ein SS-Mann, den ich bis dahin nicht kannte, und der mir befahl mitzukommen. Wir würden gemeinsam eine Reise machen. Das hörte sich nicht gut an.

Eine Reise? So sagte er es?

Genau, antwortete Fränkel. Der Mann hatte keine Ahnung vom Lagerleben, denn er befahl mir, ein paar Sachen einzupacken! Ein guter Witz, dachte ich mir, den muss ich mir merken. Wir stiegen also in einen Kübelwagen, ich in meinem Gestreiften, und fuhren los. Das Tor wurde geöffnet, wir fuhren durch den Korridor, und überall standen bewaffnete Soldaten und grüßten zackig. Ihn. Ich drehte mich um. »Arbeit macht frei« stand auf dem Gitter, das sich langsam hinter uns wieder schloss. Nachdem wir ein paar Kilometer gefahren waren, wurde ich mutiger und fragte ihn, wohin es ginge. Er war patzig und meinte: Das geht dich einen Dreck an! Auch gut. Lesen konnte ich ja, und die Schilder zeigten nach Berlin.

Kramski unterbrach: Wissen Sie noch, wie der Mann hieß?

Ja, sicher. Das war ein gewisser Peter Kleinschmitt, ein Berliner. Ein Unterscharführer, wenn ich mich recht erinnere.

Kramski machte sich wieder Notizen und sagte dabei:

Sie kamen also nach Berlin?

Fränkel nickte.

Ich kam nach Berlin. Aber ich hatte ja immer noch die hübsche Sträflingsuniform an, und das war dem Scharführer nicht angenehm. Aber er hatte keinen Befehl, mit mir ins arisierte Herrenausstattungsgeschäft Leopold & Söhne, Kurfürstendamm, zu gehen, um mich angemessen einzukleiden. Wir fuhren also nach Moabit, wo er wohnte, und er lieh mir einen seiner Anzüge.

Kramski schaute ungläubig.

Sie machen Witze?

Fränkel daraufhin: Nur auf der Bühne. Hier nicht. Es war so, wie ich Ihnen sage. Er quälte sich, er wusste nicht, was er mit mir machen sollte. Er hatte Befehl, mich zum Reichssicherheitshauptamt zu bringen. Na gut, zuerst machte er tatsächlich den Vorschlag, dass er mich nach Hause fahren würde, damit ich mich umziehen könnte. Der zweite gute Witz an diesem Tag. Wir fuhren also zu ihm in die Turmstraße, in eine graue Mietskaserne, erster Hof, dritter Stock. Seine Frau, Typ Kittelschürze, dünn wie ein Gerippe, wunderte sich ein wenig, als er mit mir die Wohnung betrat. Sie sagte zu ihm: Wat soll'n der hier? Ich schlug die Hacken zusammen, tippte mir an die Mütze wie ein preußischer Offizier und sagte schnell: Der werte Jatte hat sich Arbeit mit nach Hause jenommen, mit Verlaub, gnäd'je Frau!

Kramski lächelte.

Fränkel erzählte weiter:

Wir hatten fast die gleiche Größe, der Scharführer und ich – nur die Ärmel und die Beine seines Anzugs waren mir ein wenig zu lang. Das Hemd saß etwas locker, ich wog damals kaum noch fünfzig Kilo. Mit spitzen Fingern entfernte Madame meine KZ-Kleidung, ich durfte noch ins Bad, mich »frisch« machen, wobei Kleinschmitt mich nicht aus den Augen ließ.

Er trank noch schnell in der Wohnküche einen Malzkaffee und aß eine Stulle, während ich in der Ecke stehen musste, um ihm dabei zuzusehen. Er zeigte irgendwann auf das belegte Brot und sagte: Schinken. Dit dürft ihr ja nich, wa? Ich sagte: Bin nich kleinlich. Er verstand es nicht und meinte: Wer nich will, der hat schon! Nein, ein Genie war dieser Kleinschmitt nun wirklich nicht.

Kramski: Wie spät war es?

Gute Frage, es wird so halb drei gewesen sein. Jedenfalls fuhren wir los zum Reichssicherheitshauptamt und kamen dort gegen drei Uhr an. Auch hier wieder das Tor, der Hitlergruß, die ganze Klamotte. Ich musste unter Bewachung durch zwei SS-Männer an der Portierloge warten, bis mein neuer Freund wiederkam und mich mitnahm in den dritten Stock. Wir fuhren mit dem Paternoster. Wir betraten ein Vorzimmer. In der Ecke eine Hollerithmaschine, IBM übrigens. Das nur zum Thema: Wir Amerikaner machten keine Geschäfte mit Nazideutschland. Drei Sekretärinnen saßen dort, zwei tippten wie wahnsinnig auf den Schreibmaschinen. Eine dritte Frau, so eine unterwürfige mit Dutt, sprang hektisch auf, öffnete eine gepolsterte Tür und lief in das Zimmer nebenan. Zwanzig Sekunden später öffnete sie die Tür weit und winkte uns mit einer unbeholfenen Handbewegung hinein: Der Gruppenführer lässt bitten, sagte sie. Auch ein schöner Filmtitel.

Jedenfalls betraten wir dieses Büro, es war groß, aber spartanisch eingerichtet. Eine Sitzecke, eine Topfpflanze, ein Aquarium, ein großer Tisch mit ein paar Stühlen in der Mitte. Auf dem lagen zusammengerollte Pläne, Ordner und solche Sachen. In der Ecke des Raumes stand ein Schreibtisch mit vier Telefonen, und dahinter saß Gruppenführer Otte. Er war nicht wiederzuerkennen.

Er hatte jetzt sein offizielles Gesicht aufgesetzt und sprach mit schnarrendem Akzent. Er erinnerte sogar in seiner Sprechweise an Hitler. Es ist schon merkwürdig, die Deutschen sind so ein Untertanenvolk, dass sie sogar die Sprache ihrer Führer imitieren. Der größte Auswuchs, wenn ich das mal gerade erwähnen darf, spielte sich zu Zeiten Friedrich Wilhelms ab. Der hatte eine Kehlkopferkrankung, die war ziemlich schmerzhaft, deshalb tat ihm jedes Wort weh. So erfand er für sich eine Kürzel- und Stakkato-Sprache, die sich nur auf das Wesentliche beschränkte. Das hörte sich dann so an: Heute früh Jagd jewesen. Treiber erschossen. Dumme Sache. Wieso? Mann hieß Fuchs! Von da an sprachen alle seine Offiziere so, und deshalb hat sich dieser alberne Offizierston durchgesetzt, weil jeder glaubte, man müsse so sprechen. Jestern Klub jewesen, Chopin jespielt! Und? Jewonnen?

Fränkel sagte nach einer Pause:

Kann ich was zu trinken bekommen?

Kramski: Möchten Sie Coca-Cola?

Fränkel nickte. Ja, danke.

Lederman ging zu einem kleinen Eisschrank.

Kramski sprach unterdessen weiter.

Was hatte sich an Otte verändert?

Fränkel dachte einen Augenblick nach.

Die Vertraulichkeit war weg. Er war dienstlich. Vielleicht auch wegen Kleinschmitt, keine Ahnung.

Lederman kam und gab Fränkel ein Glas mit Coca-Cola, der sich dafür bedankte und einen Schluck nahm, bevor er weitersprach.

Er begutachtete mich von oben bis unten, dann sagte er: Wie siehst du denn aus? So willst du dem Führer unter die Augen treten? Als »wollte« ausgerechnet ich seinem Führer unter die Augen treten!

Was soll ich sagen, dieser Otte lief rot an: Was ist denn das für ein schäbiger Anzug?, schrie er. Du siehst ja aus wie ein Landstreicher! Innerlich war ich ihm dankbar für die Kritik an dem billigen Anzug, aber ich verriet nicht, dass es Kleinschmitts Anzug war, und ich glaube, der war ziemlich erleichtert darüber. Otte stand auf, begann zu reden und zu reden, über die wichtige Aufgabe, die man mir anvertraut habe, Privatlehrer des Führers zu werden, und er habe sich für mich verwendet und so weiter. Das Wichtigste aber war, und dafür sei er verantwortlich, einen neuen Menschen aus mir zu machen. Gottlob würde ich arisch aussehen. Ob ich denn bereits eine Legende habe, wurde Kleinschmitt gefragt, und der schüttelte nur dümmlich den Kopf. Dann sah er zu mir. Ich kenne keine Legende, sagte ich, höchstens die vom heiligen Martin, der seinen Mantel zerschnitten hatte. Otte wurde ungehalten: Eine Legende, das ist eine neue Identität, Blödmann! Ein neuer Lebenslauf. Er befahl, dass aus mir innerhalb eines Tages ein neuer Mensch zu machen sei, ein arischer, deutscher Humorist, kein schlüpfriger, jüdischer Witzeerzähler. Was ich mir für einen Namen ausdenken könnte? Was könne man aus diesem hässlichen Judennamen Fränkel bilden? Er grübelte, dann ballte er die Faust und sagte laut: Frentzel!

Frentzel! Kleinschmitt wiederholte den Namen so begeistert, als habe der Gruppenführer soeben die Relativitätstheorie entdeckt. Jetzt ging es um den Vornamen. Man wollte beim H bleiben, ein beliebter Buchstabe. Hindenburg, Hitler, Himmler, Höß, Heydrich, Hess, Hans, Heinrich, Heinz! Heinz Frentzel! So sollte ich in Zukunft heißen. Das war ein klassischer deutscher Name. Solide, wasserdicht. Otte war begeistert. Heinz Frentzel! Ich war sein Geschöpf, sein Homunkulus.

Er befahl, mich zu entlausen, zu entjuden, adrett einzukleiden, mir eine neue Identität zu verpassen und mich morgen Nachmittag dem Chef der Reichskanzlei Martin Bormann vorzuführen. Ich war verunsichert und fragte, was denn passiere, wenn Herr Bormann den Trick durchschauen würde. Otte lachte. Er habe es immer gewusst: Ich sei in der Tat ein guter Witzeerzähler.

Kramski: Das habe ich jetzt nicht verstanden.

Fränkel: Ich damals auch nicht. Vierundzwanzig Stunden später war ich schlauer.

Kramski: Und weiter?

Fränkel erhob sich und sagte dabei:

Sie werden lachen, man fuhr mich zum »Adlon«. Kleinschmitt musste zurück in seine Kleinbürgerwohnung, zu dieser hageren Kittelschürze, und ich bekam ein Zimmer im Adlon. Na, stell dir vor. Es war bezeichnend, als ich mit Kleinschmitt in dem Hotel eintraf, wurde ich vom Portier als »Herr Frentzel« begrüßt. War alles bestens organisiert. Die Deutschen überlassen nichts dem Zufall.

Die Atmosphäre in dem Luxushotel gefiel mir. Ich kannte

es ja noch von vor dem Krieg. Es war, als würde man in eine weiche Wolke eintauchen. Draußen war Krieg, aber hier drinnen gab es Teppiche, Pianomusik und adrette Pagen. So wie ich aussah, wunderten die sich nicht, dass ich kein Gepäck hatte und auch kein Trinkgeld gab.

Ich hatte ein schönes Zimmer mit Blick auf den Pariser Platz. Kleinschmitt befahl mir, mein Zimmer nicht zu verlassen und keinen Fluchtversuch zu unternehmen, dann ging er. Bei Muttern wartete die Kohlsuppe auf ihn.

Ja, ich stand lange am Fenster, schaute hinüber zum Palais Liebermann, das schon halb kaputt war, und dachte daran, wie sich die arme Frau des genialen Malers aus Stolz das Leben genommen hatte.

Aber ich erinnerte mich auch an schöne Zeiten, wo ich mit Droschken und Damen durchs Brandenburger Tor gefahren war, Unter den Linden entlang. Ins »Café Imperial«, Ecke Friedrichstraße. Hier in der Nähe war der »Wintergarten«, wo ich fast sechs Monate gastiert hatte. Wie lange war das her? Na ja, fast tausend Jahre. Das Telefon war tot, mein Vater auch, wen hätte ich auch schon anrufen können? Mein Vater war bereits 1937 gestorben, meine Mutter war 1942 abtransportiert worden, und wie heißt es jetzt so schön bei Ihnen? She was no more heard of. Das Gleiche meine Schwester Thea, she was no more heard of. Meine langjährige Freundin Inga Süßkind hatte es noch nach Brasilien geschafft, wo sie sicher einen reichen Kautschukplantagenbesitzer mit Schnurrbart geehelicht hat und vier Kinder großzieht. Alle meine Briefe kamen zurück, wer weiß …

Kramski hüstelte. Diese privaten Abschweifungen waren ihm offensichtlich nicht angenehm, und er sagte: Können wir bitte bei der Sache bleiben?

Verzeihen Sie, meinte Fränkel leise, aber Erinnerungen lassen sich nicht steuern. Wo waren wir stehen geblieben?

Im Adlon, meinte der Offizier.

Genau! Das Zimmer im Adlon. Ich bekam ein Abendessen auf das Zimmer serviert, Boulette mit Kartoffelsalat! Mit einem Heißhunger schlang ich das hinunter. Dann ging ich ins Bad. Zum ersten Mal seit Jahren wieder ein Bad! Unglaublich. Ich stellte mich unter die Dusche, seifte mich ein und …

… das Wasser in der Dusche hörte plötzlich auf zu laufen! Das gehört wohl zu den entwürdigendsten Erfahrungen, die der Mensch machen kann: Du bist eingeseift, und das Wasser läuft nicht. Im Bidet lief ein Rinnsal, und so konnte ich mich einigermaßen säubern.

Ich hatte keinen Pyjama, also warf ich mich nackt auf das Bett. Können Sie sich vorstellen, was das bedeutete? Ein großes Bett, frische Bettwäsche, ganz für mich! So ähnlich muss es im Paradies sein. Ich war gerade eingeschlafen, als es Fliegeralarm gab! Na, stell dir vor, wenn unsereiner schon mal im Adlon wohnt! Alles Antisemiten! Schnell zog ich mich an und flitzte hinaus auf den Flur. Ein Japaner rannte verwirrt hin und her und rief etwas auf Japanisch. Wahrscheinlich »Hilfe!«. Ich schob ihn vor mir her in Richtung Treppenhaus. Er wollte nach oben, war total neben der Spur, der Kerl, ich nahm ihn am Arm, und wir liefen die Treppen hinunter, in die Halle, wo viele aufgeregte Gäste und Personal zusammenstanden. Der Chefportier, Typ Heinrich George, hatte sich auf den Tresen gestellt und befahl, dass wir alle die Ruhe bewahren und geordnet den ausreichend großen Luftschutzkeller aufsuchen sollten. Kinder und Frauen zuerst! Ich glaube, es war Groucho Marx, der mal gesagt hat, ich fahre nur auf italienischen Schiffen, da gibt es diese alberne Regel nicht, Frauen und Kinder zuerst!

Fränkel zündete sich eine Zigarette an.

Na, wie dem auch sei, wir sind alle in den Luftschutzkeller gegangen. Der Angriff kam nicht, die Bomber drehten ab nach Süden, aber ich habe meine erste Nacht im Adlon im Luftschutzkeller verbracht. Warum sollte ich auch Glück haben?

Ein typischer Deutscher, ein mieser Kerl, ein Geschäftsmann aus Bielefeld, regte sich schrecklich darüber auf, wie es dem internationalen Judentum am Ende doch noch gelingen konnte, unser schönes Deutschland zu zerstören, und so viele wertvolle Menschenleben.

Ich hielt den Mund, aber ich stellte mir vor, wie da oben ein alter jüdischer Pilot, Commander Reb Schloime, mit Kippa, Bart und Schläfenlocken in dem Bomber saß, statt seines Fallschirms einen Talles umgehängt.

Dann würde er das Schofar blasen, der Kopilot Moische würde Kaddisch sagen und dann die Bomben ausklinken. Dann würden sie aufstehen, sich an den Händen fassen und tanzen und ein Liedl singen. Jidl mit zwei Fliegel, la, la, la, la la. Keine schlechte Vision. Apropos Musik: Neben mir im Keller saß der Barpianist, ein Ungar namens Lajos. Er erzählte mir aus seinem Läben und hoben wir viel gelocht und gewejnt und ieber Musik gesprochen. Und dorieber, dass sär schode, dass viel gute Musik von Juden geschrieben wie Mahler, Holländer, Weill und Gershwin, denn das ist verboten, lejder von där Herr Hitlär. Als der Morgen dämmerte, bin ich auf mein Zimmer zurück, ich hatte kein Auge zugemacht. Ich warf mich aufs Bett, schlief direkt ein, und fünfzehn Minuten später stand Kleinschmitt in der Tür. Er lächelte, weil er froh war, mich zu sehen, und er fragte, wie ich geschlafen hätte. Er duzte mich nicht mehr, für ihn wurde ich langsam zu Heinz Frentzel. Ich schilderte meine Nacht, und er bedauerte. Ich habe ihn jedenfalls nicht um seine Nacht beneidet an der Seite dieses Skeletts, dann schon lieber im Luftschutzkeller des Adlon, schlaflos.

Kramski: Würden Sie sagen, Kleinschmitt wurde freundlicher?

Fränkel überlegte.

Was heißt freundlicher? Wenn man länger zusammen ist, wenn man einen Anzug teilt, dann kommt man sich näher. Er bemerkte wahrscheinlich, dass Juden auch menschliche Wesen waren. Das soll nicht heißen, dass er mich nicht an der nächsten Ecke auf Befehl hin erschossen hätte.

Aber ein schlechtes Gewissen, das hätte er vielleicht gehabt. Für zwei Minuten wenigstens.

Kramski wollte jetzt zur Sache kommen:

Mister Fränkel. Wann begann Ihre Verwandlung?

Jetzt. Aus dem jüdischen Conférencier Robert Fränkel wurde der arische Humorist Heinz Frentzel, der Kollaborateur, der Spion, der Verräter, wie Sie es nennen. Der Mann, der den Krieg auf dem Gewissen hat.

Kramski fühlte sich sichtlich unwohl.

Bleiben Sie sachlich. Ich richte mich nur nach den Dokumenten, die ich in Händen habe. Möchten Sie wieder zum General hoch?

Fränkel lächelte übertrieben freundlich und sagte: Er ist in Washington.

Kramski: Ich weiß.

Fränkel verzog den Mund.

Dachte ich mir. Nun, wir haben mir in der Stadt, im

KaDeWe, ehemals Hermann Tietz, Hertie, auch arisiert, einen Anzug gekauft, eine Hose, Pullover, Hemden, eine geschmacklose Krawatte, Strümpfe, Schuhe, Unterwäsche, einen Mantel, alles, was man so braucht, um den Führer zu beeindrucken. Ach, und einen Koffer. Dann haben sie mir noch eine deutsche Frisur verpasst, das Genick ausrasiert, Sie wissen schon. Dann fuhren wir nach Spandau.

In einem Hinterhofatelier wurde ein Foto gemacht. Kleinschmitt übergab dem Fotografen meine Daten. Am Abend sollten wir den Ausweis bekommen.

Kramski: Waren Ihnen Ihre neuen Daten bekannt?

Fränkel grinste.

Na sicher. Die musste ich auswendig lernen. Wir haben geübt. Kleinschmitt sagte, wenn ich nachts geweckt würde, müssten die kommen, wie aus der Pistole geschossen: Frentzel, Heinz, geboren am 20. April 1904 in Rheinsberg. Vater: Gustav Frentzel, Beruf Bierbrauer. Mutter: Margot Frentzel, geborene Vogel. Hausfrau.

Eine ältere Schwester, Mathilde, verheiratet mit dem Beamten Friedbert Britz. Alle linientreu. Jawohl!

Kramski war erstaunt.

Man hat Ihnen das Geburtsdatum 20. April gegeben? Wie Hitler?

Fränkel: Das war der Trick. Das sollte Vertrauen bilden, und dass sich jemand das ausdenken könnte, war so dreist und daher unwahrscheinlich. Außerdem sollte es Hitler beeindrucken und so eine Art von Seelenverwandtschaft herstellen, weil er wohl annahm, er sei der einzige Mensch auf Erden, der am 20. April Geburtstag hatte.

Kramski: Wie fühlten Sie sich?

Fränkel: Schwer zu sagen. Ich machte mir noch keine Gedanken über das, was kam. Schlimmer als das Gewesene konnte es ohnehin nicht sein. Ich befand mich in meiner Stadt, in Berlin, und doch auf einem fremden Planeten. Der Krieg, den die Nazis in die Welt getragen hatten, war zurückgekommen, hatte seine Visitenkarte bereits abgegeben, die Leute flanierten nicht mehr, sie huschten über die Bürgersteige. Es war Frühling, und vor einigen Caféhäusern standen Stühle.

Aber es gab keine Gäste. Wenige Autos fuhren, das Leben war entwichen aus der Stadt und aus den Menschen. Plötzlich taten sie mir leid, wie sie da um ihr tägliches Dasein kämpfen mussten, mit ihren Lebensmittelkarten.

Da war ich, der Jude, der KZler, schon privilegierter. Adlon, feine Klamotten. Mittags mit Kleinschmitt in die Meinekestraße, zu Hardtke. Ja, da war die Zeit stehen geblieben. Dumpf, dunkel, muffige Kellner. Tagessuppe, Brot so viel man wollte. Anschließend Sülze mit Bratkartoffeln und Remouladensoße. Mir war schlecht, ich war das nicht mehr gewöhnt, so viel zu essen.

Wir tranken einen Schnaps hinterher. Einen guten. Nicht irgendeinen billigen Fusel. Beim Essen wurde Kleinschmitt langsam zutraulich, ich war plötzlich einer von ihnen, komisch, nicht? Er erzählte aus seiner trostlosen Jugend in einem kleinen Dorf in der Uckermark. Er musste heiraten, dann starb das Kind, die Frau frustriert, er zur SS, wegen der Aufstiegschancen. Auch ein Leben. Er hat ja nichts gegen die Juden, im Allgemeinen. In seinem Dorf gab es einen jüdischen Schmied. Schon seit Generationen waren die Schmiede. Orenstein hießen die, wie die Lokomotive. Netter Mann, nette Familie. Der Sohn hieß Ludwig, guter Kamerad. Ludwig Orenstein. Wo der wohl abgeblieben ist? Der Standartenführer kratzte sich am Kinn.

In einem Massengrab, sagte ich. Oder durch den Schornstein abgehauen. Er ließ erbost sein Besteck sinken. Der doch nicht! Warum ausgerechnet der nicht? Malen Sie den Teufel nicht an die Wand, sagte er. Sie verderben einem ja den Appetit!

12.

David war mit Leib und Seele Teilacher. Obschon sein Chef Max Holzmann ihn gern zum Geschäftsführer gemacht hätte, blieb David ein »Frontmann«. Er liebte seinen Beruf, und er war ein Meister darin. Dabei ging es ihm nicht allein um das Geld, nein, er hatte das Teilachertum zu einer Kunstform erhoben! Und er brauchte den Druck. Am wohlsten fühlte er sich, wenn er am Monatsanfang einige Wäschepakete auf das Pfandhaus Lewinsohn in der Schäfergasse geschleppt und dafür tausend Mark kassiert hatte.

Um den Zwanzigsten des Monats wusste er dann, dass er auf Teufel komm raus verkaufen musste, um seine Pfänder auszulösen. Innerhalb von einem Tag war der hoch geschätzte Müßiggang der vergangenen Wochen vorüber, und David Bermann wurde aktiv. Wie ein Künstler stand er dann im Wäschelager, und Else Holzmann staunte immer wieder, wie geschickt und zielsicher er seine Pakete zusammenstellte. Denn er hatte stets einen Plan und war bereit zur großen Schau.

Yalla!, rief er seinem jungen Teilacherkollegen zu, klatschte in die Hände, und dann rauschten sie in Davids Ford Taunus 12M Kombi davon.

Die Eheleute Söhnlein aus Sprendlingen saßen ehrfurchtsvoll nebeneinander auf dem Sofa. Sie hatten keinen Zweifel an der Seriosität dieses netten Herrn, der in der winzigen

Wohnstube des winzigen Hauses stand und ihnen unter dem Siegel der Verschwiegenheit das Geheimnis dieses günstigen Aussteuerpakets offenbarte. Und er sprach ihre Sprache, er war einer von ihnen.

Des is konfiszierte Ware, sagte David und hielt sich den Finger vor den Mund:

Psst …

Dann schnippte er mit den Fingern, murmelte kurz »Herr Wehrmann«, so wie sich alle Teilacher gegenseitig nannten, und der zweite Teilacher öffnete schweigend flugs das pekl.

Die Ware gefiel den Söhnleins, und während »Herr Wehrmann« sie ihnen wortlos präsentierte, erzählte David weiter:

Also, des is so, sagte er, die deutsche Polizei stoppt die Lastwage mit der Schmuggelware aus dem Saarland. Die müsse die abber in Kaiserslautern an die US-Behörde übergebbe, gell. Dafür kriegn se, sage mer mal, Naturalie. Whisky, Zigarette unn so. Jetzt hocke die Amis aber uff dem Zeug, und jetzt komme mir ins Spiel! Ei, mir sinn von de Amis beufftragt, die Aussteuerpakete widder in de Markt rein zu schiebe. Mir bekomme eine fixe Summe pro Paket, und die Amis behalte de Rest. Abber, die wissen ja net, für wie viel mir die abgebbe tun, gell …

David zog sich mit dem Zeigefinger den Augenwinkel herunter und stieß die Zunge in die Wange.

Die Söhnleins hatten verstanden. Achthundert für zwei komplette Aussteuerpakete war »… net übertribbe …«

When the moon hits your eye
Like a big pizza pie, that's amore
When the world seems to shine
Like you've had too much wine, that's amore

Bells will ring, ting-a-ling-a-ling, ting-a-ling-a-ling
And you'll sing, »vita bella«
Hearts will play, tippy-tippy-tay, tippy-tippy-tay
Like a gay tarantella ...

David war bestens gelaunt und stolz auf seinen feschen Wagen und das grandiose Autoradio, aus dem AFN schallte. Der Teilacher neben ihm, Michel Deutscher mit Namen, fünfunddreißig Jahre alt, hütete sich, seinen Lehrmeister zu unterbrechen, als der mit Dean Martin im Duett sang.

Deutscher war ein elsässischer Jude, der das KZ Struthof in den Vogesen durch unglaubliches Glück überlebt hatte. Zuerst im Steinbruch von Natzweiler bis auf zweiundvierzig Kilo abgemagert, sollte er der »Sonderbehandlung« zugeführt werden, aber als Lagerkommandant Kramer die Namensliste der Todeskandidaten verlas und auf den Namen »Deutscher, Michel« stieß, gab es großes Gelächter, und Deutscher wurde verschont. Viele der Hingerichteten wurden zu Objekten des Schädelsammlers Prof. August Hirt, dem Kramer zuarbeitete.

Michel Deutscher trat später vor dem Militärtribunal in Nürnberg als Zeuge gegen Kramer auf, der sich immer wieder darauf berief, dem Zeugen Deutscher das Leben gerettet zu haben. Auf die Tausende angesprochen, denen er das Leben genommen hatte, meinte Kramer, er habe schließlich nur Befehle befolgt und bereue daher nichts. Er sei eben so erzogen worden ... Kramer wurde zum Tode verurteilt und hingerichtet, aber Michel Deutscher konnte keine Genugtuung empfinden.

Deutscher war ein melancholischer Mensch und machte sich bittere Vorwürfe, dass er als Einziger seiner Familie den

Horror überlebt hatte. Wie viele der anderen Leidensgenossen stellte er sich fast täglich die Frage: Warum ich? Warum ausgerechnet ich? Mein Bruder war intelligenter, meine Mutter wertvoller, mein Vater wichtiger.

Und als er am Abend dieses erfolgreichen Tages mit David im »Shalom« saß und die Wirtin Frau Sonnenreich, obwohl die Küche bereits geschlossen war, doch noch eine Hühnersuppe mit Nudeln aufgewärmt hatte, da fiel Deutscher wieder ins Jammertal.

David ließ den Löffel sinken und sah seinen neuen Mitarbeiter an.

Deutscher, ich werde Ihnen was sagen, Sie haben überlebt, weil es so sein sollte, verstehen Sie? Sie sollten überleben! Es war Ihre Pflicht zu überleben! Das Schicksal hat Sie ausgelost. Hören Sie auf, sich Vorwürfe zu machen. Stellen Sie sich vor, Sie wären tot. Dann gäbe es niemanden, der Ihre Familie betrauern könnte. Die Deutschers wären vom Erdboden verschwunden, so als hätten sie niemals existiert.

Im Hintergrund stellte Herr Sonnenreich die Stühle hoch und sagte dabei:

Lassen Sie sich nicht stören. Ich stelle nur die Stühle hoch.

Daraufhin seine Frau:

Mein Mann stellt nur die Stühle hoch. Essen Sie ruhig weiter.

David kam näher an Deutscher heran und sagte leise:

Gerade weil Sie überlebt haben, sind Sie verpflichtet etwas aus ihrem Leben zu machen. Sie sind jung, Sie sehen einigermaßen erträglich aus, blöd sind Sie auch nicht. Obwohl Sie die letzten Jahre verplempert haben.

Was meinen Sie mit verplempert?, fragte Deutscher.

Gaspillé, erklärte ihm David auf Französisch. Dann fuhr er fort:

Ich bin noch nicht fertig mit Ihnen!

Er beugte sich über den Tisch und schimpfte los:

Wissen Sie was, ich werde Ihnen was sagen: Sie sind als Teilacher eine völlige Fehlbesetzung! Zero! Ich denke, Sie wollen Physiker werden? Dann werden Sie endlich Physiker!

Deutscher starrte David Bermann an, der ihn angeschrien und seine zerknüllte Serviette auf den Tisch geschleudert hatte! Die Wirtin kam aufgeregt hinter dem Tresen hervor, das Küchentuch noch in der Hand.

Um Gottes willen! Ist was mit dem Essen?, fragte sie.

David lächelte und tätschelte ihr die Hand.

Alles bestens, Frau Sonnenreich, wie bei der mamme. Was macht es?

Zusammen?, fragte sie.

David nickte. Na sicher.

Zehn achtzig, Herr Bermann, sagte die Wirtin.

David zückte seine Brieftasche.

Deutscher protestierte, aber David ließ keinen Widerspruch zu.

Wenn Sie den Nobelpreis gewinnen, laden Sie mich ein.

Inzwischen waren die Stühle am Nebentisch schon oben, und David sagte leise zu seinem Kollegen:

Lassen Sie uns gehen, am Ende stellt er die Stühle hoch, und wir sitzen noch drauf.

Als sie über den nächtlichen Goetheplatz zu Davids Auto gingen, begann es leicht zu nieseln.

Vielleicht haben Sie recht, sagte Deutscher. Ich sollte mein Studium beenden.

Meine Rede, meinte David. Zwischendurch können Sie immer als Teilacher arbeiten.

Sie sagten doch gerade, dass ich dazu nicht tauge.

David lächelte.

Solange man nicht blöder ist als seine Kunden, hat man eine reelle Chance.

Er drückte Deutscher den Autoschlüssel in die Hand.

Nehmen Sie ihn, spielt a roll, ich wohne ja gleich hier um die Ecke. Wir sehen uns morgen um acht. Bonne soirée.

Deutscher lächelte und schloss den Wagen auf. Merci, à demain.

Dann schaute er noch einmal zu David, der in Richtung Fressgasse losgegangen war.

Kaum war David zu Hause angekommen, klingelte das Telefon. Zu seiner Überraschung war Frau Krautberg in der Leitung. Sie war die Witwe von Moische Krautberg, einem Teilacher, der sich im Herbst 1949 das Leben genommen hatte. Er war nie über seine Lagerzeit in Treblinka hinweggekommen.

David hatte Krautberg gut gekannt, sie waren zeitweise gemeinsam gereist. Oft hatten sich die Teilacher über den kleinen, unbeholfenen Mann mit der großen Nase lustig gemacht, was David und den anderen später leidtat. Krautberg war ein depressiver Mensch, Kunststück, bei seinem Schicksal, und er litt darunter, dass er in Deutschland geblieben war. Aber er hatte auch nicht die Kraft, sich aufzumachen nach Israel, wo seine Frau Verwandte hatte, oder sonst wohin.

Auf jeden Fall klang Frau Krautberg am Telefon so, als hätte sie ihren Mann nicht vor vier Jahren, sondern gestern verloren, und das betrübte David. Er machte den Fehler, sie zu fragen, wie es ihr ginge, und sie erzählte es ihm:

Was soll ich Ihnen sagen? Als Witwe ist man selber fast tot, glauben Sie mir. Es ist so, als würde ich haben die Pest. Ich habe keine Freunde nicht, gehe nie aus, oder haben Sie mich gesehen irgendwo?

Nein, sagte David, das stimmt. Man sieht Sie selten. Warum?

Warum? Das werde ich Ihnen sagen, warum. Weil ich hab nicht kein Geld nicht! Und ich will nicht sein kein schnorrer. Moische selig hat doch nebbich nichts zurückgelassen. Heute würde er bekommen vielleicht eine kleine Rente, aber er liegt in der Erd. Was kann man machen?

Wenn ich etwas für Sie tun kann, Frau Krautberg, dann sagen Sie es mir, sagte David spontan.

Deshalb rufe ich an. Ich hab gehört, dass Sie sind gut mit dem Doktor Lubinski, dem Anwalt …

Was heißt »gut«, unterbrach David, man kennt sich.

Reden Sie mit ihm bitte, wegen mir. Effche gibt es eine Möglichkeit, dass ich bekommen kann a bissel eine Wiedergutmachung auch.

Das mache ich gern, aber warum reden Sie nicht selbst mit ihm, was kann ich ihm schon sagen? Ich weiß zu wenig über Sie.

David vernahm plötzlich ein Schluchzen. Und nach einer Weile hörte er Frau Krautberg leise unter Tränen sagen:

Ich hab nicht kein Geld für einen teuren Anwalt! Das ist die Wahrheit. Und für einen Prozess schon gar nicht.

Machen Sie sich keine Sorgen, Frau Krautberg. Ich werde mich kümmern, versprochen. Ich rede mit Lubinski, er ist ein Mensch. Außerdem, Moischele war mein Freund.

Das ist sehr anständig, von Ihnen, Herr Bermann. Und wenn Sie Zeit haben, gehen Sie besuchen meinen Mann auf dem Friedhof. Keiner kommt zu ihm, es sind nur meine Steine, was liegen auf dem Grab, nebbich.

Nach dem Telefonat musste David umgehend eine Salmiakpastille lutschen. Das Gespräch hatte ihm zugesetzt.

13.

An diesem Dienstag regnete es in Strömen, und Fränkel war ziemlich durchnässt, als er Kramskis Büro betrat. Lederman war höflich aufgesprungen und nahm ihm den Trenchcoat und den Schirm ab. Nachdem er sich auf seinen Stuhl gesetzt, einen Schluck Kaffee getrunken und sich eine Zigarette angezündet hatte, fragte er:

Wo waren wir stehen geblieben?

Kramski: Vor Ihrem Termin bei Bormann.

Fränkel atmete tief durch, dann begann er leise zu sprechen.

Der Termin bei Bormann. Punkt halb drei waren wir in der Reichskanzlei, Voßstraße. Man empfing uns am Tor, wieder die gleiche Zeremonie.

Kramski: Wie war das mit dem Hitlergruß?

Fränkel: Den konnte ich besser als die Nazis. Den hatte ich geübt, im Kabarett. So.

Er macht ihn vor.

Man macht ihn nicht zu stramm, das ist übertrieben, aber auch nicht zu lässig, das durften nur die hohen Chargen, und so machte ihn nur der Führer …

Er zeigte es. Kramski wurde ungeduldig.

Weiter. Sie kamen also in die Staatskanzlei …

Ja, sagte Fränkel. Das war ein beeindruckendes Gebäude. Angst einflößend, das war ja der Trick. Wie in den gotischen Kathedralen. Die Menschen sollen klein gemacht werden durch die Dimensionen. Groß, abstoßend, wie eine riesige Gruft aus Marmor. Jedenfalls wurden wir am Empfang abgeholt. Von einem Soldaten in Wehrmachtsuniform. Wir sind durch endlose Flure gegangen, die Stiefel klapperten, meine Schuhe quietschten, alles hallte. Aber ansonsten beängstigende Stille.

Keiner sprach ein Wort. Irgendwann kamen wir vor eine mächtige Tür. Der Soldat ging hinein, wir warteten draußen. Plötzlich ging die doppelflügelige Tür nebenan auf, der Soldat erschien und ließ uns ein. Dann schloss er die Tür von außen.

Wir standen da, in diesem immensen Raum, Saal muss man schon sagen, alles aus grauem Marmor, und ganz am Ende stand ein riesiger Schreibtisch, und dahinter saß Bormann. Und hinter ihm ein überdimensionales Hitlerbild. Ein Riesenschinken, Ölgemälde. Der Führer in eine Art Toga gewickelt. Wie ein römischer Imperator. Gaius Julius Adolphus Caesar. Das Ganze mit Bärtchen. Sehr komisch.

Was war mit Bormann, Herr Fränkel?, fragte Kramski.

Fränkel sah ihn an.

Der Bormann? Der blätterte in Papieren, schaute uns nicht an, sondern winkte uns mit einer kleinen Handbewegung zu sich. So hätte ich das auch gespielt, wenn ich ihn gespielt hätte.

Fränkel machte eine kurze Pause, um nachzudenken, dann sprach er weiter.

Vor dem Schreibtisch standen zwei Stühle. Wir nahmen dahinter Aufstellung, wie zwei Pennäler. Bormann schaute auf.

Kramski hatte zwei Fotos in der Hand und hielt sie Fränkel hin.

Wer von denen ist Bormann?

Fränkel zeigte spontan auf das linke Bild.

Der. Ja, das ist er. Martin Bormann. Ein kräftiger, viereckiger Mann, ein Machtmensch. Mit leiser Stimme sagte er zu mir: Guten Tag. Setzen Sie sich. Er sagte nicht »Heil Hitler!«. Dann sah er fast angeekelt auf Kleinschmitt und bat ihn, draußen zu warten.

Kleinschmitt war ziemlich irritiert und ging rasch nach draußen, rief aus der Ferne noch mal ein hilfloses »Heil Hitler!«, haute die Hacken zusammen und verschwand. Bormann schaute mich lange an, dann sagte er: Sie sind also der Herr Frentzel.

Als er anfing zu sprechen, blitzte Gefährlichkeit auf. Ich hätte ihn nicht zum Feind haben mögen. Guter Witz. Muss ich mir merken.

Er fragte mich, ob ich meine Aufgabe kennen würde, und ich sagte wahrheitsgemäß, dass ich sie nicht genau kennen würde. Hat der Otte es Ihnen nicht erklärt? Nicht so, dass ich es verstanden hätte, sagte ich.

Typisch!, sagte er. Viel fabulieren und nichts aussagen! Diese Berufsberliner!

Bormann stand auf und begann hin und her zu gehen.

Dabei sagte er:

Sie sollen dem Führer einige hübsche Witze beibringen. Witze, die er sich gut merken kann, die er leicht erzählen kann, die er beiläufig einstreuen kann, die unverbindlich sind. Der Führer hat ein phänomenales Gedächtnis, Sie werden es feststellen, und Sie werden mir recht geben, aber für Witze ist er, vorsichtig ausgedrückt, etwas unbegabt. Das muss ja auch nicht sein, Witze erzählen ist ja kein Akt sonderlicher Intelligenz, oder finden Sie?

Was sollte ich antworten? Ich befand mich in der Höhle

des obersten Löwen. Jede Antwort könnte tödlich sein. Ich sagte, die Intelligenz des Führers reiche sicher dafür aus. Bormann nickte. So sah er das auch. Was ein hergelaufener Humorist konnte, vermochte der Führer schon lange. Er stand jetzt am Fenster, drehte mir den Rücken zu und wippte auf den Schuhspitzen. Dann sagte er leise, aber unheimlich scharf und akzentuiert: Sie ... sind ... Jude!

Er hatte wohl geglaubt, dass er mich damit beeindrucken konnte, aber ich antwortete: Ich weiß!

Er drehte sich um und grinste. Er meinte, ich sei ein exzellenter Humorist, geistreich und schlagfertig, aber ich sei eben Jude und er würde keinem Juden trauen.

Ich hatte meine Chuzpe wiedergefunden und sagte, das würde ich an seiner Stelle auch nicht. Er schaute dumm. Ich sagte, bei all dem, was den Juden angetan würde, sei es besser, keinem zu trauen.

Er schrie los: Werden Sie hier nicht unverschämt! Dann wieder leise: Der Führer darf nie erfahren, dass Sie Jude sind, verstanden? Niemals!

Er machte eine Pause und sagte dann warnend: Wenn er es erfährt, sind wir alle verloren. Wir alle! Sie, ich, Otte, alle, die an der Konspiration beteiligt waren, und auch viele Unschuldige. Die Rache des Führers ist grenzenlos. Das war der Moment, wo ich mir vorgenommen hatte, es Hitler unbedingt zu verraten. Aber ich versprach, darüber zu schweigen. Er setzte sich, wurde ruhig und geschäftsmäßig. Er erklärte mir, dass ich zum Obersalzberg auf den Berghof zu Hitler fahren würde. In der Zwischenzeit würde er seinen Führer informieren, dass da ein deutscher Humorist anreisen würde, der ihm bei der Ausarbeitung einiger Witze behilflich sein würde, oder so ähnlich. Bormann verbat sich jede Vertraulichkeit mit dem Führer oder mit dem verehrten Fräulein Braun. Wie lange meine Mission dauern sollte, fragte ich. Bis der Führer freihändig einige Witze ohne Hilfe erzählen kann, war die Antwort. Und was mit mir anschließend passieren würde, wollte ich wissen. Er sprang wieder auf. Das sei typisch für uns Juden, immer aus allem ein Geschäft machen, widerlich. Dabei hatte ich nichts von Entlohnung gesagt. Aber so sind sie, die Nazis, sie unterstellen uns ihre eigenen intimsten Gedanken, ihre geheimsten Wünsche und Obsessionen.

Er sagte kalt: Herr Frentzel. Wenn der Führer durch Ihre Hilfe einen Achtungserfolg erzielen kann, so soll das Ihr Schaden nicht sein. Sie haben einen deutschen Ehrenmann vor sich, der sein Wort hält.

Das war gut gesagt, dachte ich, nur hatte er mir nie sein Wort gegeben. So soll das Ihr Schaden nicht sein, waren seine Worte. Kann auch heißen: anstatt Gas, Erschießen.

Kramski war sichtlich fasziniert von Fränkels detailgenauer Schilderung. Er hüstelte und fragte dann:

Sie wissen, dass Bormann angeblich tot ist. Glauben Sie das?

Fränkel: Aber nein. So einer wie Bormann stirbt nicht. Der sitzt irgendwo und wartet. So einer wird noch gebraucht.

Kramski sah sein Gegenüber verwundert an: Gebraucht? Von wem?

Fränkel sagte sarkastisch: Von Ihnen vielleicht.

Kramski sprang hoch: Unverschämtheit!

Fränkel sah ihn unverhohlen an: Wat denn, wat denn? Wäre doch nicht der erste Nazi, den Sie sich geholt und zum Ami gemacht haben?

Sie sind ja gut informiert, meinte Kramski bissig.

Das ist das Thema meines Lebens, mein Herr, sagte Fränkel, da kenne ich mich aus!

Kramski sagte scharf: Ein Mörder würde niemals für uns arbeiten!

Fränkel musste grinsen.

Sie sind aber auch kein schlechter Witzeerzähler!

Mister Fränkel! Bleiben Sie bei der Sache.

Alles klar, meinte Fränkel und wartete, bis sich Kramski wieder gesetzt hatte.

Also, Bormann wies mich noch einmal darauf hin, dass der Jude Robert Fränkel tot sei, wie er sich sinnig ausdrückte, dass es jetzt nur noch den Heinz Frentzel gäbe.

Er erhob sich, gab mir die Hand, verabschiedete sich höflich, mit dem typischen »Nichts für ungut«. Er wünschte uns allen Glück und war davon überzeugt, dass es mir gelingen würde, dem Führer seinen zweitgrößten Herzenswunsch nach der Vernichtung der Juden zu erfüllen: einen Witz gut zu erzählen!

Kramski: Okay. Dann fuhren Sie also zu Hitler …

Moment, rief Robert Fränkel, so schnell schießen die Preußen nicht! Ich wollte gerade rausgehen, als das Telefon klingelte und Bormann den Hörer abnahm. Er machte eine harsche Handbewegung, und ich blieb stehen. Er sagte, ja, Herr Frentzel sei zufällig gerade bei ihm. Daraufhin fragte er mich, wo ich wohne, und ich sagte: Im Hotel Adlon. Er sagte ins Telefon: Adlon. Dann hörte er einen Moment zu und grinste. Ihre Zimmernummer? 412, sagte ich unsicher. 412, gab er ins Telefon weiter. Warum wollte er das wissen, fragte ich mich. Will er mir Blumen schicken? Dann legte er kopfschüttelnd auf.

Sie können jetzt gehen. Auf Wiedersehen.

Ich verabschiedete mich und ging.

Auf dem Flur traf ich Kleinschmitt, der nicht zeigen wollte, dass er sauer war, dass man ihn rausgeschickt hatte. Aber dadurch war ich zum Geheimnisträger geworden, und er behandelte mich mit großem Respekt. Wir trafen uns mit einem Kurier, der mir meine falschen Papiere überbrachte.

Diese?

Kramski deutete auf den Ausweis.

Ja.

Kramski drängte.

Fahren Sie fort.

Jetzt also war ich wirklich Heinz Frentzel!

Kleinschmitt fuhr mich anschließend zum Adlon, und wir verabredeten uns für den nächsten Morgen. Ich ging zum Empfang, um mir meinen Zimmerschlüssel zu holen. Der Portier schaute mich vielsagend an, kniff ein Auge zu und meinte:

Ihr Besuch wartet bereits auf Sie, Herr Frentzel!

Besuch? Mein Gott, wer konnte das sein? Eichmann? Mit wackeligen Knien ging ich zum Aufzug und ließ mich vom Liftboy hochfahren.

Ich ging den Flur entlang bis zu meinem Zimmer, atmete tief durch und trat ein. Neben dem Tisch stand ein Servierwagen mit einem Diner für zwei Personen, mit Champagner und allem Drum und Dran. Wie aus einem Hollywoodfilm. Und in einer Ecke saß ein Traum von einer Frau! Sie hatte ihre endlosen Beine übergeschlagen, trug hohe Absätze und Seidenstrümpfe, ein tief ausgeschnittenes Abendkleid, edlen Schmuck und hatte ein Gesicht wie ein Engel. Ein schwarzer Engel allerdings, denn sie war eine Mulattin. Ich ging auf sie zu und küsste ihre Hand. Mit einer rauchigen Stimme sagte sie:

Tagchen, ich weiß, wer Sie sind, Herr Frentzel. Mein Name ist Lorina de Vries, ich komme aus Surinam. Ich fragte sie, wie man aus Surinam mitten in den Krieg komme, und sie erzählte, dass sie seit einigen Monaten zum Ensemble der Komischen Oper gehöre. Sie sei sehr aufgeregt, denn sie würde in wenigen Wochen in einem großen Ufa-Film mitspielen, gemeinsam mit Hans Albers.

Ich setzte mich und zeigte mein einnehmendes Lächeln.

Gerade als ich von meiner Ufa-Karriere zu reden begann, die allerdings 1933 jäh geendet hatte, und dabei den Champagner öffnen wollte, hielt sie mich zurück und riet mir, das besser nicht zu tun. Ich verstand überhaupt nichts mehr.

Im nächsten Augenblick wurde gegen eine Tapetentür geklopft, die ich bisher in der Wand übersehen hatte, und das Fräulein sprang auf, rollte den Servierwagen durch die Tür und verschwand. Aber sie hatte die Tür nicht ganz hinter sich geschlossen, und so konnte ich einen Blick durch den Spalt werfen. Und wen sah ich da? Wer nahm die dunkle Schöne in seine Arme und küsste sie auf den Hals? Goebbels!

Kramski konnte es nicht glauben:

Goebbels! Unfassbar. Was geschah dann?

Fränkel erzählte weiter:

Ich schloss leise die Tür und ließ mich dann rückwärts aufs Bett fallen. Ich starrte an die Decke. Mein Herz klopfte bis zum Hals. Es war wie in einem Albtraum. Gestern Otte, heute Bormann, nebenan Goebbels, morgen Hitler. Fehlte nur noch der Göring. Vielleicht lag der unter meinem Bett? Wie sollte ich das überleben?

Es klopfte an der Zimmertür. Himmler! Ich schreckte hoch und öffnete vorsichtig. Ein Kellner kam und brachte mir mein Abendbrot. Eine Schale mit Eintopf und eine Scheibe Schwarzbrot. Kaum hatte ich zu essen begonnen, ging die Tapetentür auf, und das Fräulein de Vries kam atemlos, mit einem leeren Teller und einem Glas Champagner, in mein Zimmer gestürzt.

Sie berichtete, dass ihr Gönner von nebenan überraschend Besuch bekommen hätte, von einem Herrn Kaufmann, Gauleiter von Hamburg. Deshalb müsse sie sich wieder ein wenig bei mir aufhalten.

Ich hatte nichts dagegen. Allerdings aß sie mir mein Abendessen weg, vor lauter Nervosität. Und sie gestand mir, nicht ohne Stolz, wer der Unbekannte im Nebenzimmer war.

Sie bemühte sich, mir einzureden, dass ihr Verhältnis zu Goebbels nur ein freundschaftliches sei, er wolle ihr bei der Filmkarriere helfen, ganz selbstlos versteht sich, nur weil er an Kunst interessiert sei und an ihr Talent glaube.

Ich habe so getan, als ob ich ihr das abnehmen würde, obwohl ich ja mehr gesehen hatte und auch bemerkte, dass ihr Kleid in der Eile falsch zugeknöpft war. Irgendwann hörte man ein dreimaliges Klopfen an der Zwischentür, die schöne Frau aus Surinam verschwand wieder im Zimmer des Ministers für Volksverhetzung.

Kramski war verwirrt. Konnte das alles wahr sein? Er fragte:

Geschah noch etwas Besonderes in dieser Nacht?

Fränkel nickte: Das kann man sagen. Die Dame kam noch zweimal rüber, weil Goebbels noch bis in den frühen Morgen Besprechungen hatte, einmal telefonierte er mit Hitler, da durfte sie nicht zuhören. Ich hatte jedenfalls eine unruhige Nacht, aber Goebbels auch.

Da die Gefahr bestand, dass Frau Goebbels in der Früh überraschend erscheinen könnte, verbrachte Fräulein de Vries die Stunden ab fünf bei mir im Bett.

In Ihrem Bett?

Fränkel: Nicht was Sie denken. Ganz züchtig, wir beide angezogen, nebeneinander. Selbst wenn ich gewollt hätte und wenn sie gewollt hätte, wäre es nicht gegangen.

Wieso nicht? Ich denke, sie war so attraktiv.

Fränkel lachte: Wieso nicht? Wieso nicht? Mann, sie hätte doch gleich gemerkt, dass ich Jude bin!

Verstehe ich nicht.

Mein schmock!

Kramski ärgerte sich, dass er da nicht von alleine draufgekommen war, und meinte nur: Ach so.

Fränkel bemerkte die peinliche Pause und überspielte sie.

Wie dem auch sei. Jedenfalls platzte gegen sieben in der Früh Kleinschmitt ins Zimmer, sah die dunkle Schönheit in meinem Bett und zog sich stotternd und verlegen zurück. Das habe ich ihm gegönnt.

Kramski: Dann fuhren Sie zu Hitler?

Fränkel stand auf.

Ich dachte, wenn das meine Mutter selig gesehen hätte, was wäre sie stolz gewesen. Der Sohn hat's zu was gebracht. Persönlich eingeladen vom Führer! Na, das war was …

Kramski unterbrach:

Wie lange ging die Fahrt?

Fränkel überlegte einen Moment, bevor er antwortete.

Etwa vierzehn Stunden. Mit Unterbrechungen.

Kramski: Was waren das für Unterbrechungen?

Fränkel lächelte und fragte: Ist das wichtig?

Alles ist wichtig, meinte Kramski.

Fränkel setzte sich wieder.

Warten Sie … zweimal tanken in irgendeiner Wehrmachtskaserne, zweimal essen, was heißt »essen«? Kleinschmitts Olle hatte uns Stullen mitgegeben. Dreimal pischen, einmal kacken und ein Fliegerangriff!

Aha. Wo war das?

Was weiß ich. Schweinfurt? Würzburg?

Kramski machte sich Notizen. Dabei fragte er: Wie war Ihre Route?

Fränkel überlegte:

Die Route ... die Route ... warten Sie ... ja. Nürnberg, Passau, Bad Reichenhall. Es war jedenfalls neun oder zehn Uhr abends, als wir in Berchtesgaden ankamen.

Kramski: In welchem Hotel war das?

Fränkel war offensichtlich genervt.

Mein Gott, was Sie alles wissen wollen! Ich glaube, es hieß »Post« oder »Zur Post«, Wichtigkeit ...

Kramski bemerkte Fränkels Unruhe und blieb gelassen:

Hier ist alles wichtig. Außerdem gibt es womöglich unterschiedliche Aussagen.

Fränkel sah ihn mit einem kämpferischen Blick an:

Donnerwetter! Unterschiedliche Aussagen! Toll!

Und nach einer kurzen Pause:

Was soll das? Wen haben Sie gefragt? Hitler?

Kramski ging nicht auf Fränkels Aggression ein:

Je eindeutiger die Aussagen sind, umso besser kann man sich ein genaues Bild machen.

Ah, ein Bild wollen Sie sich machen. Meinetwegen. Ich war jedenfalls todmüde. Wir kamen ins Hotel, aßen ein kaltes Kotelett und nahmen noch ein Bier am Tresen. Es herrschte eine dumpfe Atmosphäre. Wenige Gäste brüteten über ihrem Bier und schauten uns misstrauisch an.

Überall Bilder von Hitler, als Fotos, als Gemälde, als Fresko. Es gab Ansichtskarten von Hitler mit Gamsbart, im

Janker. Als Kleinschmitt diskret durchblicken ließ, dass ich ein wichtiger Mann sei und am nächsten Tag zum Führer und so ... da waren plötzlich alle nett, und die Wirtin hinterm Tresen zwang ihre jüngste Tochter, mir ein Gedicht aufzusagen, das ging so. Fränkel zitierte es in Kindersprache:

In Berchtesgaden über den Höhn, im Hause Wachenfels,
da wohnt der Führer wunderschön, hoch über aller Welt.
Und bin ich endlich einmal groß, setz ich mich auf die Bahn,
tuff, tuff, schon geht die Reise los, und bald schon komm ich an.
Dann stehe ich am Gartenzaun, ich habe keine Eil –
und darf ich dann den Führer schau'n, dann ruf ich Heil, Heil, Heil!

Alle in der Gaststube grölten die drei »Heils« mit, wie dressierte Affen. Auch Kleinschmitt. Es entwickelte sich langsam, aber sicher ein echter deutscher Herrenabend. Wie heißt es so schön? Kein Abend ohne eine zünftige Judenbeschimpfung. Kleinschmitt wurde immer voller und unverschämter. Je mehr er trank, umso dreister wurde er. Und zynisch. Er animierte mich, doch auch ein paar Judenwitze zu erzählen, und verbreitete, ich wäre der beste Judenwitzeerzähler im Reich. Die Männer am Stammtisch wurden immer fordernder. Ich erzählte sicherheitshalber ein paar abgestandene Zoten. Das kam an. Irgendwann tat ich so, als sei ich auch besoffen, und torkelte auf mein Zimmer. Ich ließ mich auf das Bauernbett fallen und wollte nur noch pennen. Das war so gegen elf. Aber es wurde nichts mit dem Einschlafen.

Wieso nicht?

Kaum hatte ich mich hingehauen, was soll ich Ihnen sagen, plötzlich ein Riesengeschrei auf dem Flur: Was fällt Ihnen ein! Sind Sie noch bei Trost, Mann! Der Führer ist außer sich. Der Führer befiehlt, der Führer besteht darauf, Frentzel, sofort zum Führer! Mann, Sie sind ja sturzbesoffen! Wenn das der Führer … Das wird ein Nachspiel haben. Zack, zack! Wegtreten! Kleinschmitt holte mich ganz aufgeregt aus dem Zimmer, er war aufgelöst, im Unterhemd und machte sich fast in die Hosen. Sie sollen zum Führer!

Er nahm meinen Koffer, und unten vor der Tür wartete der Chauffeur des Führers vor einem Mercedes Cabriolet.

Wir grüßten uns zackig, er sagte, Döhring, mein Name, Herr Frentzel, ich habe die Ehre, Sie auf Wunsch des Führers mit dem Automobil des Führers sofort als persönlicher Gast des Führers zum Anwesen des Führers zu bringen. Kleinschmitt stand da wie ein Schuljunge, hob dann den Arm und rief: Heil Hitler, Herr Frentzel.

Ich sagte: Ihnen auch, Scharführer. Wegtreten! Er haute die Hacken zusammen und verschwand in unserer Auspuffwolke.

Kramski: Waren Sie aufgeregt?

Fränkel musste lachen.

Was heißt aufgeregt? Ich habe mich fast vollgepischt vor Angst. Es gibt doch diesen Film, wo der Gast noch spät in der Nacht zu Dracula gerufen wird … so ungefähr kam ich mir vor. Und der Kerl ist gerast, ich sage Ihnen. Und die Kurven hat er geschnitten. Irgendwann habe ich gesagt: Und wenn Ihnen jetzt einer entgegenkommt? Da hat er gesagt: Hier kommt uns keiner entgegen! Da habe ich gesagt: Das heißt, wer oben ist, kommt nie zurück! Da hat er gelacht und gemeint: Sie sind ja ein Scherzkeks.

Kramski fragte: Wie lang hat die Fahrt gedauert?

Fränkel: Zwanzig Minuten vielleicht.

Über was haben sie miteinander geredet unterwegs?

Fränkel überlegte einen Augenblick.

Dieser Döhring war ganz nett. Hat aber nichts über den

Führer erzählt. Obwohl ich ihn gefragt habe. Wie der Führer so ist, privat. Was er macht. Und ob er schon zu Bett gegangen ist. Da hat er mich kurz entgeistert angeschaut und gesagt: Der Führer schläft nie! Aber jeder normale Mensch muss irgendwann schlafen!, habe ich erwidert. Da sagt er: Der Führer ist nicht normal! Ich habe ihm nicht widersprochen.

Kramski: Haben Sie Hitler noch gesehen in dieser Nacht?

Nein. Wir sind am Berghof angekommen. Es war stockdunkel. Irgendwo in einem etwas entfernten Haus brannte Licht. Es war wie eine Feriensiedlung, könnte man sagen. Diese Berghofanlage bestand aus mehreren unterschiedlich großen Häusern, alle in diesem geschmacklosen Alpenstil gebaut.

Mit Geweihen und gekreuzten Balken, mit Holzbalkonen, mit Geranien, mit gerafften bunten Vorhängen. Mit Bänken vor den Türen. Wie auf den Ansichtskarten. So wie sich ein Fremder Deutschland vorstellt. So hat es ausgesehen. Goebbels hatte hier ein Haus und Göring und Bormann und Speer und was weiß ich wer. Die ganze Bande. Oben auf der Spitze thronte das Haus des Führers. Eine lange Treppe führte nach oben.

Kramski: Wo hat man Sie hingebracht?

Fränkel lächelte.

Was heißt hingebracht? Man hat mich geleitet. Ein meschores ist gekommen …

Kramski: Ein was?

Das ist Jiddisch. Ein Diener, ein Faktotum, ein Knecht, was weiß ich, und der hat mein kleines Köfferchen genommen, und ein großer Mann ist auf mich zugestürzt und hat sich zackig preußisch vorgestellt. Herr Frentzel, nehme ich an? Ich nicke. Er: Gestatten, mich vorstellen zu dürfen … Was passiert eigentlich, wenn man sagt, nein danke, aber ich möchte Sie nicht kennenlernen? Er sagte zackig: Mein Name ist Ernst-Walter von Hagendorff, persönlicher Adjutant des Führers. Herzlich willkommen auf dem Berghof. Heil Hitler! Ich habe schwach die Hand gehoben, so etwa … Und habe gesagt: Guten Abend! Dann hat mich Hagendorff zu meinem Zimmer geleitet, ins Gästehaus.

Kramski: Wie hat das ausgesehen?

Na, was denken Sie? Wie eine Familienpension mit Alpenblick.

Knarrende Dielen, gekachelte Kamine, Bauernromantik. An den Wänden röhrende Hirsche, Elfen, dazwischen Hitler als Elfenführer. Zuerst war da die Chefin von allem, Frau Stanggassinger. Die rief nur kurz: Grüß Gott! Und verschwand wieder.

Dann kam eine zweite blonde Herbergsmutter auf uns zugesegelt, eine Frau Brückner, mit Dutt und Riesenbusen. Sie hat uns begleitet. Am Ende eines langen Flures im ersten Stock dieses Gästehauses lag mein Zimmer. Morgens kommt hier die Morgensonne rein, sagte die Frau. Ach nee? Was denn soll morgens reinkommen, die Abendsonne? Auf dem Tisch stand ein kleiner Imbiss. Wenn Sie noch etwas möchten, hier ist eine Klingel. Das sagte Frau Brückner mit sonorer Stimme. Und hier ist Ihr Badezimmer. Hagendorff baute sich auf und schnarrte: Und nun überlassen wir Sie erst einmal Ihrem Schicksal, ha, ha. Und Frau Brückner sagte mit einem kalten BDM-Lächeln: Gesegnete Nachtruhe.

Kramski: Das ist auch ein gutes Stichwort für uns.

Er begann seine Sachen zusammenzupacken.

14.

Es war ein grauer Freitagnachmittag, als Alfred neben seinen Brücken stand und bis dato nur drei verkauft hatte. Die Luft war feucht und dick, ein Sommergewitter kündigte sich an. Die wenigen Fußgänger huschten desinteressiert vorbei. Was war los?, dachte der Junge, braucht niemand mehr kleine, preiswerte Teppiche, wollte denn keiner mehr sein Heim verschönern? Oder hatte er ganz Frankfurt bereits mit Vorlegern versorgt? Im Laden, auf einem Teppichstapel sitzend, konnte er Honigbaum beobachten, der Listen anfertigte und nur ab und zu gelangweilt und emotionslos zu Alfred schaute.

Herr Fränkel hatte sich bereits am frühen Nachmittag für heute verabschiedet und war mit Frau und Tochter nach Berlin geflogen, wo er bei einem Sommerfest der Jüdischen Gemeinde als Conférencier engagiert worden war. Sein Freund Hans Rosenthal, ein Ansager beim RIAS, hatte ihm den Job vermittelt. Fränkel wollte diese Gelegenheit nutzen, um seiner kleinen Familie seine alte Heimat Berlin zu zeigen. Außerdem stand ein Aufenthalt im »Kempinski« am Kurfürstendamm einer Zarin und einer Kronprinzessin durchaus zu.

Kaum war der Chef verschwunden, hatten sich Kelbassa und Blum wieder zu Sammy verzogen, wo sie ihren dünnen Kaffee tranken und über Geld und die Welt schmusten.

Und wie Alfred so die Kaiserstraße hinunterblickte, in Richtung Taunusanlage, brach plötzlich ein gewaltiger Regen los und fegte die letzten Passanten in die Hauseingänge. Die Straße war nach einem Blitz und dem kurz darauf folgenden Donner menschenleer.

Nicht ganz. Vor der Kanzlei Lubinski bemühte sich ein aufgelöster Chauffeur, das viertürige Cabriolet zu schließen, indem er verzweifelt am Dach rüttelte und riss, das zusammengefaltet auf dem Kofferraum lag und sich nicht bewegte. Eine Sekunde später erschien gestikulierend der korpulente Dr. Dr. Lubinski und schien ungehalten. Wie in einem Slapstickfilm waren die beiden hilflosen Männer nun dabei, gegen die verklemmte Technik und die Naturgewalten gleichzeitig anzukämpfen. Es war sinnlos, und schließlich rannte der durchnässte Rechtsanwalt mit seiner Aktentasche wedelnd auf die Kaiserstraße und stürzte sich todesmutig vor ein Taxi, das bremste und den Verzweifelten aufnahm.

Da hatte Alfred eine Idee und lief ins Teppichlager, wo er eine Folie aus Ölpapier fand, in die seine kleinen Brücken eingepackt waren, wenn sie aus Belgien hierher geliefert wurden. Er rief Honigbaum etwas zu und rannte mit der Folie nach draußen. Dieser vermerkte den Vorgang auf zwei entsprechenden Listen.

Herr Ruppert, so hieß der Chauffeur der Lubinskis, war sichtlich gerührt, als Alfred mit der Folie angelaufen kam, und eine Minute später hatten sie den Innenraum des Maybachs abgedeckt. Wäre Ruppert jetzt losgefahren, hätte er spätestens vor der Hypotheken- und Wechselbank, also ein paar Häuser weiter, die Folie durch den Fahrtwind verloren. Also erklärte sich der Junge bereit, sich in den Fond des Wagens zu begeben, um dort die Folie mit den Händen festzuhalten und mit dem restlichen Körper zu stabilisieren, dem Unwetter trotzend.

So fuhren sie los. Es donnerte und blitzte, und obwohl Alfred ziemlich nass wurde, war es für ihn ein unvergessliches Erlebnis, in diesem wunderbaren offenen Wagen durch Frankfurt zu fahren.

Die Reifen schmatzten auf dem Asphalt, die Wischer wischten regelmäßig. Alfred sah zu den Hausfassaden hoch, die an ihm vorbeizogen. Verzierte Simse, Fenster, Balkone, Reklame, Elektroleitungen.

Wie in New York. Er dachte an das Apartment in der Park Avenue, in dem sie immer gewohnt hatten, wenn sie aus den Hamptons herüberkamen. An seine Ausflüge zu FAO Schwarz, dem gigantischen Spielzeugparadies, dem Plaza-Hotel gegenüber. Ja, das Plaza, in das sich seine Mutter stets flüchtete, wenn es regnete oder sie dringend auf eine Toilette musste. Jetzt lebten sie hier, in dieser viel kleineren Stadt, die aber Charme besaß, die überschaubar war. Hier fühlte er sich zu Hause.

Geht es noch?, rief ihm Herr Ruppert zu, und Alfred bejahte. Sie fuhren über die Hauptwache, zum Eschenheimer Turm, die Eschersheimer Landstraße entlang. Und Alfred saß mit ausgebreiteten Armen und hielt den Wagen trocken, während er selbst langsam aufweichte. Wieder hielt er sein Gesicht zum grauen Himmel hin und schloss die Augen.

Er erinnerte sich mit einem Mal an diesen Film aus der britischen Kolonialzeit, den er vor Kurzem gesehen hatte, in dem ein englischer Offizier im Monsun heimkehrte nach der Schlacht um Jaipur. Äußerlich unverletzt, aber nicht mehr derselbe wie vorher. Was er zu sehen gezwungen war, hatte sich ins Gedächtnis für immer eingebrannt.

Ruppert stoppte den Wagen vor einer pompösen Villa. Bevor Alfred aussteigen konnte, hatte der Chauffeur das Gittertor geöffnet und anschließend das dahinterliegende Garagentor, war zurück zum Wagen geeilt und angefahren. Die Fahrt endete für Alfred im Dunkel der Remise.

Als sich am Ende des Dienstbotenaufgangs die Küchentür der Beletage öffnete und eine dralle Frau in hellgrauem Kleid mit weißer Schürze und weißem Häubchen auf dem Lockenkopf den durchnässten Jungen in Empfang nahm, ihm eine Decke um die Schultern legte und ihm ein blütenweißes Handtuch reichte, erlebte der junge Kleefeld dies alles nur noch wie in Zeitlupe. Die Frau führte ihn in ein Ankleidezimmer und überreichte ihm einen flauschigen, etwas überdimensionierten Bademantel. Durch die Ankleide führte eine Tür zum Bad, das von immenser Größe war, mit einem marmornen Waschtisch und zwei Becken sowie einer gigantischen Badewanne und einer separaten Dusche. Weiß gekachelt, mit chromblitzenden Armaturen und außen liegenden, eindrucksvollen Siphons und Zuläufen, die Alfred an die Ausstattung der »Queen Mary« erinnerten, mit der er, seine Mutter und Moritz 1950 von New York nach Southampton gefahren waren.

Ei, ich lass Sie dann mal allein, sagte die Frau. Um Ihre Sachen kümmre ich mich. Behalten Sie so lange ruhig den Bademantel an. Der Herr Doktor erwartet Sie später in seinem Arbeitszimmer.

Die Frau hatte ihn gesiezt, das fühlte sich gut an. So wie alles hier in diesem edlen Haus. Es war nicht einfach, die nassen Klamotten auszuziehen, aber dann hatte es Alfred geschafft. Nackt huschte er rasch zu beiden Türen und verschloss sie von innen. Dann suchte er sich Tannennadel-

Badeschaum und begab sich in die Dusche. Aus dem riesigen Duschkopf kam angenehm warmes Wasser. Der Junge schloss die Augen. Vor ein paar Minuten hatte er noch auf der Kaiserstraße gestanden, um Kunden für »brickel« zu keilen, und jetzt war er hier in diesem Hollywoodfilm.

Almut, so hieß das Hausmädchen der Lubinskis, klopfte zweimal gegen die Tür des Arbeitzimmers, die sich am Ende eines langen, breiten, von einem echten persischen Läufer bedeckten Flurs befand.

Ja, bitte, ließ sich der Herr des Hauses vernehmen. Almut drückte die Klinke herunter und öffnete die Tür.

Herr Doktor, der Herr Kleefeld ist hier, sagte das Hausmädchen.

Lubinski saß in seinem holzgetäfelten Arbeitszimmer, mit vielen Ölgemälden an den Wänden, hinter seinem bombastischen Schreibtisch, der zum Teil mit Akten bedeckt war. Die Lehne des Stuhls überragte seinen Kopf. Alfred, noch immer im Bademantel, trat verlegen ein.

Setz dich, sagte der Anwalt und zeigte auf einen der beiden Stühle vor seinem Schreibtisch. Alfred ging los und versank fast in dem edlen Teppich. Während er sich verstohlen umsah, kam er näher.

Die Gemälde hatten zum Teil religiöse Motive: Samson und Delilah, David und Bathseba, der weise Bal Shem Tov. Es waren aber auch Motive aus dem alten Frankfurter Judenviertel darunter, Stiche und Lithographien: die Börneplatzsynagoge oder das Rothschildhaus. Alfred entdeckte einige Skulpturen und einen mächtigen bronzenen Leuchter an der Decke, unter dem er jetzt Platz nahm.

Magst du einen Zigarillo?, fragte Lubinski, als der sich eine Zigarre anzündete.

Nein danke, sagte Alfred, ich rauche nicht. Noch nicht.

Das ist vernünftig, meinte der Mann, fang gar nicht erst an. Es kostet nur Geld und verpufft in der Luft.

Alfred lächelte. Lubinski gefiel ihm. Er hatte so etwas Lässiges, etwas Weltmännisches, das man hier selten fand.

Danke, dass du dem armen Ruppert geholfen hast. Das war sehr nett von dir. Er hat dich über den grünen Klee gelobt.

Ach, das war doch selbstverständlich, meinte Alfred ein wenig verlegen, während er die üppige rote Schreibgarnitur aus Leder bewunderte, die vor dem Anwalt lag. Halter für Füllfedern, Ständer mit Visitenkarten, ein Telefonverzeichnis und ein gewaltiger Brieföffner. Auch lederne Fotorahmen waren von hinten zu sehen. Davor eine Mappe mit Briefpapier, ein Löscher, ein Locher, alles aus einem Guss.

Was der Junge jedoch am meisten bewunderte, war das kleine lebensnahe Modell des Maybachs, das neben der Garnitur stand. Sicherlich bekam das jeder Kunde als Beigabe, der sich solch einen Wagen zulegte.

Nein, das war schon bemerkenswert, sagte Lubinski und paffte Rauch in die Luft. Ich kenne deine Mutter. Sie ist eine Mandantin von mir.

Ich weiß, sagte Alfred.

Und deinen Onkel kenne ich auch. Ein kluger Kopf und ein unterhaltsamer Mann.

Ja, das ist er, bestätigte Alfred. Aber er ist nicht mein Onkel. Wir nennen ihn nur so.

Ich weiß, sagte der Anwalt.

Eine kleine Pause entstand. Lubinski sah Alfred unentwegt an, dann fragte er:

Do you still speak English?

Certainly, I do, sagte Alfred.

Fine, you should practice all day. How about your French?

I am not a genius, sagte der Junge wahrheitsgemäß.

Alors, qu'est-ce-que vous lisez à l'école actuellement?

Flaubert. Madame Bovary.

Der Anwalt lehnte sich zurück.

Mon dieu, wie ich dich beneide, sagte er, wie gern würde ich das noch einmal zum ersten Mal lesen.

Ja, es ist ganz okay.

Ganz okay? Lubinski war wie elektrisiert. Das ist große Literatur! Weißt du, was große Literatur ist? In großer Literatur finden wir uns selbst wieder. Man muss viel lesen, um ein Mensch zu werden.

Alfred nickte höflich. Er besah sich den korpulenten Mann genauer. Alles in allem eine imposante, dynamische Erscheinung. Er hatte eine zart wirkende Haut und trug ein elegantes Monjou-Bärtchen, das ihm gut stand. Er hatte dunkles Haar und über der Stirn eine beginnende Glatze.

Er machte einen blitzgescheiten Eindruck, und Alfred konnte es sich gut vorstellen, wie er in einem Gerichtssaal auftreten konnte, mit wehender Robe. So jovial er sich privat auch gab, vor Gericht konnte er sicher unangenehm sein. Und das war auch gut so. Lubinski war unbestritten der populärste Frankfurter Strafverteidiger dieser Jahre, und er verlor selten einen Prozess. Er war den meisten Gegnern rhetorisch und intellektuell weit überlegen.

Man wusste von ihm, dass er den Krieg zuerst in Frankreich, dann in England überlebt hatte, als Einziger seiner Familie, die vor der Nazizeit zu den einflussreichsten Bürgern von Frankfurt gehört hatte.

Lubinski drückte auf eine Sprechanlage. Kurz darauf hörte man die verquäkte Stimme von Almut.

Ja, bitte, Herr Doktor …

Almut, was machen die Kleider des jungen Herrn?

Die sind in einer Viertelstunde trocken, Herr Doktor.

So soll es sein, sagte der Anwalt launig und fuhr dann fort:

Legen Sie noch ein Gedeck auf. Herr Kleefeld bleibt zum Schabbes.

Dabei schaute er Alfred fragend an und sagte dann:

Stimmt doch, oder?

Ja, sehr gern, danke, sagte der Junge. Ich muss nur kurz zu Hause anrufen und Bescheid sagen.

Genehmigt, meinte Lubinski und hielt ihm den Telefonhörer hin.

Sieben-zwei-drei-eins-sechs-fünf, sagte Alfred rasch, und Lubinski betätigte die Wählscheibe.

Alfred stand vor dem Spiegel im Ankleidezimmer und konnte es nicht glauben. Seine Kleidung war perfekt trocken und gebügelt und sah fescher aus als zuvor. Er hatte sich vielmals bei Almut bedankt, als sie ihm die Sachen überreichte. Punkt achtzehn Uhr sollte er sich im Salon einfinden und Frau und Tochter Lubinski kennenlernen. Schnell lief er noch einmal ins Badezimmer, stand einen Augenblick ratlos vor dem üppigen Angebot der kostbaren Parfums und Rasierwasser und sprühte sich mit Old Spice ein. Diesen Duft kannte er von David. Da konnte man nichts falsch machen. Dann begab er sich auf den Weg zum Salon. Die Tür war geöffnet, als Alfred eintrat.

Neben ihrem Vater stand die vierzehnjährige Juliette Lubinski, ein wunderschönes Mädchen. Sie lächelte Alfred zu und reichte ihm die zarte, weiße, zerbrechliche Hand.

So, sagte Lubinski huldvoll, das ist also der junge Mann,

von dem ich dir berichtet habe, Alfred Kleefeld. Und das ist Juliette, meine Tochter.

Er legte seine dicke Hand auf den kleinen Kopf des Mädchens.

Sehr angenehm, sagte Alfred und musste schlucken. Ich habe dich schon ein paar Mal in der Synagoge gesehen.

Ja, ich habe dich auch wahrgenommen, sagte Juliette.

Das war ein gutes Zeichen, dachte sich Alfred. Sie hat mich also auch bemerkt.

Alfred war lange in Amerika, erklärte Lubinski.

Das ist mir bekannt, sagte das Mädchen und sah Alfred unverhohlen an. Aber auch er konnte sich nicht sattsehen an diesem traumhaften Wesen. Jetzt war ihm klar, wen Shakespeare mit Julia gemeint hatte: Juliette! Weiß, zart, mit einer samtenen, melodischen, aber festen Stimme, mit wunderschönen dunklen Augen und einem herrlich geformten Mund, wie von einem Bildhauer gemeißelt. Das Haar kastanienfarben, an beiden Seiten zu zwei koketten Schnecken gerollt. Sie trug ein dunkles Samtkleid mit Puffärmeln und einem weißen Kragen.

Welche Schule besuchst du?, fragte sie.

Goethe, sagte er und schluckte, Untersekunda, und du?

Ich gehe in die Elisabethenschule. In die Obertertia.

Und während sie beide etwas hölzern im Salon herumstanden, trat die Dame des Hauses ein, Frau Lubinski, die Gattin des Advokaten, Mutter des feengleichen Geschöpfes.

Lulu Lubinski war eine hochgewachsene, aristokratisch wirkende, strenge Frau mit Dutt, blassem Teint und knallroten, schmalen Lippen. Sie sprach sehr gewählt, und das hatte sicher auch auf die Tochter abgefärbt. Sie überragte ihren Mann nicht nur körperlich.

Sosehr Lubinski draußen in der Welt der kämpferische, angstfreie und unerbittliche Strafverteidiger war, sosehr stand er zu Hause unter dem Pantoffel. Es war eindeutig, hier hatte Madame das Sagen. Frau Lubinski stammte aus einem großbürgerlichen Elternhaus und hatte sich selbstbewusst dem elterlichen Wunsch nach einer frühen Heirat entzogen. Sie liebte Sprachen, besonders das Italienische. Sie hatte die Absicht, Schriftstellerin und Übersetzerin zu werden. Nach der Machtübernahme der Nazis litt die schöngeistige Lulu besonders unter der gesellschaftlichen Ächtung und der Ausgrenzung. Schon damals neigte sie zu Depressionen.

Die Lubinskis hatten sich schon vor dem Krieg in Frankfurt kennengelernt, aber dann wieder aus den Augen verloren. Durch einen Zufall trafen sich beide in der Pariser Emigration wieder. Sie heirateten, und Tochter Juliette wurde geboren. Lubinski arbeitete in diesen schweren Jahren illegal in der Kanzlei des berühmten Anwalts Vincent de Moro-Giafferi, eines korsischen Adligen, der unter anderem auch der Verteidiger des Serienmörders Landru und der Anwalt von Herschel Grynszpan war. Lubinski hat niemals einen Hehl daraus gemacht, dass er sich wesentliche Elemente der Prozessführung von Maître de Moro-Giafferi abgeschaut hat, der damals als Strafverteidiger durch seine rhetorische Brillanz, sein Improvisationstalent und seinen Witz über die Grenzen Frankreichs hinaus bekannt war. Durch viel Glück und die guten Beziehungen von de Moro-Giafferi konnte die kleine Familie schließlich auf Schleichwegen den Kontinent verlassen und in England Unterschlupf finden.

Obwohl sich Lubinski rasch in die britische Rechtspraxis eingearbeitet hatte, war es für ihn keine Frage, dass er nach dem Krieg wieder nach Frankfurt zurückkehren würde.

Männer wie er wurden dringend gebraucht, und so machte er sich rasch einen Namen als Spezialist für Wiedergutmachungsverfahren.

Wiedergutmachung!

Lubinski war aufgesprungen, als Alfred ein paar Wochen später dieses Wort einmal benutzte, und wiederholte es angeekelt.

Wiedergutmachung! Horribile dictu! Mein Junge, wie du dir das vorstellst! Es ist nicht einfach und selbstverständlich, sogenannte Wiedergutmachungsforderungen durchzusetzen. Jeder Einzelfall wird akribisch durch Beamte geprüft und abgeklopft. Und da viele von denen ehemalige Nazis sind, haben sie ein sadistisches Vergnügen daran, Ansprüche herauszuzögern oder gar abzulehnen.

Die Verfahren werden sich Jahre, wenn nicht Jahrzehnte hinziehen. Insbesondere die Klagen gegen die Industrie. Viele meiner Mandanten werden den Ausgang ihrer Verhandlung nicht mehr erleben. Das zur »bevorzugten« Behandlung der Juden!

Alfred sah Lubinski an und sagte:

Ich dachte, jeder Jude hätte Anspruch …

Der Anwalt schüttelte den Kopf.

Ach was! Ein Antrag auf Wiedergutmachung ist jedes Mal eine Klage gegen die Bundesrepublik Deutschland! Der Antragsteller muss belegen, was ihm oder seiner Familie wann gehört hat, und den Verlust beweisen! Ferner, wie viele seiner Verwandten wo, wie und warum ums Leben gekommen sind. Ob es Zeugen oder Dokumente über deren Ansprüche gibt. Und das, nachdem das gesamte jüdische Vermögen arisiert und Hunderttausende enteignet wurden. Und die Milliarden, die Juden vor 1933 in die Versicherungssysteme eingezahlt haben? Wo werden die berücksichtigt? Oder was ist mit den Familien, die komplett ausgerottet wurden? Wo niemand mehr klagen kann?

Er schaute Alfred neugierig an, als wüsste der die Antwort.

Außerdem, so sagte der Anwalt, war es ein Riesenproblem, überhaupt so etwas wie individuelle Wiedergutmachung zu installieren. Ich rede nicht von Israel und seinen Forderungen. Die sind klar geregelt. Ich war damals in der Beratungskommission der Regierung, und wir bekamen Druck von allen Seiten. Auch von den Juden! Es gab radikale, ehemalige jüdische Widerstandskämpfer, die sogar ein Attentat auf Adenauer geplant hatten. Sie wollten mit allen Mitteln verhindern, dass Juden sich für die erlittenen Qualen und den Verlust an Menschen und Sachwerten bezahlen lassen. Andererseits gab es von deutscher Seite enormen Druck, um zu verhindern, die Deutschen als Volk an den Pranger zu stellen. Denn die Geldzahlung an die Opfer ist ein Eingeständnis der Schuld.

Waren alle schuld? Oder nur einige? Deshalb kam der Begriff »Kollektivschuld« ins Spiel. Wie aber war diese Verantwortung zu fassen? Doch nur, indem alle dafür zahlen. Das waren unsere Argumente auch gegenüber den vielen Juden, die sich vehement gegen die Wiedergutmachung aussprachen.

Jetzt war Lubinski der kämpferische Anwalt aus dem Gerichtssaal, wie er so in seinem Arbeitszimmer umherlief, Zigarre paffte und redete:

Alfred, das ist jetzt der casus knusus: Wenn wir davon ausgehen, dass die Juden nicht nur eine Religionsgemeinschaft sind, sondern auch ein Volk, und heute sogar eine Nation, dann hat dieses Volk Anspruch auf Reparation, wie es nach allen Angriffskriegen üblich ist. Das war letztlich der Graben, über den alle springen mussten. Ich kenne eine Menge Juden, die sich bis heute weigern, nur einen Pfennig von den Deutschen zu nehmen. Die sagen: Wie kann ich das Leben meiner Familie aufrechnen lassen? Was ist eine Mutter wert? Ein Vater? Ein Bruder? Oder gar ein Kind?

Das verstehe ich, sagte Alfred.

Ich auch, meinte Lubinski. Aber was passiert mit dem Geld, das Juden nicht annehmen?

Der Anwalt wartete gar nicht erst Alfreds Antwort ab.

Es kommt den Deutschen zugute. Und ich bin sicher, mein Vater hätte aus dem Grab gerufen: Du Idiot! Nimm das Geld, damit wenigstens du etwas davon hast. Und so erkläre ich es auch meinen Mandanten.

Einige solcher Gespräche gab es in den nächsten Wochen, als Alfred zu einem Freund des Hauses und vor allem der Freund von Juliette wurde. Heute Abend aber saß er mit ihr und ihren Eltern am Schabbestisch und hörte nur unaufmerksam zu.

Denn er war verliebt.

Frau Lubinski hatte inbrünstig gebetet, die Kerzen angezündet und sich immer wieder die Hände über die Augen gelegt, wie es Brauch war und wie Alfred es auch von seiner Mutter kannte. Lubinski forderte Alfred auf, den Segensspruch über den Wein zu sprechen, den kiddusch, was dieser auch tat.

Daraufhin sprach der Hausherr selbst die broche über das Brot und zerriss die challe, den Mohnzopf, und reichte jedem ein Stück davon, das er vorher mit Salz bestreut hatte. Alfred liebte challe, und sie schmeckte ihm sonst auch ohne broche. Dann wurde die silberne Räuchermühle angezündet, und es wurden Schabbeslieder gesungen. Das Essen war köstlich, Lulu Lubinski war eine perfekte Hausfrau, die alles im Griff hatte und die darauf achtete, dass alle Schabbesgebote strikt eingehalten wurden. Lubinski durfte vierundzwanzig Stunden nicht rauchen, das Licht wurde von Almut an- und ausgemacht, und Ruppert hatte frei, denn Autofahren war ebenfalls verboten.

Warum denn, hatte Alfred einmal arglos Lubinski gefragt. Mein Onkel David sagt immer, weil ein Gebot lautet: Du sollst am Schabbes nicht Autofahren!

Der Anwalt lachte, dann sagte er:

Dein Onkel ist ein gescheiter Mann, aber von Religion hat er keine Ahnung. Es steht geschrieben, dass am siebten Tag auch das Vieh und die Pferde ruhen sollen, und ich finde das eine sehr menschliche Geste. Deshalb sind die Juden früher nicht mit den Fuhrwerken gefahren.

Aber heute haben wir Autos, wandte Alfred ein.

Das ist richtig, aber da wir am Schabbes kein Feuer machen dürfen, darf auch kein Zündfunke entzündet werden, der den Motor antreibt.

Aber wenn Herr Ruppert den Wagen fährt?

Dann kommt wieder das Pferd ins Spiel, und ein Auto hat viele davon. Das nennt man Dialektik.

Nach dem Essen erhob sich der Anwalt, trat hinter die Kinder, legte je eine Hand auf den Scheitel von Juliette und Alfred und benschte sie und küsste jeden aufs Haar. Das rührte Alfred sehr. Noch nie hatte ihn jemand gesegnet. Und dass Lubinski das tat, war ein positives Signal.

Er war wie ein Sohn in diesem Hause aufgenommen. Jedenfalls vom Hausherrn. Die Mutter sah es spürbar mit einiger Skepsis.

Nach dem Essen zogen sich die Lubinskis zurück, und Juliette zeigte ihrem Gast ihr Zimmer. Ein Mädchenzimmer, weiß und rosa, mit niedrigen Stühlen, typischer Mädchenliteratur in den Regalen, mit Chagall-Drucken an den Wänden und einem Pferdekalender neben der Tür. Ziemlich langweilig, wie Alfred fand. Es war für ihn keine Überraschung, dass Juliette so gut wie nie ins Kino ging, daher war sie begierig zu erfahren, was denn draußen in der Welt so los war.

Gewiss, sie lernte einiges durch ihre Klassenkameradinnen kennen, aber einen jungen Mann wie Alfred, der mitten im Leben stand, den kannte sie nicht. So berichtete er von den neusten Filmen, die er gesehen hatte, aber unterschlug die Gruselfilme. Juliette amüsierte sich köstlich, als Alfred Jerry Lewis imitierte, aber da erschien die Mama und beendete den Besuch des jungen Herrn Kleefeld. Da sie davon ausging, dass auch er am Schabbes nicht fuhr, sollte er sich nicht zu spät auf den langen Fußmarsch nach Hause machen. Alfred verabschiedete sich förmlich und ging gemessenen Schrittes aus dem Haus. Von unten sah er, dass Juliette auf ihrem kleinen Balkon stand, kurz scheu winkte und ihm vermutlich hinterhersah. Kaum war er um die Ecke verschwunden, rannte er los, um die Straßenbahn noch zu erwischen. Schabbes hin, Schabbes her.

15.

Kramski hatte einen Plan vom Obersalzberg ausgebreitet und eine Luftaufnahme danebengelegt. Die Männer beugten sich über den Schreibtisch.

Hier, sagte Fränkel und zeigte zu einem kleinen Viereck, das im Gelände verzeichnet war. Das war das Gästehaus, in dem ich untergebracht war. Es gab noch ein pompöseres Gästehaus, dort …

Er zeigte es dem US-Offizier auf der Karte.

… aber das war nur für hohen Besuch, für Staatsgäste. Und da hinten waren die Anwesen von Göring, Speer, Goebbels, Bormann und den anderen, sie hockten praktisch dauernd aufeinander.

Wie weit war ihr Haus vom Berghof entfernt?, fragte Kramski und setzte sich.

Auch Fränkel nahm wieder Platz und sagte: So ungefähr zehn Minuten. Es war ein steiler Aufstieg.

Wie ging es weiter, am nächsten Tag?

Ich hatte kaum geschlafen vor Aufregung. Und obwohl ich keine Häftlingskleidung trug, kam ich mir doch vor wie ein Gefangener. Ich stand unter Beobachtung. Sobald ich mein Zimmer verließ, tauchte sofort ein SS-Sturmmann auf und fragte nach meinen Wünschen. Ich konnte praktisch keinen Schritt allein gehen. Wenn ich versuchte mit meinem Begleiter ein Gespräch zu führen, bekam ich nur knappe, sachliche Antworten.

Wie verbrachten Sie den Tag?

Die vielen Tage, müssen Sie sagen, denn jeder Tag war wie der andere, ich kam mir vor wie ein Pensionär in der Sommerfrische. Ich frühstückte auf dem Zimmer, dann setze ich mich auf eine Bank vors Haus und hielt ein kleines Schwätzchen mit einer der Hausdamen.

Über was sprachen Sie?

Belangloses. Das Wetter, Berlin, dass der Krieg bald gewonnen sein würde. Die Wunderwaffe! Und immer wieder über das Genie des Führers. Dann warfen die Frauen einen sehnsuchtsvollen Blick zum Berghof.

Wie und wann sollten Sie Hitler treffen?

Ich hatte keine Ahnung. Ich machte mir Gedanken, wie unser Treffen ausfallen würde und welchen Witz ich ihm beibringen könnte. Es war gut, dass sich alles hinzog, denn mein Kopf war wie leer gefegt. Mir fiel kein Witz ein! Mehrmals kam Hagendorff vorbei, um mir zu sagen, dass es noch einen oder zwei Tage dauern könnte, bis ich zum Führer gerufen würde. Ich war nicht undankbar dafür, denn je länger es dauerte, umso länger lebte ich.

Wie kann ich das verstehen?, fragte Kramski.

Fränkel sah ihn fast mitleidig an.

Was denken Sie, fragte er, ich gehe zu Hitler und plaudere mit ihm und bringe ihm ein paar Witze bei? Oder ich mache ihm Vorwürfe, also das mit den Juden, das geht zu weit, das ist nicht besonders nett, mein Führer. Ich wollte mir die Chance nicht entgehen lassen, Hitler umzubringen.

Kramski war perplex.

Sie wollten ihn … töten?

Na, was denn? Klar hatte ich das vor. Das war eine einmalige Gelegenheit. Ich wollte das Schwein abstechen, dann wäre Schluss gewesen mit der viel zitierten »Vorsehung«. Gut, es hätte mein Leben gekostet, aber es hätte Millionen von Toten verhindert, da bin ich sicher.

Kramski war verblüfft.

Sie haben ja recht, da habe ich nicht dran gedacht. War es nicht gefährlich für Bormann und die anderen, ausgerechnet einen Juden zu Hitler zu schicken? Haben die nicht überlegt, was sie da taten?

Ich glaube, sagte Fränkel, dass sie ein anderes Bild von Juden hatten. Wir waren für sie weiche, nachgiebige, feige Menschen. Auf die Idee, dass ein Zirkusgaul, ein eitler, jüdischer Schauspieler wie der Fränkel, zum Attentäter werden könnte, kamen die gar nicht. Sie hatten mich verschont, und dafür sollte ich mich erkenntlich zeigen. So sahen sie es.

Kramski nickte.

Also, was war Ihr Plan?

Ich konnte mich nicht darauf verlassen, dass Hitler zufällig einen Brieföffner in seinem Zimmer hatte. Also brauchte ich ein Messer. Und ich musste es bei unserem ersten Treffen tun, denn wer weiß, ob es je ein zweites gegeben hätte.

Kramski begann mit einem Mal Respekt vor Robert Fränkel zu bekommen. Er hatte ihn bis dato falsch beurteilt, und auch die Zwischenberichte, die er seinen Vorgesetzten gab, waren wenig vorteilhaft. Für den US-Offizier war Fränkel bis jetzt ein oberflächlicher Mensch gewesen, der sich als zweitklassiger Entertainer durchs Leben gemogelt hatte. Er war nie ein großer Schauspieler geworden, hatte Kellner gespielt in Revuefilmen. Er hatte die Gelegenheit ergriffen, um mit den Nazigrößen wie Otte und Bormann zusammenzuarbeiten, um sein Leben zu retten.

Er hatte sich dazu hergegeben, Hitler ein paar Witze zu erzählen, und gehofft, dadurch zu überleben. Bisher empfand Kramski das alles als höchst zweifelhaft und unmoralisch. Fränkels Ausführungen hatten ihn bis zu diesem Zeitpunkt nicht davon überzeugen können, dass sein Gegenüber kein kleiner, billiger Kollaborateur war, denn er hatte sich in den Dienst der SS gestellt.

Bisher hatte er den Feinden des Reichs nicht geschadet, aber war das ausreichend, ihn von jeder Schuld freizusprechen? Mag sein, dass Fränkel keine andere Chance gehabt hatte, aber das würde den Hautgout nicht schmälern. Jetzt aber, nach den letzten Sätzen der Vernehmung, wurde es Kramski plötzlich bewusst, mit welchen selbstmörderischen Absichten sich Fränkel herumgequält hatte, und er stieg in seiner Achtung.

Als Kramski seine nächste Frage stellte, spürte Fränkel instinktiv, dass sich an der Haltung seines Vernehmungsoffiziers etwas verändert hatte, nicht nur der Ton.

Herr Fränkel, das ist jetzt enorm wichtig, und Sie wissen das: Was empfanden Sie? Und was taten Sie, um Ihren Plan in die Tat umsetzen zu können?

Wissen Sie, einen Menschen zu töten, sagte Fränkel leise, ist ein ungeheurer Schritt, auch wenn es sich dabei um eine Bestie wie Hitler handelte.

Fränkel sah hinunter auf seine Hände.

Möchten Sie eine Pause?, fragte Kramski, aber Fränkel verneinte, räusperte sich und fuhr fort:

Zuerst dachte ich, ich werde mein Frühstücksmesser behalten und lügen, dass ich mir mal zwischendurch gern einen Apfel schälen würde, aber das fand ich dann zu gefährlich, und die Messer selbst waren ziemlich leicht und an der Spitze abgerundet. Ich brauchte ein richtiges Messer, eine Art Jagdmesser. Wie sollte ich das bekommen? Und wo sollte ich es verstecken? Und wie damit zu Hitler gelangen?

Kramski sah Fränkel angespannt ins Gesicht.

Fränkel erhob sich. Ging ein wenig hin und her. Fuhr sich mit beiden Händen übers Haar.

Ich begann mich für Frau Brückner zu interessieren, Sie wissen schon, die mit ...

Er machte eine entsprechende Geste mit den Händen, um ihre Brüste zu beschreiben.

Sie schien ein Auge auf mich geworfen zu haben. Immer öfter tauchte sie am Nachmittag auf, setzte sich zu mir auf die Bank, und beide sahen wir über das Berchtesgadener Land, während wir leise miteinander sprachen.

Um was ging es dabei?

Sie erzählte von sich und je mehr sie plauderte, umso weniger musste ich von mir berichten. Sie hieß Rosi mit Vornamen und stammte aus einer katholischen Familie aus Schönau am Königssee, also aus der Gegend.

Sie erzählte von ihrer Ausbildung als Rot-Kreuz-Schwester und dass sie auch einmal an der Front eingesetzt war, in Charkow glaube ich. Dort hat sie sich in einen der Schwerverletzten verliebt und ihn geheiratet. Kurz darauf starb der Mann. Ihre Cousine, die hier oben arbeitete, hat es erreicht, dass auch sie auf den Berghof kam. Zuerst als Hausmädchen, später als Wirtschafterin für Feriengäste.

Wissen Sie, was das für Leute waren?

Verdiente SS-Männer und ihre Familien. Es war eine Auszeichnung, hier in der Nähe des Führers Ferien machen zu dürfen, auch wenn sie ihn nie zu Gesicht bekamen.

Und diese ...

Kramski schaute auf den Zettel

... Rosi Brückner, traf die mal mit Hitler zusammen?

Einmal im Jahr veranstaltete das Fräulein Braun, so wurde mir erzählt, ein Fest für alle Angestellten. Dann kam es vor, dass auch Hitler kurz erschien und ein paar Worte sagte. Ansonsten hielt er sich fern. Es gab nur wenige Menschen, mit denen er öfter zusammenkam.

Sein Chauffeur, sein Diener, sein Adjutant, seine engsten Mitarbeiter, sein Leibarzt und Eva Braun und deren Hofdamen und Blondie, nicht zu vergessen.

Wer?

Blondie, sein geliebter Schäferhund.

Ach so. Wie ging es weiter mit dieser Dame?

Sie wollte einiges über mich wissen, und ich erzählte vom Theater und vom Film und wen ich alles kennen würde. Als sie mich nach meinen Kriegserlebnissen fragte, behauptete ich, dass ich so schreckliche Erinnerungen hatte, dass ich nicht daran denken wollte. Darauf nahm sie Rücksicht. Schließlich wusste sie ja auch, was sich da draußen tat.

Haben Sie mit ihr ... ich meine ... haben Sie etwas angefangen, ein Verhältnis?

Nein! Was für eine Frage. Wir haben uns geküsst und ein bisschen rumgemacht, ich habe ihr an den Busen gefasst. Das war unvermeidlich. Sonst lief nichts. Ich hatte ja nur ein Ziel: nachts in die Küche zu kommen und ein Messer zu stehlen.

Und? Ist es Ihnen gelungen?

Ja. Wir haben uns nachts in der Küche verabredet, um durch den Hinterausgang ins Freie zu gehen, wir wollten einen kleinen Nachtspaziergang machen. Ich bin früher gekommen, habe eine Schublade aufgezogen und sofort ein perfektes Messer gefunden, ein Klappmesser, einen kurzen Hirschfänger.

Was ist das?

So ein Trachtenmesser mit einem Hirschhorngriff. Damit weiden die Jäger das Wild aus. Spitz, breit und scharf. Das habe ich mir geschnappt und eingesteckt.

Und weiter?

Wir sind dann nachts bei Mondschein spazieren gegangen, haben Händchen gehalten und uns ab und zu geküsst. Sie hat mir eine Stelle gezeigt, wo man Rehe sehen konnte und wo Eulen zu hören waren.

Es war wildromantisch. Da sie eine gelernte Krankenschwester war, gab ich vor, Herzstechen zu haben, und sie hat mir gezeigt, wo genau das Herz sitzt. Das musste ich ja wissen für mein Attentat. Ob das bei allen Menschen dort sitzt, habe ich sie gefragt. Es gibt Menschen, bei denen sitzt es rechts. Aber so einen habe sie noch nie getroffen, meinte sie. Und wo sitzt es beim Führer?, habe ich sie gefragt. Sie hat gelacht. Wo's bei allen Menschen sitzt, oder meinst du, er hat keins? Da habe ich gelacht. Irgendwann gegen zwei Uhr sind wir zurückgegangen.

Eine SS-Wache war vor dem Haus, und ich habe dem Soldaten zugezwinkert, bevor er was fragen konnte. Er war jetzt mein Komplize und sollte vermuten, dass wir da draußen verbotene Dinge getan haben.

Jetzt hatten Sie das Messer. Wie ging es weiter?

In meinem Zimmer habe ich erst einmal ein gutes Versteck unter einer Diele mit dem Teppich darüber gefunden. Rosi war zutraulich geworden und brachte mir am nächsten Tag ein Edelweiß mit.

Das war ein glücklicher Zufall, denn um das zu trocknen, brauchte ich ein Buch, ein dickes Buch. Ich bat sie, mir eines zu besorgen. Das tat sie auch. Es war »Mein Kampf«!

Kramski lachte.

Großartig!

Genau. Das dachte ich mir auch. Das würde niemand untersuchen, und der Führer wäre geschmeichelt. Ich begann also akribisch einen Hohlraum für mein Messer aus den Seiten zu schneiden. Ich musste mich beeilen, denn ich konnte ja jeden Augenblick zu Hitler gerufen werden.

Und? Wurden Sie?

Nein. Hagendorff meinte zwar, dass es unmittelbar bevorstand. Der Führer machte jeden Nachmittag gegen halb vier Uhr einen Spaziergang mit Blondie zu einem Pavillon, in dem er seinen Tee nahm. Sein Adjutant vermutete, dass mich Hitler in den nächsten Tagen einladen würde, ihn zu begleiten, um sich ein wenig kennenzulernen, bevor die Witzstunde beginnen konnte.

Waren Sie nervös?

Es ging. Denn jetzt, wo ich wusste, dass es im Pavillon passieren würde und wir allein wären, rechnete ich mir sogar eine Chance aus, zu fliehen. Es würde mindestens eine halbe Stunde dauern, bis sie Hitler finden würden.

Und Blondie?

Das hatte ich alles gut überlegt. Ich würde zuerst Hitler abstechen und dann Blondie, leider. Und dann abhauen. Den Berg aufwärts! Da kommt keiner drauf. Da gab's keine Straße mehr. Und später über die Südflanke runter. Durch die Bäche, wegen der Hunde. Mit Glück hätte ich über eine Stunde Vorsprung. So habe ich mir das ausgedacht.

Aber es kam alles anders, sonst wäre Hitler ja damals gestorben, und Sie wären ein Held geworden, meinte Kramski ironisch und begann den Plan zusammenzufalten.

Fränkel erhob sich.

Ja, so kann man es sehen …

16.

Es war für Alfred ein unvergesslicher Augenblick, als er sein hellblaues, blitzendes Rennrad aus dem Fahrradladen ins Sonnenlicht schob. Sein Herz klopfte. »Doniselli« stand auf dem Rahmen, und das sah verdammt wichtig aus. Das Rad hatte eine Acht-Gang-Schaltung, einen Rennlenker und einen Brooks-Sattel. Dazu Schlaufen an den Pedalen. Der Herr Thöt, der Besitzer des Ladens, im grauen Kittel, kam höchstpersönlich mit einem Schraubenschlüssel zu Alfred und half ihm dabei, Sattelhöhe, Lenker, Bremshebel und Pedale einzustellen. Dann setzte sich Alfred auf sein Rad und rollte langsam die Hasengasse hinunter und probierte die Bremsen aus. Nach einer Minute wurde er mutiger, schlüpfte in die Riemen der Pedale, schaltete einen Gang höher, ging aus dem Sattel und fädelte sich in die Ost-West-Achse Richtung Bahnhof ein. Er wollte unbedingt zum Teppichparadies, um den Kollegen seine Errungenschaft vorzuführen.

Als er bereits in Sichtweite des Ladens war, bemerkte er Blum, der eiligen Schritts mit einem Mann die Kaiserstraße überquerte und in der Moselstraße verschwand. Alfred wurde neugierig und folgte den beiden auf seinen lautlosen, dünnen Reifen. Genau, es war wieder Dienstag, Fränkel war nicht im Laden, und Blum ging daher seiner Wege. Die führten ihn direkt in das Teppichgeschäft des Armeniers Ter-Vanasian. Alfred stellte sein Rad ab und lugte vorsichtig in den Laden. Ter-Vanasian, Blum und der Fremde sahen sich echte persische Teppiche an, die der Armenier elegant ausbreitete. Der Mann bückte sich, besah sich die Rückseiten, folgte den Erläuterungen des Teppichhändlers. Es vergingen etwa zwanzig Minuten, bevor der Kunde sich für einen der Teppiche entschieden hatte und Geld den Besitzer wechselte.

Der Teppich wurde zusammengefaltet, und Blum notierte sich vermutlich die Adresse des Mannes. Danach verließ der Kunde den Laden und übersah Alfred völlig. Der konnte sich erinnern, dass er den Mann schon einmal in »Robby's Teppichparadies« gesehen hatte. Und als er anschließend sah, wie der Armenier Blum einige Geldscheine zusteckte, war Alfred sicher: Blum nutzte Fränkels Laden, um Kunden auf echte Teppiche für Ter-Vanasian zu keilen!

Alfred radelte gedankenverloren durch das Westend. Schade, denn er hatte sich seinen Traum erfüllt und saß auf dem Gefährt seiner Sehnsüchte, aber er musste immer nur an Blum denken und an dessen Verrat. Was sollte er tun? Eigentlich hätte er Herrn Fränkel informieren müssen, dass es einen Mitarbeiter gab, der sein Vertrauen missbrauchte. Okay, es kamen täglich zahllose Menschen in den Laden, die nichts kauften und wieder gingen. Aber vielleicht hätten sie etwas gekauft, wenn Blum ihnen nicht einreden würde, dass sie für ein wenig mehr bereits einen echten Teppich bekommen könnten. Wo? Ach, ich habe da eine Idee! Eine günstige Quelle. So lief es doch sicher.

Alfred stand vor der Eingangstür und klingelte Sturm, und eine Minute später kam Moritz herunter und bestaunte das Rad seines Bruders. Schweren Herzens ließ Alfred ihn eine Runde um den Block fahren und sorgte sich sehr, bis

Moritz schließlich mit dem unversehrten Rad wiederkam. In diesem Augenblick tauchte auch Baby auf, die ebenfalls das Rad ihres Jüngsten bewundern musste.

Zum ersten Mal war Alfred nicht genervt, dass die Mutter ihn um die Ecke zu »Feinkost Bennecke« schickte, um noch ein paar Lebensmittel zu kaufen. Im Gegenteil. Todesmutig preschte er die Ulmenstraße hinunter. Er juchzte, es war eine Lust, zu leben.

Am nächsten Tag sollte auch Juliette das Vergnügen haben, das neue Superrennrad kennenzulernen. Deshalb fuhr Alfred am Nachmittag zur Villa der Lubinskis am Holzhausenpark. Wie er es erhofft hatte, befand sich seine heimliche Liebe im Garten. Sie war nicht allein. Sie hatte ein junges Mädchen zu Gast. Alfred befürchtete zu stören, blieb vor dem pompösen Gitter stehen und ließ seine Schelle bimmeln. Juliette winkte ihn fröhlich zu sich. Stolz kam der Junge in den gepflegten Garten und schob das prächtige Rad über den Kies. Die jungen Damen saßen sittsam an einem weißen Gartentisch unter einem Sonnenschirm und tranken Limonade. Alfred gab Juliette die Hand, und sie stellte ihm Marie-Louise Laupheimer vor, ihre Freundin aus Paris.

Marie-Louise war ein besonders zartes, ja fast ätherisches Wesen. Sie hatte eine verhauchte Stimme und sprach Deutsch mit einem charmanten französischen Akzent. Zuerst erzählte Alfred von seinem Rad, und die kleine Französin musste sich anhören, wo und wie und wie lange er für dieses Rad geschuftet hatte. Das Mädchen war beeindruckt.

'at es schon eine Name?, fragte sie.

Wie? Einen Namen? Alfred war erstaunt.

Le vélo muss 'aben ein Name, bestimmte Marie-Louise, und Juliette pflichtete ihrer Freundin bei.

Ja, wir müssen ihm einen Namen geben, sagte sie freudig.

Sie grübelten.

Topper, sagte Alfred dann.

C'est quoi?, fragte die kleine Pariserin.

C'est le cheval de Hopalong Cassidy, erklärte Alfred.

C'est qui?, fragte Juliette.

Ein berühmter Cowboy, erklärte Alfred.

So berühmt kann er nicht sein, meinte Juliette altklug, sonst würden wir ihn kennen. Sie schaute Marie-Louise an:

N'est-ce-pas, ma chére?

Die nickte.

Was haltet ihr von Rosinante?, fragte Juliette weiter. Dieses Pferd kennt jeder.

Ich nicht, meinte Alfred ein wenig eingeschnappt.

Le cheval de Don Quixote, wusste die Französin.

Zu lang, sagte Alfred.

Das vélo 'at eine Name, rief Marie-Louise und zeigte auf den Schriftzug Doniselli, es 'eißt »Don«!

Damit waren alle einverstanden.

Inzwischen war Almut in den Garten gekommen, grüßte freundlich und brachte Alfred ein Glas und einen frischen Krug mit Limonade. Dann ging sie wieder.

Alle tranken. Dann wollte Alfred wissen, wie die Mädchen sich kennengelernt haben. So berichteten sie ihm, was sie von ihren Eltern gehört hatten …

Es war im Sommer 1942, als in Paris die großen Razzien durchgeführt wurden, bei denen die französische Polizei, unterstützt von Teilen der Gestapo, Straße für Straße im Pariser Judenviertel durchkämmte und gnadenlos alle jüdischen Frauen, Kinder und Männer festnahm, derer sie habhaft werden konnten.

Die Wohnungen mussten geräumt, das Eigentum dieser verlorenen Menschen konfisziert werden, sie hatten eine Stunde, das Notwendigste zu packen. So zogen sie schließlich zu Tausenden mit Kisten und Koffern durch die engen Straßen des Marais zum Vélodrome d'hiver, der Radrennbahn, die als Sammellager vorgesehen war. Unter den Festgenommenen befanden sich auch zwei Frauen mit ihren kleinen Töchtern, die sich bis dato nicht kannten: Lulu Lubinski und Hannah Laupheimer.

Die beiden Frauen und ihre kleinen Töchter kamen nicht wie die meisten ins Durchgangslager Drancy, von wo die Transporte in die Vernichtungslager abgingen, sondern nach Gurs, einem Internierungslager für Frauen in den Pyrenäen, zwischen Pau und Bayonne gelegen. Lulu erzählte ihrer neuen Freundin Hannah, dass ihr Mann Jean Glück gehabt hatte und sich mit Hilfe seines Arbeitgebers verstecken konnte. Hannah berichtete, dass ihr Albert bereits vor dem Ersten Weltkrieg aus Ulm nach Paris gekommen war und im Ersten Weltkrieg als junger Offizier für Frankreich gekämpft hatte.

Als die beiden Mädchen Juliette und Marie-Louise drei Jahre alt waren, befand die französische Lagerleitung, dass es an der Zeit sei, sie gemeinsam mit ihren Müttern nach Auschwitz zu verschicken. Sie waren schlachtreif. Jean Lubinski hatte es bis dahin über seinen berühmten Chef de Moro-Giafferi vergeblich versucht seine Frau freizubekommen und war verzweifelt.

Doch da erschien an einem grauen Februartag des Jahres

1943 am Tor des Lagers Gurs ein schneidiger französischer Offizier in einer Uniform des Ersten Weltkriegs plus Tapferkeitsorden und verlangte unmissverständlich den Lagerleiter zu sprechen! Die Wachen waren beeindruckt und führten Capitaine Albert Laupheimer zum Kommandanten des Lagers.

In dessen Büro machte der Offizier dem verblüfften Chef des Lagers klar, dass es sich um einen Irrtum handeln müsse, denn es könne nicht sein, dass die Frau eines hochdekorierten Offiziers hier als Gefangene einsäße! Und das mit seiner kleinen Tochter! Dem Kommandanten war das außerordentlich peinlich, und so ließ er Mutter und Kind rufen und bestimmte, dass sie schleunigst freizulassen seien. Aber Hannah Laupheimer weigerte sich mitzugehen, solange ihre »Cousine« Lulu Lubinski und deren Tochter Juliette hierbleiben müssten.

Genervt unterschrieb und stempelte der Kommandant schließlich die Entlassungspapiere und verabschiedete die beiden Mütter mit ihren Kindern mit den besten Wünschen. Laupheimers konnten anschließend in die Schweiz, die Lubinskis nach England fliehen. Alle anderen Verwandten sind umgekommen.

Beide Mädchen waren sehr erregt vom Erzählen ihrer eigenen Geschichte.

Es wurde langsam kühl im Garten und Marie-Louise wollte ins Haus gehen. Sie erhob sich schwerfällig und fragte Alfred, ob sie sich bei ihm unterhaken dürfte.

Selbstverständlich gern, sagte er, obwohl er nicht recht verstand, warum.

Während sie sehr langsam neben ihm herlief, erklärte sie ihm:

Isch 'ab eine 'erzfehler, sagte sie und blieb stehen. Isch muss 'aben ein' Operation. Nächster Monat, wir fahren nach Amerika, meine Mutter und isch. Nach die Johns-'opkins-Clinique in Baltimore.

Du wirst operiert?, fragte Alfred neugierig.

Noch nischt, erst einmal werden sie machen eine Test. Vielleischt bin isch zu jung noch, weil mein 'erz noch wachst.

Wächst, verbesserte Juliette amüsiert.

Oder so, meinte Marie-Louise.

Das ist bestimmt nicht billig, sagte Alfred, so eine Operation.

Die Lubinskis geben uns das Geld, erklärte Marie-Louise, und Juliette fiel ihr ins Wort:

Marie! Das soll doch keiner wissen.

Im Hausflur fragte Marie-Louise, ob Alfred sie in den ersten Stock tragen könnte, denn heute sei sie zu schwach, die Stufen zu gehen. Der Junge hob die kleine Französin sanft hoch, sie schlang ihre Arme um seinen Hals, und so trug er sie vorsichtig, wie eine Preziose, die Treppe hinauf. Oben angekommen, fragte ihn Juliette, ob er denn zum Abendbrot bleiben möchte, aber Alfred verneinte und gab vor, noch eine Verabredung zu haben. In Wirklichkeit aber sehnte er sich leidenschaftlich danach, wieder auf sein neues Rad namens »Don« zu steigen und wie ein Wilder nach Hause zu rasen und sich die kühle Abendluft um die Ohren wehen zu lassen.

Atemlos kam er zu Hause an, und als das Rad im Keller stand, konnte er sich davon nicht losreißen und hätte am liebsten hier unten übernachtet.

17.

Alfred war traurig, als er auf dem Bahnsteig stand, wo sich etwa fünfzig jüdische Kinder und Jugendliche, Mädchen und Buben eingefunden hatten und mit Ratschlägen ihrer Eltern versorgt wurden: Abends ist es kalt, zieh dir was über, putz dir die Zähne, hör auf die Großen, iss auch Gemüse, sieh zu, dass du was lernst, dass ich keine Klagen höre, schreib mal.

Während seine Mutter ihn drückte und danach seinen Bruder, dachte Alfred nur an sein neues Fahrrad, das er nun zu Hause zurücklassen musste. Und das, obwohl er es erst seit ein paar Tagen besaß. Aber der zweiwöchige Aufenthalt im zionistischen Jugendlager im Schwarzwald war schon lange geplant und bezahlt, es gab kein Zurück. Mit einigem Missfallen beobachtete der Junge die älteren Erzieher, madrichim genannt, die laut und rücksichtslos versuchten, eine paramilitärische Ordnung in die Gruppe der verunsicherten Kinder zu bringen. Befehle auf Hebräisch wurden gerufen, die kaum einer verstand. Alfred spürte, dass es ihm auf dieser Reise nicht sonderlich gefallen würde, und er war froh, seinen älteren Bruder dabeizuhaben. Moritz hatte die Ehre, kostenlos mitzureisen, denn er war von der Gemeinde gebeten worden, die Jüngeren zu unterrichten – in Geschichte, Philosophie, Literatur – und ihnen so etwas wie Allgemeinbildung zu vermitteln, das konnte nicht schaden. Aber auch Moritz ahnte, dass es zu unvermeidlichen Reibungen mit den kulturlosen Israelis kommen würde, die andere Pläne hatten und aus diesem Haufen verwöhnter Großstadtkinder eine wetterfeste, schlagkräftige Eliteeinheit formen wollten, mit der man bei der nächsten Gelegenheit Ostjerusalem zurückerobern würde. Irgendwann standen die Kinder an den Fenstern des abfahrenden Zuges, und die Eltern liefen nebenher, im Dampf der Lok, winkten mit ihren weißen Taschentüchern, und Mütter weinten. Würde man sich je wiedersehen?

Die Fahrt nach Freiburg dauerte sieben Stunden, der Zug hielt an jedem dicken Baum. Es war stickig und heiß, und Alfred saß auf einem blöden Platz in einem blöden Abteil, in dem er nicht sitzen wollte. Gern hätte er bei seinen Freunden gesessen, aber die madrichim hatten rigoros die Gruppen eingeteilt, wie es ihnen passte, und gleichzeitig Aufgaben an die älteren Kinder verteilt. So musste Alfred eine Horde zwischen acht und zehn beaufsichtigen und darauf achten, dass das Fenster während der Fahrt nicht zu weit geöffnet wurde, dass die Kinder versorgt waren, und wenn eins aufs Klo musste, durfte Alfred es begleiten, damit nicht aus Versehen die Türen verwechselt wurden und das Kind womöglich aus dem Zug fiel. Das fehlte noch.

Erwartungsvoll sammelten sich die Kinder auf dem Bahnhofsvorplatz von Freiburg, wurden in Busse gestopft, und dann ging es noch mal in einer zweistündigen Höllenfahrt durch den Schwarzwald Richtung Wembach. Dazwischen lagen diverse Serpentinen und lebensgefährliche Überhänge, und so manches Kind musste sich übergeben.

Einer der madrichim, Ilan mit Namen, ein ziemlich einfältiger Kerl, kam auf die Idee zu rufen:

Wer aufhert zum kotzen, bekommt eine Mark!

Er hatte keinen Erfolg mit seiner Aktion.

Die Dämmerung kam bereits über das Land, als die Busse vor dem Henrietta-Szold-Heim in dem kleinen Örtchen Wembach hielten. Die Kinder und Jugendlichen bekamen am Eingang lieblos ein belegtes Brot und eine Flasche Kakao in die Hand gedrückt und wurden auf die diversen Zimmer und Schlafsäle verteilt. Es gelang Moritz tatsächlich, auf Grund seiner Position, ein Sechserzimmer für sich und Alfred und dessen Freunde zu ergattern.

Da saßen oder lagen sie nun alle erschöpft auf ihren Betten und Hochbetten: Arie Levi, Leo Bialik, Benny Kohn, Danny Stern, Alfred und Moritz Kleefeld.

Schon nach einigen Minuten war klar, warum sich niemand um dieses Zimmer gerissen hatte: Es war das einzige, das auf der Nordseite des Hauses lag, nur durch einen Zaun von den Schienen der ratternden Schwarzwaldbahn getrennt.

Eine Stunde später hatten sich alle auf dem freien Platz hinter dem Heim in Richtung Wald eingefunden. Es wurde ein großer Kreis gebildet, in der Mitte die israelische Fahne hochgezogen und die »Hatikvah« gesungen, die Nationalhymne. Einige der Erzieher achteten mit Adleraugen darauf, dass jeder mitsang. Wer den Text nicht konnte, bekam die Aufgabe, ihn innerhalb von vierundzwanzig Stunden zu erlernen. Genau so hatte sich Alfred seine Sommerferien gewünscht.

Auch das kollektive Waschen und Zähneputzen in den halligen, muffigen Waschräumen war nicht dazu angetan, Alfred und den anderen Jungs den Aufenthalt zu versüßen. Um Punkt zehn schepperte ein »leila tov!« über die Lautsprecheranlage, und nach einer Sekunde wurde automatisch das Licht gelöscht. Die Jungs holten die Taschenlampen hervor, und Leo Bialik lehrte die anderen das Pokerspiel. Sein Schwager war amerikanischer Militärrabbiner, und von dem bekam er echte Kartendecks und Chips. Alle wollten mitspielen, nur Moritz zog sich zurück und las Lichtenberg.

Zum Einschlafen erzählte Alfred noch eine wohlige Gutenachtgeschichte, diesmal »Frankenstein – der moderne Prometheus«. Mitten in der Nacht weinte plötzlich Arie Levi im Schlaf, und Alfred rüttelte ihn wach. Er hatte geträumt, dass Doktor Frankenstein ihn traktierte, weil er die Hatikwah nicht auswendig aufsagen konnte.

Jetzt war es für Alfred unmöglich geworden einzuschlafen, und er lag mit offenen Augen wach. Er dachte an Juliette, die ihm fast so sehr fehlte wie das Fahrrad. Er hatte sich mit dem Virus der Liebe infiziert. Und einen Tag vor seiner Rückkehr nach Frankfurt würde sie mit ihren Eltern nach Cannes fahren. Vier Wochen ohne Juliette! Das war kaum auszuhalten. Was gefiel ihm an ihr? War es ihr hübsches Gesicht? Ihre Stimme? Ihre Klugheit? Ihr Wesen? Er kam zu der Überzeugung, dass es alles war. Selten war es der Natur gelungen, solch ein perfektes Geschöpf zu kreieren. Aber was gefiel ihr an ihm? Okay, er war belesen und nicht ganz doof, hatte Humor und ein tolles Fahrrad, mit dem man junge Damen beeindrucken konnte. Irgendwann schlief er ein und träumte einen rosafarbenen Traum, bis er um halb sieben durch ein blechernes »boker tov!« aus dem Lautsprecher geweckt wurde.

Etwa zwei Dutzend Jungs drängten sich in den Duschen, es war laut und nass und indiskret. Alfred fühlte sich abgestoßen von diesen vielen nackten Körpern, dem stinkigen Wasserdampf, den Waschlappen, Seifendosen und Handtüchern, auf die von vorsorgenden Müttern Namensschilder genäht worden waren. Die Sachen der anderen waren immer eklig.

Er nahm sich vor, später noch einmal herzukommen, um dann hoffentlich allein zu sein. Er zog seine schwarze Turnhose an und ein weißes Unterhemd, wie es Vorschrift war, und begab sich in den Speisesaal. Hier fanden sich nun alle Kinder und Jugendlichen allmählich ein. Nicht nur die aus Frankfurt, sondern auch welche aus München, Berlin, Köln und kleineren Gemeinden. Insgesamt, schätzte Alfred, waren es so zweihundertfünfzig Mädchen und Knaben.

Doch die Kinder vermischten sich nur sehr zäh. Die Münchner blieben bei den Münchnern, die Frankfurter bei den Frankfurtern – und das Ganze auch noch nach Geschlechtern getrennt. So sehr sich die Heimleitung auch bemühte, das zu ändern, es war vergebens. Das Ziel, dass Freundschaften unter dem Schirm der gemeinsamen zionistischen Idee entstehen sollten, wurde nicht erreicht. Die israelische Kibbuzideologie ließ sich nicht so einfach in den Schwarzwald importieren. Die madrichim wollten die Vergangenheit vergessen machen und übersahen, dass die meisten dieser Kinder und Jugendlichen aus traumatisierten Familien kamen und mit den Folgen der Judenvernichtung groß wurden. Waren sie auch dem Massengrab entkommen, so wuchsen sie doch am Rande eines solchen auf.

Sheket!

Die raubvogelartige Heimleiterin klatschte in die Hände, und dann erst sanken die schweren, weißen Kakaotassen auf die Tische, und die Marmeladenbrote blieben angebissen. Stille kehrte ein. Über hundert Augenpaare starrten die schlanke Frau im weißen Kittel an.

Shalom, Kinder, rief sie, mein Name ist Yolande Gottselig, ich bin eure Imma! Das ist Iwrit und heißt »Mutter«.

Einige lachten verlegen.

Sie blickte mit kurzen Kopfbewegungen, einem Steinadler gleich, auf die Herde der Lämmer.

Dann begann sie vor den Tischen hin- und herzugehen, hatte die Hände in die Taschen ihres Kittels gesteckt und erklärte:

Wenn einer von euch mich sprechen will, dann kann er jederzeit zu mir ins Büro kommen. Jederzeit! Ich bin immer für euch da, Tag und Nacht. Nur nicht vor zehn und zwischen zwölf und drei, und auch nicht nach sechs. Und nicht am Freitagmittag und am Sabbath. Und Sonntag auch nicht. Da bin ich nicht im Hause. Eine Imma braucht auch ein Privatleben. So, ihr Kinder, wir sind hier im Henrietta-Szold-Heim. Wer von euch weiß, wer Henrietta Szold war?

Einige Hände gingen hoch, aber sie nahm sie einfach nicht zur Kenntnis.

Das macht nichts, ich werde es euch erklären: Henrietta Szold war eine der ersten Zionistinnen. Sie war Amerikanerin und hat die Hadassah-Organisation gegründet. Und nach ihr ist unser schönes Heim genannt. Hat jemand Fragen?

Wieder meldeten sich ein paar Kinder.

Gut, keine Fragen, stellte sie fest, dann überlasse ich euch jetzt Micha. Micha ist unser madrich number one und er wird euch die Hausregeln erklären. Bitte, Micha.

Ein gnadenlos gesunder, sportlicher Mann, etwa vierundzwanzig, Typ Fallschirmjäger, unsinkbarer Kampfschwimmer und mehrfacher Jiu-Jitsu-Champion, sprang elastisch auf, war mit drei Schritten vor der Menge und rief:

Ich bin Micha, shalom!

Einige müde Shaloms kamen zurück.

Micha war enttäuscht. Er brüllte:

Shalom!

Jetzt kamen schon kräftigere Shaloms aus der Menge.

Chaverim! Ihr seid gekommen hier, um zu lernen, zu werden echte jidische haluzim, pioneers! Es ist nicht kein Unterschied zwischen die Männer und die Frauen. Alle mussen sein sportif und gesund!

Es wird sein eine harte, aber schene Zeit, was ihr wird immer zurückdenken. That's why we learn Hebrew und die patriotische Lieder auch. Eure Zukunft ist erez Yisrael. Das musst ihr nie vergessen. Niemals in euer ganzes Leben. Und was will sein ein guter Jude, muss er gehen nach Israel. Und ihr musst wissen eins: Für hier gibt es drei Regeln nur: Disziplin! Disziplin! Disziplin!

Er klatschte in die Hände.

In fünfzehn Minuten draußen auf die Platz!

Die Fahne wurde runtergeholt, nur um sie wieder hochzuziehen und dabei die Hatikvah zu singen. Alfred bewegte die Lippen, so wie es fast alle taten, aber Micha und seine Genossen schienen zufrieden. Danach wurden sogenannte Gruppenführer (!) ausgeguckt, zu denen auch Alfred gehörte. Er durfte sich seine Riege zusammensuchen. Es wurde darauf hingewiesen, dass man nicht nach Freundschaften, nicht nach Geschlecht und nicht nach der gemeinsamen Stadt auswählen sollte. Er suchte nach seinem Bruder, aber Moritz hatte sich schon vor der Selektion ins Haus verzogen. Zuerst nahm Alfred seine Freunde, aber auch ein paar Mädchen, die ihn bittend anschauten. Schließlich hatte er zwanzig Nasen zusammen, alle selbstverständlich aus Frankfurt. Jede Gruppe sollte sich einen Namen geben, und viele kamen auf hübsche Begriffe wie »Tank«, »Jet«, »Sturm«. Alfred entschied sich für »Robinson«, was die madrichim zwar nicht verstanden, aber auch nicht hinterfragten. Sie dachten wohl, Schlomo Robinson sei ein russischer Zionist der ersten Stunde.

An die Gruppen wurden nun verschiedene Aufgaben verteilt. Gruppe »Robinson« bekam den Befehl, in den Wald zu marschieren und dort eine geheimnisvolle Route zu markieren und sie so zu beschreiben, dass eine andere Gruppe am nächsten Tag den Weg und das Ziel finden würde. Als Beweis war ein israelischer Wimpel zu hinterlegen.

Andere Gruppen machten Sport, so eine Art Bundesjudenspiele, eine ausgewählte Truppe begab sich mit Micha zum Nahkampftraining, wieder andere bauten eine Hütte, manche gingen zu den umliegenden Bauernhöfen, um dort Kühe und Hühner persönlich kennenzulernen.

Der Abmarsch der Gruppe »Robinson« gestaltetet sich noch einigermaßen ansehnlich, jedoch nach einem knappen Kilometer im dichten Wald löste sich die Disziplin erwartungsgemäß auf. Bald saßen alle auf einer romantischen Lichtung zusammen und verzehrten den Proviant, der bis zum späten Nachmittag hätte reichen sollen. Einer hatte klugerweise heimlich sein »Akkord« mitgenommen, und so hörte man AFN Heidelberg und die Hits der Zeit. Und Alfred musste von Amerika berichten, im Gegensatz zu Israel, das Ziel aller Sehnsüchte. Für die Gruppe war es rasch klar, dass sie den paramilitärischen Firlefanz nicht mitmachen wollte. Gegen den Zionismus und den Sozialismus war im Prinzip nichts einzuwenden, wer das mochte, sollte es tun. Israel war ein wesentlicher Faktor im Leben der Juden in der Diaspora. Dass es das Land gab, war großartig, dass es einen Ort geben würde, zu dem man fliehen konnte, war lebenswichtig.

Was die meisten störte, war die Gehirnwäsche, die in solchen Sommerlagern stattfand, und der psychologische Druck, dem alle ausgesetzt waren. Kehrte man zurück in seine deutsche Welt, hatte man ein schlechtes Gewissen, war man ein Verräter, der im Land der Täter lebte und die Brüder im Nahen Osten schmählich im Stich ließ. So kam es, dass viele Jugendliche irgendwann ihre Koffer packten und nach Israel gingen. Ob sie dort glücklich wurden, ist nicht bekannt. Viele kamen auch wieder. Alfred jedenfalls konnte den Sirenengesängen aus Galiläa widerstehen.

Nach ein paar Stunden Picknick steckte er den Wimpel in die Erde, und die Gruppe »Robinson« machte sich auf den Rückweg. Es gab einige Ausfälle, und Alfred war besorgt, dass man ihm diese anlasten könnte. Vernachlässigung der Aufsichtspflicht war ein Delikt. Er würde mit Lubinski darüber zu sprechen haben. Milly Freiberger hatte sich am Fuß verletzt, Danny Stern litt an Durchfall und zwang die Gruppe zu oftmaligem Halt. Ilana Lesser war von einer Tarantel gestochen worden, behauptete sie. Der kleine Maxele Grosser hatte Heimwehanfälle.

Milly hatte sich bei Alfred untergehakt, so fiel ihr das Laufen leichter. War das nur ein Trick? Schon nach wenigen Minuten fragte sie ihn, ob das mit Juliette Lubinski etwas »Ernstes« sei. Er war geschockt. Woher wusste sie davon? Er hatte mit niemandem darüber gesprochen, nicht einmal mit Moritz.

Da fiel ihm ein Witz ein, den David gern erzählte:

Haben Sie schon das Neueste über Frau Kohn gehört?

Nein, aber es stimmt!

Warum fragst du?, fragte er Milly.

Das pfeifen ja schon die Spatzen von den Dächern, meinte sie.

Ich habe Juliette zwei Mal in meinem Leben gesehen.

Ein Mal genügt, sagte das Mädchen. Jedenfalls bei Julie.

Alfred mochte Milly. Sie war hübsch, schlagfertig und außerdem wohlproportioniert. Und sie war eines der wenigen Mädchen, das Humor hatte.

Sag die Wahrheit, oder du wirst mich tragen müssen!

Okay, ich finde Juliette sehr nett. Das reimt sich.

Und sie ... ist eine gute Partie, ergänzte das Mädchen frech. Das reimt sich auch.

Du spinnst, wehrte sich Alfred.

Was hast du gegen einen Maybach?

Da musste er lachen und drückte sie an sich. Aus Freundschaft.

Von hinten hörte man anerkennende Pfiffe.

Ah, man verlobt sich!, rief einer.

Die Gruppe näherte sich dem Heim.

Alfred sammelt seine Leute, sie scharten sich um ihn, als er leise sagte:

Die offizielle Meldung an Micha wird lauten: Gruppe Robinson hat langen, harten Weg ausgemacht und Ziel markiert! Keine Verluste zu beklagen! No prisoners taken!

Alle waren einverstanden, und sie marschierten weiter.

Der nächsten Gruppe würde man dann das Geheimnis der gemütlichen Lichtung verraten, und die hätte dann auch einen so schönen Tag vor sich.

In der folgenden Woche regnete es ununterbrochen, Tag und Nacht. Das führte dazu, dass Außenaktivitäten nicht mehr stattfanden, die Kinder drückten sich im überfüllten Heim herum, kannten inzwischen jeden Winkel dieses unwirtlichen Ortes. Man spielte Quartett, machte Brettspiele wie

Halma, Dame, Schach oder Sheshbesh, viele Kinder würfelten, bastelten oder malten.

Ein harter Kern spielte heimlich Poker! Die Regeln des Spiels zu kennen war zwar ausschlaggebend, es zu verstehen ebenfalls, aber was den Reiz von Poker ausmachte, war, das Spiel zu gewinnen! Und da waren Leo und Alfred den Neueinsteigern weit überlegen. Corriger la fortune, nennt das der Franzose, dem Glück auf die Sprünge helfen, erklärte Alfred seinem Freund. Die beiden hatten sich einen Trick ausgedacht, um den jeweils anderen über die eigenen Karten zu informieren: durch bestimme Melodien, die von Alfred und Leo gesummt oder gepfiffen wurden! Die Mitspieler waren zwar genervt, durchschauten diesen Code aber nicht.

»La Cucaracha« war so eine Melodie, oder auch »Tea for Two«, die darauf hinwies, wie das Blatt des anderen aussah und man nicht Gefahr lief, sich gegenseitig das Geld abzunehmen. Auf jeden Fall kamen die zwei Freunde während ihres Ferienaufenthalts dadurch zu stattlichen Gewinnen von jeweils mehr als zehn Mark.

In der Regenwoche ließen die meisten der madrichim die Zügel schleifen und überließen ihre Schützlinge dem Schicksal. Nur Micha gab den General und organisierte Hebräischunterricht, Lektionen in der langen fünfjährigen Geschichte des modernen Israel oder ließ strafexerzieren, wenn er eine Meuterei befürchtete. Nach einer lautstarken Auseinandersetzung mit Moritz, der ihm beweisen wollte, dass Gleichheit und Freiheit unvereinbar seien, fand sich der Junge im Regen an der Fahne stehend wieder und sollte laut die »Hatikwah« singen. Alfred gesellte sich aus Solidarität zu ihm, und beide sangen inbrünstig »I'm singin' in the rain …« während Micha mit seiner Miliz hinter der Scheibe im Wintergarten stand und meinte, er hätten den Willen der beiden gebrochen. Er fand sowieso, die Kinder seien zu verweichlicht. Gegen den Willen von Micha wurde Danny Stern wegen seines anhaltenden Durchfalls früher nach Hause geschickt. Zwei Wochen später lag er mit spinaler Kinderlähmung in der eisernen Lunge.

Es gab noch mehr Deserteure. Vier Tage vor Ende des Ferienlagers erschienen die Grossers und holten ihr Maxele ab, das fast an Heimweh gestorben war. Kurzerhand entschloss sich Arie Levi mitzufahren, er hatte immer noch Albträume. Moritz, als Zimmerältester, hatte es genehmigt. Eine Stunde später stand er im Büro vor Frau Gottselig und musste sich eine Schimpfkanonade anhören.

Noch bestimme sie, wer wann das Heim verlasse, und was er sich überhaupt einbilde?! Und was seinen Unterricht beträfe, so würde er die Kinder nur verwirren, denn es stünde ihm nicht an, mit ihnen über Themen wie Sexualität zu reden.

Als Moritz widersprechen wollte, legte sie nach:

Micha hat mir gesagt, du klärst sie auf!

Moritz war erstaunt.

Ich kläre sie auf? Was soll denn der Unsinn?

Du leugnest es noch?

Sie kramte einen Zettel hervor.

Hier! Heute wollen wir über die Aufklärung sprechen! Das hast du wörtlich gesagt.

Moritz musste herzhaft lachen.

Verzeihen Sie, aber Micha ist ein Neandertaler. Mit Aufklärung sind Spinoza gemeint, Moses Mendelsohn, Lessing.

So ein Quatsch, meinte die Gottselig daraufhin unwirsch,

das verwirrt die Kinder bloß. Erzähl ihnen von Ben Gurion oder von Theodor Herzl, da lernen sie was fürs Leben.

Ein wenig fühlte sich Alfred an die Schilderungen aus den Lagern erinnert, als am Vormittag ein Transport ankam und die Neuen verhalten aus den Bussen stiegen. Die Alten, die mit ihrem Gepäck auf ihre Heimfahrt warteten, fühlten sich nicht aufgerufen, die Neuankömmlinge zu warnen. Warum sollte man den Bedauernswerten das Herz noch schwerer machen?

David konnte sich kaum halten vor Lachen, als Moritz von seiner Unterredung mit der Heimleiterin berichtet hatte. Sie saßen im 12M, Moritz vorn, Alfred auf der Rückbank, und fuhren vom Hauptbahnhof nach Hause.

Baby hatte ihren Freund gebeten, die Jungs abzuholen, sie hatte eine Sitzung mit den Damen der WIZO. Es ging um die Organisation eines Wohltätigkeitsballs.

Die beiden überboten sich mit ihren Schilderungen des Lagerlebens, mit der Beschreibung der tumben Erzieher, berichteten von den Erniedrigungen, vom Ungeist von Wembach.

Trotzdem, meinte David, war es nicht falsch, dass ihr das mal mitgemacht habt.

Warum?, fragte Moritz.

Weiß ich auch nicht, sagte David, und alle lachten wieder.

Als sie durch die Kaiserstraße fuhren, schrie Alfred plötzlich auf:

Klasse, es läuft »War of the Worlds«! Lass uns da reingehen. Wir müssen uns belohnen.

David verzog das Gesicht und warf ein:

Jenne Belohnung! Im Rex läuft der neue »Don Camillo«. Das würde ich gern sehen, nicht diesen Dreck!

Alfred reagierte prompt

Da gehen wir anschließend rein!

Überredet, sagte David und hielt nach einem Parkplatz Ausschau.

Eine Viertelstunde später saßen sie nebeneinander im dunklen Kinosaal, aßen genüsslich ihre Erfrischungsstäbchen und warteten auf den Hauptfilm. Weder David noch Moritz waren ausgemachte Science-Fiction-Fans, aber sie zeigten sich solidarisch mit Alfred und taten sich diesen Film an.

Alle drei kannten die Vorgeschichte: das Hörspiel von Orson Welles, das die Amerikaner im Jahre 1938 unangekündigt vorgesetzt bekamen und das eine Panik ausgelöst hatte. Aber erst mal mussten sie die Werbung überstehen:

Zündapp für den sportlichen Motorradler, Persil für die weiße Wäsche, Borgward für die Familie, Miele für die Hausfrau, Atika-Zigaretten für den eleganten Herrn und Luxor-Seife für Marlene Dietrich. Dazwischen Dias: Café Wipra, das Café der Tierfreunde, Neckermann, Ihr Versandhaus, Frankfurter Rundschau, die Zeitung für Frankfurt. Und nach dem Film? In den Kaiserkeller! In gediegener Atmosphäre den Abend ausklingen lassen …

18.

Drei Wochen waren vergangen, in denen Kramski nicht in Frankfurt war und somit keine Vernehmung stattgefunden hatte. Nun sah Fränkel ihn das erste Mal nach seinem Urlaub wieder. Zu Beginn wurden ein paar Floskeln ausgetauscht, dann spielte Sergeant Lederman die letzten Minuten der vorherigen Sitzung vor.

Kramski war wieder im Bilde und fragte:

Um welche Zeit fand das statt, wissen Sie das noch?

Und ob, sagte Fränkel. Es war kurz vor dem 20. Juli 44. An diesem Tag sollte Hitler Besuch von Mussolini bekommen, und bis dahin musste er die Witze draufhaben.

Es konnte also jeden Tag passieren, dass …

… ich ihn absteche? Ja. Ich war vorbereitet. Das Messer lag im Buch, ich hatte mir ein paar Witze ausgedacht.

Waren Sie nervös?

Kein bisschen, erstaunlicherweise. Ich hatte mit dem Leben abgeschlossen, alles andere war die Zugabe. So kann man es beschreiben.

Wie ging es weiter?

Eines Morgens kam Hagendorff eilig die Treppe herauf, klopfte hektisch an meiner Zimmertür. Ich war gerade aufgestanden und ließ ihn ein. Wir müssen umdisponieren, es tut mir leid, sagte er atemlos.

Der Führer braucht mich nicht mehr?, fragte ich vorsichtig.

Nein, ganz im Gegenteil. Aber er hat sich entschlossen nach Ostpreußen zur Wolfsschanze zu fliegen, zum Oberkommando der Wehrmacht.

Und da sollten Sie mit? Kramski war überrascht.

Exakt. Hagendorff erklärte mir, dass Hitler noch unbedingt vor dem Eintreffen des Duce mit mir reden wolle, aber er wisse noch nicht, wann und wie. Deshalb sei es das Beste, ich würde ihn begleiten.

Ihn begleiten?

Ja. Nicht mit seiner Maschine, aber mit einer Art Truppentransporter, einer umgebauten Ju 52.

Unglaublich!

Das können Sie laut sagen. Ich packte also meinen Kram zusammen und fuhr dann mit einer SS-Kohorte zum Flugplatz.

Wissen Sie noch, wo das war?

Sicher. Reichenhall-Berchtesgaden. Hitler war bereits abgeflogen, als wir in unsere Maschine kletterten. Eine halbe Stunde später waren wir in der Luft. Ich saß eingequetscht zwischen diesen Männern, man grinste sich verlegen zu, ab und zu fiel mal ein Wort.

Um was ging es?

Bisschen wacklig hier oben. Sind Sie schon öfter geflogen? Waren Sie schon mal in Ostpreußen? Alles unverbindliches Zeug.

Wie haben Sie sich gefühlt?

Was soll ich sagen? Ich wusste nicht, was mich erwartet.

Hatten Sie Ihr … Buch dabei?

Na klar. In der Innentasche meines kleinen Koffers. Und den hatte ich auf dem Schoß. Zur Not hätte ich mir das Messer selbst in die Brust gerammt, wenn alles aufgeflogen wäre.

Wie lange ging der Flug?

Ich schätze drei Stunden. Irgendwann sind wir gelandet.

Lassen Sie uns für heute Schluss machen, sagte Kramski plötzlich, ich besorge eine Karte von der Wolfsschanze für nächsten Dienstag, okay?

Von mir aus, meinte Fränkel und erhob sich. Er war sowieso müde. Er schlief schlecht in den letzten Wochen.

19.

Max Holzmann wurde schon in den frühen Fünfzigern ein wohlhabender Mann. Er besaß bereits zwei Mietshäuser. Keine gewaltigen Objekte, keine großartigen Lagen, aber insgesamt sechzehn solide vermietete Wohnungen im Stadtteil Bornheim. Wenn man überlegte, wie Holzmanns Karriere begonnen hatte, so war es schon ein respektables Ergebnis. Der polnische Jude Holzmann hatte in Auschwitz Frau und Tochter verloren und sich nach dem Krieg unter großen Entbehrungen sein Wäschegeschäft aufgebaut. Für ihn, der zu Beginn kaum Deutsch sprach, war es eine enorme Leistung. Auch psychisch, denn er hatte nicht vor, lange im Land der Täter zu bleiben. Sein Ziel war Amerika. Aber dann lernte er ausgerechnet eine junge deutsche Frau kennen, Else Adam, und sie verliebten sich ineinander und haben schließlich geheiratet, nachdem Else konvertiert war.

Holzmann zahlte gute Provisionen und hatte stets ein offenes Ohr für die Sorgen seiner Teilacher. Aber seine Immobiliengeschäfte nahmen ihn in Beschlag. Die Firma wurde von seiner Frau Else geführt. Franziska Kolb, die treue Sekretärin der ersten Jahre, hütete nun das Haus und verzog den vierjährigen Micky.

Else hatte in der Tat ein gutes Händchen für Menschen und Geld, und die Teilacher fühlten sich anständig behandelt. David war inzwischen so etwas wie die rechte Hand von Else geworden, ihm vertraute sie voll und ganz – von ihm hatte sie eine Menge über die Geheimnisse des Wäschehandels gelernt, sodass Max gelegentlich ein wenig eifersüchtig wurde, wenn es hieß, »Bermann hat gesagt« oder »Bermann meint auch«. Aber Max Holzmann schätzte David Bermann, und er brauchte ihn auch.

Holzmann lag auf einem Diwan im Wohnzimmer, und neben ihm auf einer schmalen Liege befand sich David, und beide waren mit einem Schlauch verbunden! Zwischen den Männern stand Doktor Gutmann, der Hausarzt, maß den Blutdruck und fühlte den Puls der beiden. Einmal im Monat kam David ins Haus der Holzmanns zu einer Bluttransfusion. Er hatte dieselbe Blutgruppe wie sein Chef, das war ein wunderbarer Zufall.

Holzmann litt an einer Form der Anämie, was er selbst auf seine Zeit als Häftling in Auschwitz zurückführte, als man ihn immer wieder auf die Nieren geschlagen hatte. Bei einer Untersuchung im Laufe seines Wiedergutmachungsverfahrens wurde allerdings festgestellt, dass die Krankheit auch eine Folge seiner Zwangsarbeit in den bleivergifteten Stollen von Herrn Speer gewesen sein könnte. Egal, Rechtsanwalt Lubinski war das eine so lieb wie das andere.

Für David war es selbstverständlich, Max Holzmann zu helfen, einen Liter Blut im Monat konnte man entbehren. Else fand es großartig, was David für ihren Mann tat, und ließ es sich nicht nehmen, den Teilacher anschließend mit Kaffee und selbst gebackenem »Kwetschekuche« zu verwöhnen. Das war einer der Gründe, warum Alfred den Onkel gern zu den Holzmanns begleitete. Ein anderer war der kleine Micky, der für seine viereinhalb Jahre ein aufgewecktes Kerlchen war. Der Junge verehrte Alfred und glaubte alles, was der ihm erzählte. Und Alfred erzählte gern. So wurde Micky bereits als kleiner Junge in die Welt der Untoten, der Werwölfe und Vampire eingeführt. Das passte gut zu der Blutübertragung, die vor seinen Augen stattfand.

Wenn Else am Abend ihrem Sohn eine hübsche Gutenachtgeschichte vorlesen wollte, verlangte das Kind stets die grausamsten Märchen mit Krüppeln, Blinden, Hexen, verwesten Händen in Weinfässern und kopflosen Reitern.

Nachts kam dann der Junge oft ins Bett der Eltern gekrochen, weil gerade wieder ein Nazi mit Flammenwerfer hinter ihm her war.

Alfred radelte über das Kopfsteinpflaster der baumbestandenen Bockenheimer Landstraße und achtete darauf, nicht mit seinen dünnen Reifen in die Straßenbahnschienen zu geraten. Er fuhr am ersten Supermarkt vorbei, an der Post, am Rothschildpark in Richtung Opernplatz. Die Pferdewagen von Eis-Günther lieferten Stangeneis. Das wurde von kräftigen Männern mit Lederschutz auf den Schultern mit kurzen Eisenhaken aus den Wagen gezogen und bei den Kunden, meistens Gaststätten, in Kühlkästen aus Holz gelegt.

Obwohl seine Mutter diesen Sommer nicht mit ihren Söhnen nach Milano Marittima an die Adria fuhr, wo alle jüdischen Familien hinfuhren, war das für Alfred keine Enttäuschung. Eine Italienreise war nichts Besonderes mehr. Die Frankfurter Juden hatten die Adria und ihre Strände lange vor den Deutschen entdeckt. Alfred hatte sein geliebtes Fahrrad, Moritz wollte sich auf sein Studium vorbereiten, Baby konnte eine Urlaubsvertretung in der Jüdischen Wohlfahrt machen, und die Teilacher hatten Hochsaison, denn die

Leute saßen in ihren Gärten, die Füße in den Zinkwannen und hatten Sommerlaune.

Überhaupt waren die Frankfurter Sommer der frühen Fünfziger eine großartige Zeit. Die Bäume trugen sattes Grün, die vielen Motorradler hatten ihre Bräute im Seitenwagen, man schwamm im Main oder segelte auf ihm, fuhr Rollschuh im Nizza, besuchte den Zoo, hörte sich in der Muschel des Palmengartens Sonntagskonzerte des Tanzorchesters des Hessischen Rundfunks unter der Leitung von Willy Berking an, die von Otto Höpfner launig moderiert wurden.

Alfred radelte und radelte und empfand diese Zeit als eine aufregende, lichte, fröhliche. Die Menschen waren neugierig, aufgeschlossen und voller Hoffnung. Man hatte Arbeit, man hatte Ziele, man wollte etwas.

Alfred wollte Schauspieler werden, das war keine fixe Idee, es war wie eine Berufung für ihn. Heute fuhr er nach Bornheim, zum Baumweg, weil er eine wichtige Besprechung mit Aron Lustig hatte, dem Vorsitzenden der Jüdischen Gemeinde.

Der Junge kam an der Hauptwache vorbei, wo er seinen Onkel David auf der Terrasse vermutete, der möglicherweise gerade ein Kreuzworträtsel löste, wenn er nicht mit Verständig Dauerdiskussionen führte. Er fuhr hinter der Baustelle des neuen Kaufhofs auf die Zeil. Vor der Konstabler Wache entstand das zehnstöckige Hochhaus der Frankfurter Sparkasse. An der Ecke der Breitegass' sah er die Huren stehen, und am Sandweg bog er links ab und dann gleich noch mal links in den Baumweg.

Vor der Synagoge stieg er ab und parkte »Don« an der Mauer. Aus den offenen Fenstern schallten ihm heruntergeleierte hebräische Texte entgegen und dazwischen das

Geschimpfe von Rabbiner Aronsohn, der gar nicht damit einverstanden war, was seine verschüchterten Bar-mizwah-Schüler da stammelten. Alfred blieb einen Moment belustigt stehen. Außerdem, schrie das kleine, rothaarige Männchen, sollten sie gefälligst die »schwing gongs« aus dem Mund nehmen! Eine eigenwillige Übersetzung von »chewing gums«.

Fräulein Veilchenfeld, die altjüngferliche Sekretärin der Gemeinde, klopfte an Lustigs offene Tür.

Fräulein Veilchenfeld meldet Herrn Kleefeld, rief der Gemeindevorsitzende.

Ja, das ist sehr lustig, Herr Lustig, meinte die Sekretärin schlagfertig und ließ die Herren allein.

Aron Lustig war aufgestanden und hatte Alfred die Hand geschüttelt. Er war ein dünner, mittelgroßer Mann, etwa fünfundvierzig. Er hatte mit einem Kompagnon gemeinsam den ersten Jeans-Laden in Frankfurt eröffnet. Wegen seiner guten Beziehungen zu den Amerikanern fand man bei ihm keine labbrigen Nietenhosen der Marken Leiba oder Supra aus Belgien, sondern Levi's und Wrangler's wie sie die Amerikaner trugen.

Trotz Aron Lustigs geschäftlichem Erfolg hatte seine Frau ihn verlassen, um mit der kleinen Tochter in Israel zu leben, wo ihr Bruder einen Kibbuz leitete. Sie konnte es nicht begreifen, dass Lustig nach allem, was ihm in der Hitlerzeit angetan worden war, überhaupt noch in Deutschland bleiben konnte. Aber mit diesem Konflikt war er nicht allein, so ging es vielen. Er tröstete sich und seine Frau damit, dass er nachkäme, sobald er reich geworden sei.

Freddy, mein Junge, sagte er, schön dass du kommst, setz dich.

Er zeigte zu einer Sitzgruppe, wo beide Platz nahmen.

Während sich Lustig eine Zigarette anzündete, bot er Alfred Russisch Brot aus einer Schale an. Der bedankte sich, fand das A und biss hinein.

Willst du was trinken? Sinalco?

Alfred nickte kauend, und Lustig öffnete eine der warmen Limoflaschen, die neben anderen auf dem Mosaiktisch stand.

Wie alt bist du jetzt?, fragte der Mann und steckte einen Strohhalm in die Flasche, die er an Alfred weitergab.

Sechzehn, antwortete der.

Du interessierst dich fürs Theater, hat mir deine Mutter erzählt.

Ja, das stimmt, bestätigte der Junge.

Du kennst das Philantropin in der Hebelstraße?

Ja, sagte Alfred, das Gebäude neben dem Kurbel-Kino. Mein Onkel hat mich ein paar Mal mitgenommen, wenn er geschäftlich dort zu tun hatte.

Ja, sagte Lustig, unten sitzen einige Grossisten. Du weißt, es war früher mal eine jüdische Schule.

Ich weiß, sagte Alfred.

Die Gemeinde wird zwei Etagen anmieten, wir platzen ja hier aus den Nähten. Und was, denkst du, ist ganz oben, hn?

Alfred frage zögerlich:

Eine Aula?

Aula! Ein richtiges Theater ist das! Mit Bühne und Vorhang und Gong und allem Drum und Dran.

Alfred war wie elektrisiert.

Toll, sagte er.

Ja, das ist es. Und ich habe die Idee, dass wir eine jüdische Theatergruppe aufmachen, und du sollst sie leiten! Was hältst du davon?

Das ist ja riesig! Ich würde es gern ausprobieren.

Ja, Freddy, das wollte ich dir anbieten. Bald kommen ja die Feiertage, und vielleicht findest du bis dahin ein hübsches Stück, das du mit den Kindern einüben kannst.

Mit welchen Kindern?

Mit unseren Kindern aus der Gemeinde.

Ach so.

Alfred war ernüchtert.

Ich dachte eher an richtige Stücke. An Schiller, Shakespeare, Lessing. Oder was Modernes, zum Beispiel Sartre oder Miller.

Lustig lächelte wohlwollend und legte dem Jungen die Hand auf den Arm. Dabei sah Alfred die tätowierte Häftlingsnummer des Mannes.

Das kannst du alles irgendwann machen, mit den Älteren, wenn sie das wollen. Aber am Anfang sollten wir uns auf Purimspiele und Chanukah-Stücke für die Kleineren konzentrieren.

Ich weiß nicht, ob ich für so was geeignet bin, meinte Alfred.

Lustig sah ihn an und sagte:

Wer sich zu groß vorkommt für kleine Dinge, der ist zu klein für große Dinge!

Lustig stand auf. Du suchst dir erst einmal eine Gruppe von Kindern aus und schaust sie dir an, wer davon Talent hat. Viele können das ja gar nicht oder sind zu schüchtern.

Sie haben recht, meinte Alfred. Wie gehen wir vor?

Lustig war an seinem Schreibtisch angekommen.

Wir werden dich als den Regisseur des neuen Jüdischen Kinder- und Jugendtheaters Frankfurt in unserem nächsten Gemeindeblatt ankündigen und darauf hinweisen, dass alle, die Lust haben, mitzumachen, sich hier melden sollen. Was meinen Sie, Herr Direktor Kleefeld?

Alfred musste lachen.

Den gesamten Sommer über lief Fränkels Geschäft nicht sonderlich gut. Viele Menschen waren in die Ferien gefahren und hatten danach kein Geld mehr. Deshalb hatte Fränkel nichts dagegen einzuwenden, dass Alfred nur zweimal die Woche nachmittags für vier Stunden erschien. Fränkel bat ihn, für Kelbassa einzuspringen, der seine Familie in Castrop-Rauxel »am Besuchen war«, wie er es selbst so treffend ausdrückte.

Es geschah an einem Dienstag, als am Nachmittag ein aufgedonnertes Pärchen »Robby's Teppichparadies« betrat. Sie war grell geschminkt und hundertprozentig eine der besseren Lebedamen, die mit einem US-Cabriolet der Marke Thunderbird oder einem Jaguar XK 120 die Kaiserstraße auf- und abfuhren, rauf bis zum Mercedes-Kreisel, wo im Frankfurter Hof reiche Freier abstiegen. Er war ihr braun gebrannter Beschützer mit Goldkettchen und einer üppigen Omega Constellation am Handgelenk. Aber bevor Blum sie sich schnappen konnte, waren die Kunden auf Alfred zugegangen, der machte einen unbedarften Eindruck, den konnte man drücken.

Junger Mann, komme se mal her. Mir hätte gern was Gutes, hätte mer gern, sagte der Zuhälter, unn es derf auch was koste!

Ja, mischte sie sich ein, 'n schöne große Teppich fürs Wohnzimmer wolle mer. Mit viel rot, wenn's geht.

Zuerst schaute Alfred hilflos zu Honigbaum, aber der zwinkerte ihm aufmunternd zu, zeigte nach hinten und rief:

Mach, jingele! Kojach!

Alfred ging daraufhin in die Ecke, wo die teuren Wollteppiche aufgerollt an der Wand lehnten und zerrte mit einigem Kraftaufwand ein Monstrum in die Mitte des Raums.

Mit einem gekonnten Kick entrollte er ihn und ein rotes Afghanmuster kam zum Vorschein. Das Pärchen schien angetan.

Ei, da habbe Sie ja direkt unsern Geschmack getroffe, junger Mann, meinte die Frau, sag mal was, Bubi.

Bubi setzte die Sonnenbrille ab, ging in die Hocke und begutachtete das Stück. Als wäre er ein Experte, strich er über den Flor, roch an der Wolle und besah sich die Rückseite. Dann schaute er zu Alfred hoch.

Wie groß isser? Unn was kost' misch des gude Stück?

Alfred drehte eine Ecke um, entdeckte das Etikett und las:

Modell Afghan, vier mal fünf Meter. Pure wool. Made in Flandria.

Is ja gud. De Preis, junger Mann. Das Lobi! Bubi wurde ungeduldig und machte das Pinke-Pinke-Zeichen.

Alfred hatte selbstverständlich sofort auf der Rückseite den Einkaufspreis von dreihundertdreißig entdeckt und war nun heftig am Überlegen, wie viel er draufschlagen sollte. Solch ein Geschäft hatte er noch nie gemacht.

Wenn ich mich nicht irre, dann kostet der, äm … sechshundertdreißig, sagte Alfred hüstelnd. Was für ein Geschäft, dachte er. Dreihundert Gewinn, dreißig Mark für mich! Irre.

Der Zuhälter hatte seine Sonnenbrille wieder aufgesetzt, hielt einen Bügel zwischen den Fingern und schaute den Jungen über den oberen Rand streng an.

Is des dei letzes Wort, Bubche?

Einen Moment, sagte Alfred unsicher. Ich muss das kurz mit dem Chef besprechen.

Er lief schnell nach hinten, wo Honigbaum am Schreibtisch saß und in seinen Listen schrieb.

Alfred flüsterte ihm zu:

Schmul, sechshundertdreißig habe ich gesagt. Dreihundertdreißig im EK. Was soll ich runtergehen?

Er schaute den alten Verkäufer unsicher an.

Sechshundertunddreißig? Meschigge! Viel zu billig, aber nu ist zu spät. Sag ihm sechshundert und geh arunter bis fünfachtzig.

Damit wandte er sich wieder seinen Listen zu.

Als sich Alfred umdrehte, sah er wie Blum auf die beiden einredete und sie dabei geschickt zum Eingang lotste.

Alfred lief verärgert los, das wollte er sich nicht bieten lassen. Aber er stolperte über den umgeschlagenen Afghanen und fiel weich. Als er sich aufrappelte, sah er, wie sich Blum und Bubi die Hände gaben, Bubi klopfte Blum auf die Schulter, die Dame hakte sich bei ihrem Beschützer unter, und so verließen sie den Laden.

Alfred hatte die Absicht, ihnen hinterherzulaufen, aber Blum hielt ihn am Arm fest und flüsterte:

Du hast gehabt deine Chance, du hast es verkackt. Verkauf brickel, dafür bist du gut!

Und mit einem »Geh scheißen!« schubste er ihn verächtlich von sich.

Alfred machte einen Schritt auf Blum zu und schrie ihn an:

Was bildest du dir ein? Meinst du, ich weiß nicht, was du vorhast, du ganef!

Und schon hatte er von Blum eine derart kräftige Ohrfeige erwischt, dass er rückwärts gegen die Scheibe krachte und fiel. Er schlug unsanft auf dem Bürgersteig auf.

Nur nicht weinen, dachte Alfred. Er atmete tief durch. Er blutete an der Wange, von Blums Protzring. Jetzt bedauerte er es, dass er in Wembach nicht zu Michas Nahkampftraining gegangen war.

Er erhob sich und Blum reichte ihm ein Taschentuch. Aber Alfred sah ihn nur verächtlich an. Er lief in den Laden und zur Toilette.

Dort konnte er endlich weinen.

Als er zurück in den Verkaufsraum kam, war Blum verschwunden.

Alfred lief los, und Honigbaum rief ihm hinterher:

Freddy! Mach dich nicht unglücklich. Er wird dich stupn! Oj, ist er gefährlich!

Aber der Junge war schon aus der Tür.

Er überquerte die Kaiserstraße und fühlte sich wie in einem Agentenfilm. Alfred drückte sich an den Hauswänden entlang und bog in die Moselstraße ein. Und wie in jedem Agentenfilm kam ihm jemand in die Quere, den er jetzt überhaupt nicht gebrauchen konnte: Leo Bialik! Sein Freund, der um die Ecke, im Laden seines Vaters, aushalf.

Hi, Freddy, rief Leo, gehen wir ein Eis essen im »Venezia«?

Alfred gab dem Freund zu verstehen, dass er in einer geheimen Mission unterwegs war. Er würde sich später bei ihm melden und es ihm erklären. Leo wunderte sich, aber ließ Alfred ziehen.

Der lief rasch die Straße hinunter. Auf der gegenüberliegenden Seite sah er, wie Blum vor Ter-Vanasians Laden das Pärchen begrüßte und mit ihm hineinging, genau so, wie er es vermutet hatte.

Ein Mann mit Handkarren zog vorbei und klingelte.

Kärsche! Kauft frische Kärsche!, rief er heiser.

Alfred musste sich belohnen und kaufte eine Tüte dicker dunkelroter Kirschen für fünfzig Pfennige.

Dann schlenderte er zurück zum Teppichparadies und probierte aus, wie weit er die Kerne spucken konnte.

Am Abend kam Fränkel und machte mit Honigbaum die Abrechnung. Zuerst wurde Blum ausgezahlt und verließ den Laden, dann kam Alfred an die Reihe.

Was hast du da?, fragte Fränkel den Jungen und zeigte auf dessen Gesicht.

Ich bin gestürzt, antwortete Alfred.

Honigbaum tippte wortlos auf seine Liste, und Fränkel warf einen Blick auf die kaum leserliche Schrift.

»A stup von Blum«, stand da.

Blum hat dich gestoßen?, fragte der Chef. Warum?

Na ja, zögerte Alfred mit der Antwort, es war so …

Er hat Freddy aweggenommen kojnim.

Honigbaum sprach es aus.

Nu, das kommt vor, meinte Fränkel und wollte weitermachen.

Euch aber auch, fügte Honigbaum an.

Mir?

Am nächsten Morgen war Blum seinen Job los. Er nahm sich vor, Alfred dafür zu bestrafen.

20.

Freddy! Ich kann Lungenzug!, rief Leo aufgeregt durchs Treppenhaus, als er Alfred abholen wollte.

Wirklich?

Alfred war voller Anerkennung und lief seinem Freund entgegen.

Komm. Ich zeig's dir.

Leo war ein großer, dicklicher Junge, ein Jahr älter als Alfred, aber etwas schlichter. Das letzte Jahr auf der Mittelschule, sollte er anschließend bei seinem Vater in dessen An- und Verkauf-Geschäft in der Münchner Straße unweit des Hauptbahnhofs arbeiten. Die Bialiks waren nicht so ehrgeizig wie die meisten jüdischen Eltern. Ihr Sohn musste nicht unbedingt Doktor oder Nobelpreisträger werden, es reichte, wenn er Millionär würde. Nissim Bialik war ein großer, kräftiger Mann, etwas unsensibel, a grobber, wie man sagte. Seine Frau Libsche war eine typische mamme, klein, rund, weichherzig und eine grandiose Köchin. Allein ihre eingelegten Gurken waren für Alfred ein Grund, öfter bei Bialiks reinzuschauen. Die Bialiks hatten den Krieg in Sofia überlebt und gehörten zu den Glücklichen, deren Transportzug nach Auschwitz von der bulgarischen Regierung gestoppt wurde. Eine leider vergessene Episode, die zu den wenigen gehört, die Beweis für Zivilcourage sind, in diesem Fall einiger Politiker und des Königs, die es nicht zulassen wollten, dass ihre Mitbürger verschleppt werden. Und so geschah es auch. Die bulgarischen Juden wurden gerettet.

Nach dem Krieg wollten die Bialiks nach Amerika, blieben jedoch in Frankfurt hängen, wie so viele. Feli, die Tochter, heiratete Howard Feinstein, einen US-Militärrabbiner, der einige geldwerte Vorteile mit in die Ehe brachte.

Bialik eröffnete ein An- und Verkauf-Geschäft, und dass es dort viele US-Artikel zu kaufen gab, war sicher kein Zufall. Man fand amerikanische Toaster, Küchenmaschinen, Mixer, Lampen. Aber auch Militärklamotten, Ferngläser, grüne T-Shirts, Stiefel, Socken, Filmplakate, amerikanische Bücher und Comics, Lobbycards und Schallplatten. Und viel überflüssiges Zubehör für das Auto, wie Fuchsschwänze, kuschelige Lenkradbezüge, Vasen, Gardinen, Duftbällchen, Magnetstifte, Aufkleber, Maskottchen. Kurz, Bialiks Laden war eine wunderbare Welt, in der sich Alfred wohlfühlte und die ihn an seine amerikanische Kindheit erinnerte. Deshalb besuchte er seinen Freund Leo gern, wenn dieser für den Vater den Laden hütete, und er erschien meist nach seinem Dienst bei Fränkel. Bialik eilte der Ruf voraus, dass er ein leidenschaftlicher Zocker war, und angeblich rannte er wann immer er konnte in die illegalen, kleinen, verrauchten Kasinos, die sich in den Souterrains des Bahnhofsviertels befanden oder in den Hinterzimmern der einschlägigen Etablissements. Wie so viele der frustrierten, vernachlässigten Ehefrauen, übersah auch Libsche Bialik die Unarten ihres Mannes und verteidigte ihn, wo sie nur konnte. Nach dem, was er nebbich durchgemacht hatte, war ihm das bisschen Kartenspiel gegönnt. So sah sie es. So wollte sie es sehen. Sohn Leo und sein Freund Alfred wussten es besser, behielten aber ihre Kenntnis für sich: Bialik war »spitz wie Nachbars Lumpi« und ging jeden Tag ins Bordell! Dort war es, wo er einen großen Teil seiner Tageseinnahmen ließ. Einmal hatte Bialik nämlich aus Versehen den Schlüssel für das Rollgitter mitgenommen, und Leo war dem Vater hinterhergerannt und hatte ihn quasi in flagranti erwischt und sich still zurückgezogen und traurig im dunklen, mondbeschienenen Laden auf seine Rückkehr gewartet.

Alfred und Leo waren über die Mauer auf »ihr« Trümmergrundstück geklettert, das an der Ulmenstraße lag. Die Mauerreste mit Tapeten und einem Heizkörper, der im Nichts schwebte, die riesige Steinhalde, die verkohlten Balken und die Kellergewölbe waren eine große, unüberschaubare, abenteuerliche Welt, und nicht enden wollende Nachmittage ihrer Kindheit haben die beiden hier verbracht.

Hier war Robinsons Insel Juan Fernandez, der Kerker auf der Gefängnisinsel von Château d'If, in dem der Graf von Monte Christo darbte, die Bounty vor Pitcairn, der Dschungel Tarzans. Aber hier befanden sich auch die Schluchten Manhattans, in denen Superman, alias Clark Kent, das Böse eliminierte. Heute allerdings waren die beiden Freunde zwei jüdische Jungen, die unbedingt halbstark werden wollten, die auszogen, das Rauchen zu lernen.

Tief zog Leo den Rauch ein, und tatsächlich … ohne zu husten, stieß er ihn wieder aus! Alfred war beeindruckt und versuchte es seinerseits. Aber er musste wieder husten, verdammt! Eines Tages würde er es können, tröstete ihn der Freund. Das machte ihm Mut.

Leo und Alfred erschraken in ihrer Höhle, sie hörten Schritte auf den wackligen Balken über den Trümmern, aber bevor sie die Zigaretten zertreten und sich aus dem Staub machen konnten, grinste Herr Sippel gehässig um die Ecke und sagte:

Öff, öff, que lac je?

Das sollte französisch sein und heißen: Ei, ei, was seh ich?

Sippel war der Hausmeister des Hauses, in dem Baby mit ihren Söhnen wohnte. Ein zynischer, hochgefährlicher Mensch, der nur einen Arm hatte, dafür aber eine Pistole, mit der er gern herumfuchtelte, und der Juden von Herzen verabscheute. Davon war Alfred zutiefst überzeugt, denn er und Sippel waren schon des Öfteren aneinandergeraten.

Jedes Mal hatte der unangenehme Mann abfällige Bemerkungen gemacht, wie: »Hier sieht's ja aus wie in der Juddeschul!« oder »Hier stinkt's ja wie bei de Judde!«, oder jedes Loch in der Hauswand war für ihn ein »Juddenest«, das zuzementiert gehörte. Erzählte Alfred das am Abend seiner Mutter und sprach die den Sippel daraufhin an, war der scheißfreundlich und log ihr was vor. Ihr war klar, aus welchem Holz dieser Nazi geschnitzt war. Für Onkel David war Sippel nur der alte Simpel, den man nicht ernst nehmen sollte.

Der Mann stand abfällig grinsend vor den Jungs, die versuchten ihre Zigaretten zu verstecken.

Euch sollt mer de Arsch versohle, meinte er und fuhr fort:

Wenn ich das eure Eltern sage tu, dann wird's bitter, gell?

Alfred stand auf und war nun mit Sippel auf Augenhöhe.

Warum sollten Sie das tun, Herr Sippel?

Warum sollte ich das nicht tun, Israel Kleefeld?, antwortete der Hausmeister giftig, und seine Augen wurden zu Schlitzen.

Weil wir zu zweit sind, sagte Leo.

Er stand ihm jetzt gegenüber. Sippel lachte und schlug demonstrativ auf seine Hosentasche, in der mit Sicherheit seine Waffe steckte.

Ach Gottche, zwei kleine Itzigs wolle sich mit Hartwig Sippel messe, wie drollig! Ihr meint, weil ich nur ein Arm hab, hn? So was wie euch hab ich in Russland zum Frühstück gefresse!

Und damit trat er auf Leo zu, der zurückwich. Er schaute ihn abfällig von unten bis oben an.

Reden ist Schweigen, Silber ist Gold, sagte Sippel nach einer Weile. Alfred verkniff sich ein Grinsen. Sippel hatte das ernst gemeint und machte eine unmissverständliche Geste, indem er Daumen und Zeigefinger der verbliebenen Hand aneinanderrieb.

Leo griff in seine Hosentasche und gab dem Mann zähneknirschend fünf Mark.

Die Kompanie dankt, sagte der frech. Dann hielt er wieder die Hand auf.

Die Zigaretten, wenn ich bitten darf.

Er machte eine ungeduldige Bewegung mit den Fingern.

Die Jungs sahen sich an, dann zog Leo kapitulierend das angebrochene Päckchen Philip Morris aus seiner Brusttasche und warf es dem Hausmeister vor die Füße.

Bitte.

Aufheben! Aber ruck, zuck!, befahl Sippel.

Ängstlich bückte sich Leo, hob die Zigaretten auf und gab sie dem Hausmeister.

Macht euch fort, sagte der, aber bissi plötzlich! Bevor ich euch noch ein zweites Loch in de Arsch schieß!

Gedemütigt zogen die beiden Freunde von dannen. Noch nach vielen Jahren würde es Alfred kränken, dass er sich nicht gegen diesen miesen, alten, verschissenen Nazi gewehrt hatte. In zahllosen Tagträumen rächte er sich immer und immer wieder an Sippel. Er folterte ihn, hackte ihm auch den anderen Arm ab und schob ihn in einen Ofen. Wie gesagt, in Tagträumen.

Es waren etwa fünfundzwanzig Kinder von vier bis vierzehn in der Aula des Philantropins erschienen, viele wurden von ihren Müttern begleitet, auch eine Handvoll Väter war zu sehen. Alfred genoss es, vor seinen Zuhörern auf der Bühne zu stehen, um ihnen gleich das Stück zu erklären, das es zu besetzen galt. In der ersten Reihe saß Herr Lustig und schien aufgeregter als es Alfred war.

Er hatte gerade seine kurze Ansprache beendet, in der er die kulturelle Zukunft der Gemeinde in den wunderbarsten Farben geschildert, die Pläne des Kinder- und Jugendtheaters dargestellt und Alfred Kleefeld als dessen Leiter vorgestellt hatte.

Liebe Kinder, vielen Dank, dass ihr gekommen seid. Was wir heute machen, sagte Alfred laut, ist ein sogenanntes »casting«. Das macht man in Hollywood, und es ist ein erster Test für die Besetzung eines Stücks oder eines Films.

Schon der Begriff »Hollywood« ließ die Augen der Mütter glänzen, denn die meisten waren davon überzeugt, dass sie einen neuen Kinderstar wie Shirley Temple zu Hause hatten, mindestens jedoch eine kleine Cornelia Froboess, die durch ihren Hit »Pack die Badehose ein« in den vergangenen Jahren eine beachtliche Karriere gemacht hatte.

Wir werden heute eine Szene probieren, aus einem Chanukah-Stück von Lepke Lepper. Den Text haben wir vervielfältigt, und ihr habt ihn inzwischen bekommen. Es ist nicht nötig, dass ihr das jetzt auswendig lernt, viele können sicher noch nicht so gut lesen. Das macht nichts. Es geht darum, ob ihr euch traut, hier oben aufzutreten.

Eine Mutter meldete sich. Es war Nina Fränkel, die Zarin, die mit ihrer vierjährigen Tochter Ruth erschienen war.

Freddy, du solltest vielleicht kurz erläutern, um was es geht in diesem Stück.

Einige Eltern nickten zustimmend.

Frau Fränkel beließ es aber nicht dabei, sondern fuhr fort, in dem sie das Gleiche noch mal sagte:

Denn es ist ja für die Kinder am End wichtig zu wissen, von was das Stück handelt, nicht wahr?

Wieder Kopfnicken.

Alfred ärgerte sich maßlos über diesen überflüssigen Einwand, denn genau das hatte er vor zu tun.

Das wollte ich gerade, Frau Fränkel! Also, es handelt sich um ein Stück aus der Zeit, als die Juden unter der Herrschaft der Griechen zu leiden hatten. Es gab dauernd neue Gesetze, und sie durften ihre Religion nicht weiter ausüben. Sie sollten die griechischen Götter anbeten. Aber für die Juden gab es nur einen Gott. Deshalb wehrten sie sich unter der Führung des Judas Makkabäus und seiner vier Brüder, und sie besiegten die Griechen. Das war im Jahr 165 vor der Zeitrechnung. Anschließend wurde der Tempel in Jerusalem gereinigt und neu geweiht. Chanukah heißt so was wie »Einweihung«. Damals war aber nur eine winzige Menge Öl übrig, das nur für einen Tag gereicht hätte, aber wie durch ein Wunder brannte das Licht acht Tage.

Der Chanukah-Leuchter, rief ein vorlautes Kind.

Ja, Georg, sagte Alfred großmütig, deshalb haben wir den Chanukah-Leuchter. Unsere Geschichte handelt von einer Familie, die im Tempel arbeitet, einem Vater, einer Mutter und vier Kindern. Es kommen aber auch Griechen vor und Priester und Makkabäer. Alle Kinder sind willkommen, denn wir brauchen auch welche, die sich um die Kostüme, die Requisiten und die Dekoration kümmern. Wie an einem echten Theater eben!

Er sah ins Publikum und dann auf seinen Zettel.

Wir machen das alphabetisch. Darum bitte ich zuerst Bluma Brusnik, Ruth Fränkel, Gad Grindel und Zwi Katz auf die Bühne.

Die Kinder machten sich aufgeregt auf den Weg nach oben und stellten sich brav neben Alfred auf.

Bluma, sagte Alfred, stell dich kurz vor.

Ich heiße Bluma Brusnik, sagte das Mädchen.

Wie alt bist du?, fragte Alfred.

Sechs Jahre.

Und was willst du mal werden?

Krankenschwester.

Das ist schön, meinte Alfred. Er gab nun Fränkels Tochter ein Zeichen. Die war herausgeputzt, trug ein Hütchen mit Schleier. Sie stellte sich mit einem koketten Knicks vor:

Mein Name ist Ruth Amelie Fränkel, und ich werde fünf Jahre alt. Mein Vater ist Filmschauspieler, meine Mutter Pianistin.

Stolz schaute sie zu ihrer Mutter in der ersten Reihe. Die tupfte sich mit einem Taschentuch die Augen.

Und was willst du später mal werden?, fragte Alfred weiter.

Beides, sagte das Mädchen.

Und wer bist du?, fragte er den nächsten Jungen.

Ich möchte noch etwas sagen, unterbrach die kleine Ruth.

Jetzt nicht!, sagte Alfred genervt.

Gad, sagte der Junge.

Hn?

Ich heiße Gad.

Und weiter?

Grindel.

Wie alt bist du?

Neun.

Und was willst du mal werden?

Pilot.

Das ist ja toll. So, und wen haben wir hier?

Alfred winkte einen kleinen Jungen mit Brille zu sich.

Wer bist du?

Zwi Katz.

Wie alt bist du?

Acht.

Und was willst du mal werden?

Frauenarzt!

An diesem Abend stand das Telefon nicht still. Immer wieder riefen Mütter und Väter bei Baby an, um Alfred zu sprechen und sich nach den Chancen ihrer Sprösslinge zu erkundigen.

Frau Fränkel! Ich habe noch keine Entscheidung getroffen.

Mein Mann sagt, du wirst sicher alles dafür tun, keine machloikes zu bekommen.

Das klang nach Erpressung. Alfred hatte verstanden.

Dann klingelte Dr. Katz durch, der Frauenarzt seiner Mutter.

Zwi war vielleicht heute etwas aufgeregt, aber …

Nein, unterbrach Alfred, er hat seine Sache sehr gut gemacht, aber ich habe mich noch nicht festgelegt.

Als Nächstes riefen Herr Wasserkorb, Frau Raschitzky, Frau Weixelblum, Frau Rotheimer, Professor Tabakmann und dann auch noch Emil Verständig an, vermutlich auf Druck seiner Frau. Alle mussten sich mit der Standardaussage begnügen:

Ich werde Ihr Kind besetzen! Ich weiß nur noch nicht, für welche Rolle!

Schließlich hatte Alfred nur etwa acht größere Rollen zu vergeben, aber jede Menge Fußvolk und Krieger.

Als Letzter meldete sich Herr Tobitis, der früher mal in der griechischen Ringermannschaft gestanden hatte und heute als Masseur arbeitete.

Unser Alexander spricht griechisch. Das kann doch deinem Stück etwas … alithia geben … wie sagt man? Wahrheit!

Das ist ein interessanter Gedanke, antwortete Alfred, ich werde darüber nachdenken. Gute Nacht, Herr Tobitis.

Erschöpft haute sich der Junge auf die Couch. Direkt neben David, der gegen Moritz Schach spielte. Baby sah von ihrer Illustrierten hoch.

Nu?

Alfred stöhnte:

Das ist ja nicht auszuhalten. Die Leute würden einen Mord begehen, um ihre Genies unterzubringen!

Kennst du den, sagte David, da kommt der Sohn nach Hause und sagt: Mama, ich habe eine tolle Rolle in unserem neuen Schulstück bekommen. Nu, was spielst du?, fragt die Mutter. Ich spiele einen jüdischen Ehemann. Was?, schreit die Mutter, keine Sprechrolle?!

Alle lachten. Selbst Moritz, obwohl er gerade im Begriff war, seine Dame zu verlieren.

21.

Hören Sie, wurde Fränkel laut, ich war zwei Tage in dieser verschissenen Wolfsschanze! Da soll ich den gesamten Plan im Kopf haben?

Kramski stand vor einer Wand, an die eine Militärkarte und Luftaufnahmen gepinnt waren. Er drehte sich zu Fränkel um, der sich verärgert eine Zigarette anzündete.

Warum regen Sie sich so auf? Sie haben bis jetzt doch bewiesen, dass sie ein phänomenales Gedächtnis haben. Sehen Sie's als Kompliment.

Fränkel zog tief an der Zigarette und stieß den Rauch aus, während er sagte:

Sie erwarten von mir, dass ich alles über die Scheißdeutschen weiß, was Sie nach all den Jahren nicht wissen! Sie quetschen mich nun seit Monaten aus. Warum fragen Sie mich nicht nach Hitlers Verdauung oder seinen feuchten Träumen?

Mister Fränkel, ich wollte lediglich von Ihnen wissen, wo genau Sie sich in diesen Tagen aufgehalten haben?

Ach was. Sie erzählen mir was von Bunkern, von Flakstationen und Sicherheitsdienst. Und Bormanns Haus soll ich kennen und wo Jodl und Keitel saßen und die ganze Drecksbande. Major, ich habe noch nie eine Karte vor mir gehabt von dieser Anlage. Ich kann Ihnen noch nicht einmal sagen, wo ich rein oder raus bin!

Sie sind hier rein, er zeigte auf die Karte, denn das ist die Straße zum Flughafen.

Wie schön, dann wissen Sie es doch.

Kommen Sie her, ich will Ihnen was zeigen, vielleicht erinnern Sie sich.

Fränkel näherte sich widerwillig.

Na, kommen Sie schon, sagte der Major jovial.

Beide Männer standen jetzt wieder vor der Karte.

Kramski erklärte:

Schauen Sie, hier ist das Büro, und hier das Wohngebäude von Hitler. Sicherheitsdienst und Leibwache sitzen hier. Und das ist die berühmte Beratungsbaracke. Da sind die Luftschutzräume, und hier gibt es sogar einen für Gäste. Und das hier ist das Gästehaus, da hat man Sie untergebracht, nehme ich jedenfalls an.

Vermutlich. Es war so eine Art Kaserne. Es wimmelte von Italienern.

Von Italienern?

Na ja, der Duce sollte ja in den nächsten Tagen hier eintreffen, und das war die Vorhut. Diplomaten, Beamte, Presse, Wochenschau und so weiter. Ich war erstaunt, Mussolini wurde hier immer noch wie ein Staatsgast behandelt.

Hatten Sie Kontakt zu denen?

Kaum. Die dachten, ich bin ungeheuer wichtig. Ich saß immer geheimnisvoll rum, habe den »Völkischen Beobachter« gelesen, und ab und zu kam Hagendorff und hat auf mich eingeredet.

Was wollte er?

Mir sagen, dass sich das Treffen mit Hitler immer wieder verschob, denn der Führer hätte alle Hände voll zu tun, den Krieg zu gewinnen. Laufend gab es Lagebesprechungen.

Hatten Sie Kenntnis von der Besprechung am Vormittag des 20. Juli?, wollte Kramski wissen.

Nur insofern, als mir Hagendorff am Abend des 19. mitteilte, dass mich Hitler nach der Besprechung zu sehen wünschte. Mussolini käme am Nachmittag an, da wollte er ihn gern launig mit einem netten Witz begrüßen.

Was war mit Ihrem Plan, ihn zu töten?

Na ja, ich hatte das präparierte Buch unbemerkt bis hierher geschmuggelt und hatte nach wie vor die Absicht, das Messer in ihn reinzustecken.

Aber Ihnen war schon klar, dass eine Flucht von hier für Sie so gut wie unmöglich gewesen wäre.

Fränkel machte eine Pause, dann sagte er leise:

Ja. Das war mir klar.

Die Männer gingen zum Schreibtisch und setzten sich. Fränkel nippte an seinem Kaffee.

Wir sind ja bald durch, Herr Fränkel. Berichten Sie mir bitte von den Ereignissen des 20. Juli 1944 aus Ihrer Sicht.

Fränkel setzte die Tasse ab und begann:

Als ich am Morgen so gegen neun Uhr ins Casino kam, um zu frühstücken, setzte sich ein italienischer Journalist an meinen Tisch und begann mir in den Kopf zu hacken.

Hn?

Mich zu bequatschen.

Erinnern Sie sich an seinen Namen?

Giovanni irgendwas. Die heißen ja alle Giovanni. Giovanni Livorno oder so. Er wollte wissen, wer ich bin und was ich hier wollte, und da ich es ihm nicht sagte, hielt er mich für einen wichtigen Geheimnisträger. Er war Redakteur bei einer faschistischen Zeitung. Er war fest davon überzeugt, dass es diesen beiden grandiosen Staatsmännern trotz der schwierigen Situation gelingen würde, Europa aus den Klauen des

Bolschewismus, des Kapitalismus und damit des Weltjudentums zu befreien.

Sprach er Deutsch?

Ja, jedenfalls besser, als ich Italienisch.

Sie können Italienisch?

Unsinn. Auf der Bühne spreche ich manchmal so ein Quatschitalienisch, das hört sich ganz echt an. Aber es sollte mir an diesem Tag das Leben retten.

Was passierte weiter?

Als dieser Journalist unbedingt mit mir ein Interview führen wollte, über die Standfestigkeit der Deutschen, gab ich einen Termin vor und verzog mich auf mein Zimmer. Dort wartete ich und wartete, bis ich gegen Mittag plötzlich eine Explosion hörte, und dann geriet alles in Panik. Ich schnappte mir das Buch mit dem Messer und stopfte es unter mein Hemd. Im Gästehaus rannten alle rum wie die Hühner, man glaubte an einen Luftangriff. Gemeinsam mit den Italienern lief ich nach draußen in Richtung Luftschutzbunker. Aber da kamen uns schon Wachmannschaften entgegen und sagten, es sei ein Attentat auf den Führer verübt worden.

Was empfanden Sie da?

Ich war glücklich, dass mir einer zuvorgekommen war.

Wie ging es weiter?

Kramski war sichtlich gespannt, und Fränkel berichtete:

Ein Offizier kam und teilte uns hektisch mit, dass er den Befehl hatte, alle Besucher aus der Gefahrenzone zu bringen. Er befahl den italienischen Gästen auf einen Lkw zu steigen. Viele wollten noch ihre Koffer holen oder ihre Mandolinen oder was weiß ich, aber man drängte uns in den Lkw. Als mich ein Soldat fragte: Du Italia?, sagte ich: Si, e pericoloso sporgersi! Das steht immer in der Eisenbahn unter den Fenstern und heißt: nicht hinauslehnen.

Kramski musste lachen und schüttelte dabei den Kopf. Dieser Fränkel, dachte er wohl.

Der Soldat half mir auf die Ladefläche, und ich kroch unter die Plane. Wir fuhren vom Gelände. Sirenen waren zu hören, Flugzeuge donnerten über uns hinweg, Soldaten auf Lkws kamen uns entgegen. Die Schranke war offen, wir fuhren hinaus ins weite Land.

Die Italiener redeten alle aufgeregt durcheinander. Dann sah ich in der hinteren Ecke des Wagens diesen unangenehmen Giovanni gestikulieren und machte mich so klein wie möglich.

Was passierte dann?

Wir fuhren an Bahngleisen entlang und kamen an eine Station mit Rampe. Dort verließen wir den Lkw und sollten uns erst einmal in der kleinen Bahnhofshalle sammeln. Ich hatte das Gefühl, dass ich mich verkrümeln sollte ...

Was?

Na ja, verdrücken, abhauen.

Ach so.

Ich ließ mir Zeit und schlenderte langsam in Richtung Bahnhof.

Ein Soldat blieb stehen, schaute mich an und schrie:

Los! Avanti!

Pipi! Wo?, rief ich ihm zu.

Er zeigte mürrisch zu einer Hausecke, neben der ein Klohäuschen stand.

Da! Aber zack!

Grazie, sagte ich und verschwand hinter dem Haus. Und dort fand ich das Glück!

Was war das?

Ein Fahrrad.

Aha.

Ja, ich schnappte mir das Rad und radelte einfach davon. Obwohl ich in Gefahr war, empfand ich plötzlich Freiheit und Schwerelosigkeit.

Die Sonne schien, die Luft war lau. Es war herrlich, auch wenn es der letzte Tag meines Lebens sein sollte. Ab und zu kamen mir Militärfahrzeuge entgegen, aber keines hielt mich an, und plötzlich glaubte ich, dass ich unverwundbar sei. Ich radelte und radelte immer die endlose Landstraße entlang, bis ich zu einem Dorf kam.

Wie lange hat das gedauert?

Wie lange hat das gedauert? Vielleicht eine Stunde oder mehr.

Kramski war sichtlich aufgeregt.

Wie ging es weiter? Erzählen Sie.

Fränkel nahm sich Zeit, als er langsam weiterredete:

Das kleine Örtchen war wie ausgestorben, nur in der Dorfmitte scharten sich die Bewohner um einen Volksempfänger, der am offenen Fenster des kleinen Rathauses stand. Daneben ein Mann in SA-Uniform, ich nahm an, der Bürgermeister. Keiner achtete auf mich, als ich abstieg und mich dazugesellte. Im Radio verkündete der Sprecher mit brüchiger Stimme feierlich, dass um 12.42 Uhr ein hinterhältiges Bombenattentat auf unseren geliebten Führer Adolf Hitler stattgefunden hatte. Aber der Führer lebt! Es war wieder einmal die Vorsehung, die ihn beschützt hatte. Die Vorsehung!

Wie fühlten Sie sich da?, erkundigte sich der US-Offizier.

Schlecht. Aus zwei Gründen: Erstens war das Schwein nicht tot, zweitens, man würde mich suchen. Hitler musste ja noch den Witz lernen.

Hatten Sie einen Plan?

Wissen Sie, wir Juden sagen, willst du Gott zum Lachen bringen, dann mach einen Plan! Zuerst habe ich ausgenutzt, dass die Dorfbewohner alle hier so dumm herumstanden und bin los und habe aus den Gärten Obst geklaut. Eine Küchentür war offen, ich bin einfach ins Haus rein und habe mir ein Brot gegriffen.

Dann bin ich in den nahen Wald gefahren und habe erst einmal Pause gemacht. Ich musste ja Kräfte sammeln und nachdenken und mich auf die neue Situation einstellen. Auf alle Fälle wollte ich etwas schlafen und lieber in der Dämmerung weiterfahren. Ich legte mich auf den weichen Waldboden und schloss die Augen ...

22.

Alfred liebte seine Nachmittage in Davids Apartment in der Fressgasse. Großzügig hatte ihm der Onkel irgendwann mal einen Schlüssel überlassen, und so fühlte sich der Junge immer ein wenig wie in einem Krimi. Er war Philip Marlowe, der einsame Wolf der Großstadt. Der zynische Detektiv, der in die Abgründe der menschlichen Seele schauen konnte und daraus seine Schlüsse zog.

Bevor Marlowe das tat, besorgte er sich gelegentlich nach der Schule unten im Haus bei »Feinkost Plöger« eine warme Rindswurst mit Senf. Er mochte diese dunkelrote Wurst von der Fleischfabrik Gref-Völsing, einer Frankfurter Institution, die es bereits seit über fünfzig Jahren gab. Auch seine Kollegen im Teppichparadies hatte der Meisterdetektiv erfreuen und überzeugen können, alle, außer seinen Chef Robert Fränkel, der angesichts der Wurst einen Wutanfall bekam und für seinen Laden ein absolutes Wurstverbot aussprach. Aus unerklärlichen Gründen hatte Fränkel eine Wurstphobie.

Alfred schaute immer gern aus dem offenen Fenster auf die wuselige Fressgasse. Da gab es Händler mit Handkarren zu sehen, Pferdefuhrwerke der Brauereien und Kleintransporter, die Geschäfte und Kneipen belieferten. Diese Gasse war Markt und Einkaufszentrum der Innenstadt, zwischen Opernplatz und Goetheplatz gelegen.

Alfred liebte es, seine Hausaufgaben an Davids Schreibtisch zu machen, und war froh, diesen Zufluchtsort zu haben.

Denn sein Bruder Moritz hatte mit dem Studium begonnen, und das nahm nicht nur im Zimmer, sondern auch in dessen Kopf einen breiten Raum ein.

Als habe man auf der Universität nur auf den genialen Studenten Moritz Kleefeld gewartet, sprach er ausschließlich von seinen intensiven Diskursen mit dem Rektor Max Horkheimer oder seinem verehrten Theodor W. Adorno. Das W stand übrigens für Wiesengrund, dem »Mädchennamen« des Professors. Es schien Alfred so, als würde der Bruder eintauchen in ein Universum der Philosophie und der Psychologie und sich von allem Profanen lossagen. Seine Umwelt sah er mit einem Mal wie durch die gläsernen Wände eines Terrariums, das Alltagsleben und die darin agierenden Menschen wurden für den jungen Studenten zu einem interessanten Feldversuch. Moritz begann seine Umgebung durch extreme Besserwisserei, gepaart mit Überheblichkeit, zu nerven. Als seien nur er und seine Professoren im Besitz der alleinigen Wahrheit. So jedenfalls empfand es Alfred. Ihm war denkbar unwohl im gemeinsamen ehemaligen Kinderzimmer, er fühlte sich beobachtet und analysiert. Wie eine Labormaus. Deshalb hatte er sich entschlossen, seinem Bruder das Zimmer tagsüber zu überlassen und sich in Davids Wohnung zurückzuziehen. Hier konnte er machen, was er wollte, konnte sich FKK-Magazine ansehen, die zum Teil noch aus dem Dritten Reich stammten und die es an stadtbekannten Kiosken unter der Theke zu kaufen gab. Er konnte in Fuchs' Sittengeschichte nach Anstößigem suchen oder in den Illustrierten des Lesezirkels »Daheim« lesen, die David abonniert hatte. Alfred freute sich immer, wenn die grün gemaserte Mappe mit den acht Illustrierten vor der Tür seines Onkels lag.

Darin fanden sich der »Spiegel«, der »Stern« und die »Revue«, die »Quick«, die »Constanze«, die »Neue«, »Film und Frau« und die »Hör Zu«.

Dann zog sich Alfred gern auf die Couch zurück und konnte in Ruhe lesen, ohne dass sein Bruder oder seine Mutter geklopft und ihn gestört hätten. Manchmal versuchte er sich an einem Kreuzworträtsel, sehr zum Ärger von David, der nichts so sehr hasste wie entjungferte Kreuzworträtsel.

Juliette Lubinski war aus den Ferien zurück. Nach ihrem Anruf hatte sich Alfred schnellstens auf den Weg zum Holzhausenpark gemacht, um seine Angebetete wiederzusehen. Züchtig gab man sich die Hand, und das Hausmädchen brachte Limonade und Sandkuchen. Frau Lubinski schaute kurz in das Zimmer ihrer Tochter, angeblich um den Gast zu begrüßen, aber in Wirklichkeit um sich zu vergewissern, dass es weiterhin wohlgesittet zuging.

Juliette plauderte über Cannes und die bornierten Muttersöhnchen der Côte d'Azur, Alfred berichtete von seiner neuen Tätigkeit als Leiter des Jüdischen Theaters, na ja, des Kindertheaters. Er erzählte von dem Stück, das er zurzeit mit den Kindern probte, und Juliette versprach, einmal vorbeizuschauen.

Wie es ihm denn in Wembach gefallen habe, wollte das Mädchen wissen, und er schilderte auf ironische Weise einige komische Begebenheiten. Juliette schien amüsiert, sie lachte herzlich, und das gefiel Alfred. Er gestand ihr auch, dass dort das Gerücht die Runde machte, dass sie beide miteinander »gingen«, und das brachte Juliette in Verlegenheit. Ja, sie hatte einmal in der Sonntagsschule Milly Freiberger gegenüber eine Bemerkung gemacht, ganz harmlos.

Aber so war es nun mal mit Gerüchten …

Erbost nahm sie sich vor, bei Milly anzurufen, aber Alfred konnte sie davon überzeugen, es zu lassen. Außerdem, so meinte er schüchtern, ein bisschen etwas Wahres sei ja eventuell, gegebenenfalls, unter Umständen, möglicherweise, dran, jedenfalls für ihn.

Da kam Juliette nah an ihn heran und fragte, ob er sie tatsächlich ein wenig lieb habe, denn sie hätte ihn schon ein wenig lieb, und Alfred wurde rot und meinte, ja, mehr als ein wenig, eher ein wenig sehr. Beide schlossen die Augen, spitzten den Mund und küssten sich rasch und flüchtig.

So wie seinerzeit vor dem Krieg, hatten auch heute die Juden ihre Gebetbücher wieder züchtig in Zeitungspapier verpackt und marschierten am frühen Abend elegant gekleidet in Richtung Westend-Synagoge. Für die Deutschen war es ein normaler Arbeitstag, aber die Juden hatten Neujahr. Und das im September! Den meisten jüdischen Kindern war es etwas peinlich, sahen sie doch ihre Spielkameraden in kurzen Hosen mit Rollschuhen oder mit Fußball unter dem Arm am Straßenrand oder im Park stehen und neugierig auf die Prozession glotzen. Vielleicht war das der Grund, warum die gojim annahmen, die Juden würden glauben, sie seien etwas Besonderes. Aber was konnte man machen? Die jüdischen Feiertage lagen nun mal, wie sie lagen. Sie begannen und endeten immer bei Sonnenuntergang.

Die Westend-Synagoge befand sich zwischen Altkönig- und Friedrichstraße mit dem Eingang zur Freiherr-vom-Stein-Straße. Sie war 1910 als Jugendstilbau mit orientalischen Elementen erbaut worden. Im November 1938 wurde der Innenraum von der SA abgefackelt, der Bau selbst hatte den Krieg überstanden.

Am Vormittag von Rosh-Hashana und Jom Kipur kam Alfred gern hierher. Hier traf er auf viele seiner Freunde, die ebenfalls im Westend wohnten. Außerdem war der Gottesdienst liberaler als der in den beiden anderen, eher orthodoxen Bethäusern der Stadt. Hier konnte man am Eingang auf den Mauern und Treppen herumsitzen, durch die Gewölbe flanieren und Bekannte treffen.

Selbst im großen Betsaal war die Stimmung nicht sonderlich streng. Kinder rannten umher, die Leute redeten miteinander, und selbst der Rabbiner hatte es manchmal schwer, sich Gehör zu verschaffen. Wie in Synagogen üblich, beteten Männer und Frau getrennt. Während die Herren sich unten befanden, saßen die Damen gut sichtbar links und rechts auf den großen Balkonen und schauten hinunter, wie in einem Theater. Ja, es hatte etwas von Bühne und Show, denn man zeigte seine Kleider, führte seine einmaligen Kinder vor oder winkte den Männern zu, die so taten, als würden sie beten. Die Männer wiederum deuteten zwanglos auf ihre Frauen – die da oben, die mit dem Persianer, ja, hat mich ein Vermögen gekostet, das ist meine – und tauschten sich mit ihren Sitznachbarn aus.

Alfred und Moritz standen wie immer links und rechts von Onkel David, der seinen talles umgelegt und seinen dunklen Hut aufhatte, den er »Schabbesdeckel« nannte und den er nur zu diesem Anlass trug. Sein Beten bestand in der Hauptsache darin, stundenlang die Stelle im Gebetbuch zu suchen, um die es gerade ging. Hatte er sie schließlich gefunden, war die Gemeinde schon weiter, und die Suche ging von vorn los. Überhaupt war das Beten bei vielen eher eine Zeremonie, Tradition, vertrautes Ritual, denn von wahrer Gläubigkeit geprägt. Zu viel war passiert in den Jahren der Verfolgung, als dass man Gott noch trauen konnte. Aber es gab auch Menschen, die inbrünstig beteten.

Sie riefen hebräische Worte, die sie selber nicht verstanden, und erhoben sich oder setzten sich an bestimmten Stellen, die meist vom Nebenmann vorgegeben wurden, der sie von seinem Nebenmann abschaute.

Alfred jedenfalls konnte niemals das Geheimnis des Aufstehens und des Hinsetzens ergründen. Es gab überhaupt vieles, was ihm rätselhaft blieb. Das jiskor-Gebet zum Beispiel, bei dem der Toten gedacht wurde und von dem Kinder ausgeschlossen waren. Seine Freunde nutzen diese Pause, um einmal um die Ecken zu streichen und eine zu rauchen, aber Alfred war zu neugierig. Er wollte wissen, was geschah, wenn er nicht dabei war, so wie das Kind, das abends nicht ins Bett will, weil danach die tollsten Dinge passierten. So schlich sich Alfred heimlich wieder zurück in den großen Betsaal und hob eines der bedruckten Blätter auf, die vorher verteilt worden waren, und las, als der Kantor mit vielen Schluchzern sang:

Wir gedenken der sechs Millionen Toten und aller, die starben, als Wahnsinn die Welt regierte und das Böse in der Welt wohnte. Wir gedenken derer, die wir gekannt haben, und derer, von denen selbst der Name verloren ist.

Wir trauern um alle, die mit ihnen starben, um ihre Güte und um ihre Weisheit, die unsere Welt hätte retten und so viele Wunden hätte heilen können.

Wir trauern um den Geist und den Humor, der starb, um das Lernen und das Lachen, das für immer verloren ist. Die Welt ist ärmer geworden, und unsere Herzen werden schwer, wenn wir an die großen Dinge denken, die hätten sein können.
Wir sind dankbar für ihr Beispiel an Güte und Anstand. Wie Kerzen leuchten sie aus der Dunkelheit jener Jahre heraus, und in ihrem Licht erkennen wir, was gut ist und was böse.
Wir gedenken jener nicht jüdischen Männer und Frauen, die den Mut hatten, außerhalb der Masse zu stehen und mit uns zu leiden. Auch sie sind Zeuginnen und Zeugen, eine Quelle der Hoffnung, wenn wir zu verzweifeln drohen.
Um des Leids unseres Volkes willen möge eine solche Zeit nie wieder kommen. Möge ihr Opfer nicht umsonst gewesen sein.
In unserem täglichen Kampf gegen Grausamkeit und Vorurteile, gegen Tyrannei und Verfolgung gibt uns die Erinnerung an sie Kraft und leitet uns.
In der Stille gedenken wir derer, die G'ttes Namen auf der Erde geheiligt haben. Amen.

Der Kantor hatte geendet, und viele Menschen weinten. Das also war der geheimnisvolle, mystische Text, der angeblich nicht für Kinderohren bestimmt war. Warum nicht? Alfred wunderte sich. Aber war es nicht merkwürdig, wie sich Sitten einbrannten? Es war den Kindern zum Beispiel im Haus verboten, auf Strümpfen zu laufen, solange man noch Eltern hatte, und Alfred hat das immer vermieden. Und das, obwohl er nicht gläubig war und wusste, dass der Himmel nicht einstürzen würde, wenn er auf Socken liefe. Aber würde er dadurch nicht den Tod herausfordern? Es gab eben eine unerfindliche Kraft, die nicht allein mit Aberglaube zu erklären war.

Alfred stand neben Onkel David und war immer wieder verwundert, wenn er sich umsah, denn viele Männer beteten dermaßen laut, dass man annehmen musste, die Funkverbindung zum Himmel wäre gestört. Dabei warfen sie sich vor und zurück, klopften sich mit der Faust an die Brust und riefen den Herrn an, ihnen zu vergeben:

Ach, ich Sünder Jankel habe meine Frau betrogen, ich erbärmlicher Herschel habe meinen Kompagnon bestohlen! Ich, Schlomo, bin bei Rot über die Ampel gefahren. Ich, Chaim, habe zu viel Wechselgeld rausbekommen und nichts gesagt. Ich, Moische, habe den Menschen tinnef verkauft! Ich, Jossel, habe schlecht über Rabinowitz geredet, den Verbrecher!

Ja, um Vergebung ging es in der Hauptsache an den hohen Feiertagen. Der Herr zog Bilanz, hatte seinen Zwicker auf der Nase, schlug das Kassenbuch des Lebens auf, wo alle Namen verzeichnet waren, und er fuhr mit dem unfehlbaren Finger durch die Reihen und sah nach, wer gesündigt hatte, wann, gegen was und warum. Seine Listen waren fast so komplett wie die von Schmul Honigbaum.

Man bat den Herrn um Vergebung. Um den großen, göttlichen Radiergummi! Aber auch der Mensch sollte seinen Feinden vergeben. Jedenfalls heute.

Kennt ihr den, flüsterte David, wo einer sagt, weiß du was, lass uns heute Frieden schließen. In Ordnung. Ich wünsche dir das, was du mir wünschst! Sagt der andere: Fängst du schon wieder an?

Ein fast philosophischer Witz, meinte Moritz.

Alfred zog seinen Bruder am Ärmel und zeigte in die Reihe vor ihnen. Micky Holzmann und sein Freund Marian Perlmann hatten eine Murmel in die Hutkrempe des alten Herrn Grau gelegt, und so wie der sich vor- und zurückwiegte, zog die Murmel ihre Kreise. Die Buben feixten vor Freude. Bis Max Holzmann den Streich entdeckte und die Murmel entfernen wollte. Als er Grau an den Hut griff, schreckte dieser aus seiner Inbrunst auf, drehte sich um und fuhr Max an:

Was habbe Sie an meim Hut zu schaffe?

Verzeihung, sagte Max, ich wollte nur …

Wennsen kaufe wolle, mache Sie mir e Angebot!

Max winkte ab und dachte bloß, du alter, mieser Kacker! Aber dann fiel ihm ein, dass Feiertag war, und er schaute kurz erschrocken zum Himmel. War nicht so gemeint.

Der Klicker setzte seine Hutumrundung fort.

Alfred spürte plötzlich eine Veränderung der Stimmung, die Leute wurden leiser, der Ton wurde gedämpfter, dann erschien Dr. Dr. Jean Lubinski auf dem Mittelgang und begab sich zu seinem festen Platz in Reihe eins. Er wurde ehrfurchtsvoll gegrüßt, er war jemand. Er trug einen Zylinder! Während ihn alle ansahen, wie er seine Gebetbücher aus einem dunkelblauen Samtbeutel zog, seinen immensen Gebetsschal kurz mit den Lippen berührte und umlegte, wie er so zielsicher die richtige Stelle im Buch fand, da wusste Alfred, dass es sich lohnen würde, hochzublicken, denn in diesem Moment betrat Madame Lulu Lubinski mit Tochter Juliette den Balkon, nickte huldvoll und schritt zu ihrem Sitz in der ersten Reihe. Die Frau des Advokaten trug ein Chanel-Kostüm, teure Perlen und eine überdimensionale schwarze Krokotasche, die Tochter hielt ein Gebetbuch in ihren weißen Handschuhen. Comme il faut.

Die Damen in dieser Reihe, darunter Baby und Else, erhoben sich und machten Platz. Dann setzten sich Mutter und Tochter. Juliette beugte sich über die Brüstung, sie sah nach unten und erblickte Alfred.

Sie lächelte, er lächelte zurück.

Mittags verließen die Menschen in Scharen die Synagoge, um nach Hause zum Essen zu gehen oder ins »Schultheiß«, einem großen, gutbürgerlichen Restaurant in der Nähe, dessen Spezialität die Königinpastete war. Nur wenige Fromme blieben den ganzen Tag über in der schul. Unter ihnen auch Lubinski.

Es ist kurios, sagte Alfred leise zu Juliette, mit der er in der Vorhalle stand, die Frommen glauben immer, sie haben am meisten gesündigt.

Ja, meinte das Mädchen und lächelte ihn an, mein Vater zum Beispiel. Als Rechtsanwalt muss er manchmal die Wahrheit ein wenig verbiegen. Und hier reinigt er sich davon.

Frau Lubinski stand mit Baby Kleefeld, Frau Perlmann, Frau Freiberger und Else Holzmann zusammen. Sie unterhielt sich scheinbar angeregt mit den Damen über dieses und jenes. Jedoch mit ihren zusätzlichen Augen, die sie im Hinterkopf hatte, beobachtete sie gleichzeitig ihre Tochter Juliette und deren Verehrer.

Leo Bialik kam vorbei und gab Alfred ein unauffälliges Zeichen, indem er kurz zwei Finger an den Mund führte und so tat, als hielte er eine Zigarette. Normalerweise wäre Alfred hinter dem Freund hergelaufen, aber hier stand er neben dem geliebten Wesen, und deshalb verzichtete er gern. Leo schaute sich noch einmal um und zuckte mit den Schultern. Wie konnte man für ein Mädchen eine Zigarette verschmähen?

Milly Freiberger gesellte sich zu den beiden. Ihr war klar, sie hatte sich nicht getäuscht. Juliette und Alfred waren ein Paar. Das sah selbst ein Blinder mit Krückstock.

Was macht die Theaterarbeit?, wollte sie wissen.

Es läuft zäh, aber dafür ist das Stück nicht besonders, erklärte Alfred. Bald würde er was Zeitgenössisches machen. »Nun singen sie wieder« von Max Frisch oder was von Sartre. Die Mädchen waren beeindruckt.

Die Generalprobe war beendet, alle waren gegangen, und Alfred saß grübelnd in der ersten Reihe. Es war alles schiefgelaufen, was man sich vorstellen konnte: Maxele Grosser hatte seinen Text vergessen und begonnen zu weinen. Ruth Fränkel war bei einer Tanzeinlage gestürzt und hatte sich das Knie aufgeschlagen. Lächerlich. Nichts Schlimmes – für normale Menschen. Aber sie wollte mit dem Taxi nach Hause, nachdem man ihr den Krankenwagen ausgeredet hatte. Die Schlachtszene war eine einzige Katastrophe, und Georg Heumacher alias Juda Ha'Makkabi kam plötzlich auf die Idee, sich nach jedem Schlag zu entschuldigen. Wer hatte ihm das eingeredet? Alfred war verzweifelt.

Von hinten legte sich eine Hand auf seine Schulter. Alfred drehte sich um. Die Hand gehörte Herrn Lustig.

Freddy, meinte er leise, das war doch gar nicht so schlecht.

Es war verheerend, knurrte Alfred, ohne ihn anzusehen.

Stimmt, sagte Lustig daraufhin.

Was soll ich machen? Am Sonntag ist Premiere. Soll ich das Stück vorlesen?

Du wirst sehen, es wird alles gut. Generalprobe schlecht – das Stück wird recht!

Lustig und seine schlauen Sprüche, dachte Alfred. Noch immer lag die Hand des Mannes auf seiner Schulter, und er erblickte wieder die Häftlingsnummer.

Sagen Sie, gibt es kein Stück, das in der Nazizeit spielt?

Lustig nahm seine Hand weg und sagte:

Ein Stück, das weiß ich jetzt nicht, aber es gibt schon unglaubliche Geschichten. Ich kenne sogar eine, aus der könnte man was machen.

Alfred drehte sich jetzt um und setzte sich verkehrt herum auf den Stuhl.

Erzählen Sie.

Es ist die dramatische Geschichte von einer Mutter, die über diplomatische Beziehungen oder das Rote Kreuz, was weiß ich, die Chance hatte, mit ihrem zwölfjährigen Sohn das Ghetto von Lodz zu verlassen. Die SS hatte ihr eine Stunde gegeben, ihre Sachen zu packen.

Lustig unterbrach. Er war den Tränen nah.

Ihr Sohn war aber nicht da. Der Junge war unterwegs. Logisch. Immer haben Kinder irgendwo etwas organisiert. Sie hat ihn verzweifelt gesucht, ist durch die Gassen gerannt, wurde fast verrückt, hat Menschen gefragt. Sie hat den Jungen nicht gefunden.

Lustig schwieg jetzt.

Und?, fragte Alfred.

Langsam und stockend sprach der Mann weiter:

Nach einer Stunde kam die SS, um die Frau abzuholen, und da hat sie in ihrer Verzweiflung heimlich ihre Nachbarin gefragt und deren Kind mitgenommen! Beide leben heute in Los Angeles.

Und der Sohn?, fragte Alfred

Lustig erhob sich, wendete sich ab und sagte leise:

Nein, das ist nichts für die Bühne.

Zehn Minuten später saß Alfred auf seinem Rad und fuhr nach Hause. Das wäre ein tolles Drama! Und Juliette würde die Mutter spielen. Aber noch hatte er den Sonntagnachmittag vor sich und diese unbegabten Kinder in diesem hirnverbrannten Stück. Er zog den Reißverschluss seiner

Trainingsjacke nach unten. Mit etwas Glück würde er sich erkälten.

Alfred lupfte den Vorhang ein Stück und sah hinunter in den Saal. Ihm stockte der Atem. Das Haus war gerammelt voll! Eltern, Kinder, Alte, Junge. Und dazwischen erkannte er Juliette mit ihrer Mutter, die Holzmanns, die Perlmanns, seine Mutter, daneben David und Moritz. Bei Lustig saß Fränkel mit seiner Zarin, natürlich in der ersten Reihe, und sie hatten einen Mann mit einer Acht-Millimeter-Kamera an ihrer Seite, der einen Scheinwerfer aufstellte, der den Menschen hinter ihm im Weg stand. So kam es zu Aufruhr, und der lange Verständig versuchte zu schlichten. Das Stück sollte um drei beginnen, inzwischen war es fast halb vier geworden.

Irgendwann muss es sein, dachte Alfred und drückte auf einen Knopf neben dem Bühnenaufgang. Drei Gongschläge waren zu hören, das Licht im Saal wurde gedimmt, und der grau gekittelte Hausmeister, der kleine Herr Horowitz, zog den Vorhang auf…

Die Unruhe legte sich. Das Husten im Saal verstummte.

Auf dem Theaterprospekt war eine biblische Landschaft zu sehen, naiv von Kinderhand gemalt, und im Vordergrund standen zwei Säulen, der Eingang des Tempels zu Jerusalem.

Der bärtige Oberpriester, dargestellt von Gad Grindel, seine vier Kinder und seine Frau Bluma Brusnik kamen des Wegs und beklagten laut die Terrorherrschaft der fürchterlichen Griechen.

Als Beleg dafür erschien der unerbittliche Grieche Alexander Tobitis und sagte etwas Gemeines auf Griechisch und drohte anschließend damit, den Tempel zu zerstören, indem er rief:

Ich drohe euch, den Tempel zu zerstören.

Bluma Brusnik hielt sich die Hände an die Schläfen und rief hysterisch:

Mein Gemahl! Hilf uns. Er droht, den Tempel zu zerstören!

Gad Grindel trat dem Griechen in den Weg.

Du drohst also, den Tempel zu zerstören?

Ja, sagte der Grieche. Ich drohe euch, den Tempel zu zerstören.

Eigentlich hätte Gad Grindel jetzt laut Text weitersagen sollen:

Ich fürchte dich nicht!

Aber er sagte:

Ich werd dir geben!

Ruth Fränkel tauchte hustend aus dem Bühnennebel auf, als orakelnde Tempeltänzerin, und es kam frenetischer Szenenapplaus aus der ersten Reihe. Das schien sie dermaßen zu irritieren, dass sie angstvoll zu Alfred blickte, der ihr soufflierte. Ab dann lief das Stück wie am Schnürchen. Die Griechen drangen in den Tempel ein, die Makkabäer warfen sie wieder raus, und schließlich wurde die chanukia entzündet, und alle sangen:

Maos zur jeschua-si
Lecha na-eh li-scha-bejach
Tikone bais ti-fi-lasi
Vi-scham toda ni-sa-bejach.

Auch das Publikum sang kräftig mit, und obwohl das Stück noch nicht zu Ende war, gab es kein Halten mehr. Eltern stürmten die Bühne und umarmten ihre eigenen Kinder und die der anderen und sich gegenseitig. Alfred kam, wollte nur klarmachen, dass das Stück noch weiterging, aber er wurde von wildfremden verheulten Müttern und Vätern geherzt und geküsst. Er war im Gesicht mit Lippenstift übersät, wurde mit Taschentüchern und Spucke gesäubert, man filmte, fotografierte, blitzte, lachte, und es war ein Geschrei, noch schlimmer als während der Makkabäer-Schlacht.

Aron Lustig betrat die Bühne, hob die Hände und bat lautstark um Ruhe. Dann sagte er:

Liebe Gemeindemitglieder, wir alle sind heute Zeugen eines Ereignisses, was uns noch lange im Gedächtnis bleiben wird. Wir haben nicht nur ein schönes Theaterstück gesehen, wir haben nicht nur unsere wunderbaren Kinder erleben dürfen, wir haben einen Blick in die Zukunft geworfen. Denn heute ist mit dieser menorah auch ein Licht der Hoffnung in unseren Herzen entzündet worden. Nach dem Entsetzlichen, das hinter uns liegt, haben wir bewiesen, dass wir den Mut und die Kraft für einen Neubeginn in dieser schönen Stadt haben. Deshalb ist für mich dieses Stück ein Symbol. Besonders bedanken möchte ich mich vor allem bei unserem jungen Freund hier, Alfred Kleefeld …

Applaus kam von allen Seiten, und Alfred verbeugte sich.

… der etwas Großes geleistet hat, nicht nur für diese Kinder, sondern für uns alle. Herzlichen Dank und mazl tov!

Wieder Applaus, unterfüttert von einem vielfachen mazl tov!

Alfred ging hinter die Bühne, er war überrascht, wie sehr ihn diese Worte gerührt hatten. Er wischte sich eine Träne aus den Augen. In diesem Moment war Juliette bei ihm, stellte sich auf Zehenspitzen und küsste ihn auf den Mund. Bevor er sie halten konnte, war sie nach vorn gelaufen und zwischen den Kindern verschwunden.

Im Treppenhaus hatten die Damen der WIZO, darunter auch Baby, in der Zwischenzeit einen Tisch aufgebaut, an dem es leikech und Limonade für alle gab.

Mitten im Gedränge stand Alfred und ließ sich beglückwünschen. Moritz hatte ihm nur flüchtig zugewinkt, er musste nach Hause, sich auf eine Klausur vorbereiten. Ha, ha! Alfred dachte sich seinen Teil.

Und auch Baby sah ihrem Ältesten nachdenklich hinterher. Moritz konnte es nicht ertragen, wenn sein Bruder im Mittelpunkt stand.

Alfred indessen wurde von vielen Eltern angesprochen und gebeten weiterzumachen, bald käme Purim und es gäbe doch dafür auch herzige Theaterstücke.

Alfred lächelte verlegen und sagte:

Mal sehen.

Aron Lustig gesellte sich hinzu, legte Alfred den Arm um die Schulter und versprach, dass dieser begabte junge Mann dem Theater erhalten bliebe.

23.

Kramski war erschrocken. Er sah Fränkel an.

Ein Gewehr?

Ja, so eine doppelläufige Jagdflinte, der Lauf zeigte direkt in mein Gesicht. Ich hörte nur:

Wer sind Sie? Was wollen Sie hier?

Es war die Stimme einer Frau.

Ich richtete mich langsam auf.

Keine falsche Bewegung, sagte sie kalt, sonst knall ich Sie ab!

Ich versuchte sie zu beruhigen.

Machen Sie keinen Quatsch, sagte ich.

Was tun Sie hier?

Ich bin auf der Suche nach Arbeit.

Warum soll ich Ihnen das glauben?

Warum sollen Sie mir das nicht glauben, gab ich zurück.

Sie könnten ja auch ein Deserteur sein. Oder sonst ein Volksfeind.

Ich lachte.

Dann würde ich mich mitten am Tag gemütlich hier in den Wald legen. Na, Sie sind ja lustig.

Woher kommen Sie?, fragte sie mich.

Ich rede erst mit Ihnen, wenn Sie das Ding runternehmen.

Langsam senkte sie das Gewehr.

Ich setzte mich auf.

Mein Name ist Heinz Frentzel, sagte ich und zog meinen Ausweis aus der Brusttasche. Sie sah ihn sich genau an.

Aus Berlin kommen Sie also, und was machen Sie hier bei uns im Rastenburger Land?

Ich suche Arbeit, sagte ich doch bereits.

Dann fragte sie mich, was ich denn für einen Beruf habe und wie es käme, dass ich nicht im Krieg sei.

Und, was haben Sie geantwortet?

Ich hatte mal gehört, dass Männer mit kriegswichtigen Berufen nicht eingezogen würden, und deshalb sagte ich leichtfertig, dass ich im Schlachthof gearbeitet habe. In Königsberg. Aber der war zerbombt worden. Klar, ich hätte mich melden müssen. Zum Volkssturm. Aber ich bin abgehauen …

Sind Sie Schlachter?, fragte sie.

Ja, habe ich gesagt, und das war ein Fehler, denn sie rief:

Das trifft sich gut. Dann habe ich Arbeit für Sie. Kommen Sie!

Wir gingen ein paar hundert Meter bis zu einem Weg. Dort stand ein Fuhrwerk mit einem Kaltblüter. Ich legte mein Rad hintendrauf und stieg zu ihr auf den Kutschbock.

Was war das für eine Frau?, fragte Kramski.

Eine Bauersfrau, so um die vierzig. Sie hieß Sybille. Sybille Grawert. Sah ganz gut aus. Witwe, der Mann war vor Kurzem gefallen und der Sohn schon Ende 41, in Russland. Mit achtzehn. Das tat mir richtig leid, komisch nicht?

Kramski sagte nichts und hörte weiter zu.

Nach einer Fahrt von ungefähr einer halben Stunde kamen wir auf dem Hof an.

Was hat die Frau im Wald gemacht?

Sie war auf der Suche nach etwas Essbarem, einem Hasen oder so was.

Diese Farm, also der Hof, war der groß?

Na ja, klein war er nicht gerade, mit einem Tor und einem Innenhof, aber er war runtergekommen. Sie hatte keinen Knecht, keine Hilfe, niemanden.

Auch keine Zwangsarbeiter?

Nein, es war zu nahe an der Wolfsschanze, das war hier nicht erlaubt in dieser Ecke.

Verstehe, sagte Kramski.

Wie ging es weiter?

Nun, irgendwann stand ich vor dem Grund, weshalb sie mich mitgenommen hatte.

Und der war?

Ein riesiges Schwein, ein Eber, ungefähr dreihundert Kilo schwer und steinalt. Er hieß Peter.

Den sollten Sie schlachten.

Ja. Genau den. Schön, nicht?

Die Frau erklärte mir, dass sie aus menschlichen Gründen das Tier nicht selbst töten könnte. Obwohl Peter ihr größtes Kapital sei. Sie würde ihn total verwerten, mit Haut und Haaren sozusagen. Das Fleisch tauschen gegen andere Lebensmittel im Dorf, gegen Spiritus und was sie alles noch so brauchte. Und einen Teil könnte sie einlegen und konservieren für den Winter. Speck und so weiter. Ihr Mann hatte sich immer geweigert, den Peter zu schlachten, er war wie ein Familienmitglied, aber jetzt wäre es an der Zeit, dass er weg käme. So sagte sie es! Dass er weg käme. Denn das wäre ja noch schöner, dass der alte Eber hier an Altersschwäche verrecken oder gar verhungern würde.

Was haben Sie gemacht?

Fränkel lächelte bitter.

Haben Sie schon mal einem Schwein in die Augen gesehen? Das ist so, als würden Sie einem Menschen in die Augen sehen. Da ist Gefühl drin, ja sogar Weisheit. Peter wusste genau, warum ich ihn so ansah. Er war ja nicht blöd. Er war auch nicht im Stall, sondern lief draußen rum.

Was passierte dann?

Wir gingen ins Haus.

Und dann?

Die Frau musste erst einige Kilo Salz besorgen, zum Einlegen. Das würde ein paar Tage dauern. Es war ja warm, und das Fleisch konnte schnell schlecht werden. Darüber sprachen wir als wir in der Küche saßen und Eichelkaffee tranken. Sie musste das Salz unauffällig besorgen, das war das Problem, denn sonst bekämen die Leute Wind von der Sache. Auf Schwarzschlachten stand die Todesstrafe. Um Buchenholz für den Rauch sollte ich mich kümmern. Also, Peter und mir blieben noch ein paar Tage. Ich war ziemlich erleichtert und hoffte auf ein Wunder. Sie zeigte mir die Messer ihres Mannes, aber jeder Schlachter hätte ja sein eigenes, meinte sie. Ich dachte dabei an meinen lächerlichen Hirschfänger im Buch. Damit hätte ich Peter höchstens gekitzelt.

Ich fragte sie, ob sie das mit dem Attentat gehört hätte, und sie meinte, seitdem sie allein sei, höre sie keine Nachrichten mehr. Und ob der Hitler verreckt oder nicht, das wäre ihr egal.

Und kamen Sie sich näher?

Was heißt »näher«? Sie redete viel, und ich hörte ihr zu. Und das schien ihr gutzutun. Zwischendurch weinte sie, das war ihr unangenehm. Sie wollte vor mir keine Schwäche zeigen. Dann stand sie auf und machte sich in der Küche zu schaffen. Oder sie wischte verlegen mit der flachen Hand über die Tischplatte, um nicht vorhandene Krümel zu beseitigen. Alles in allem schien sie ganz froh zu sein, dass jemand im Haus war. Gegen Abend holte sie ein wenig Heu aus der Scheune und fütterte die einzige Kuh, die sie noch hielt. Zwei Hühner hatte sie auch noch. Und den Gaul. Das restliche Vieh war konfisziert worden.

Dafür erhielt sie Gutscheine, die sie mir zeigte. Gutscheine für Dinge, die man nicht mehr bekam: Schuhe, Diesel, Saatgut. Zum Feuermachen, sagte sie lachend und ließ die Scheine wie Konfetti flattern.

Wie ging es weiter?

Sie fragte nach meinen Erlebnissen, und ich gab mich wortkarg. Nein, ich war nicht verheiratet, war auch mal im Knast gewesen, dann die Maloche auf dem Schlachthof. Sie verstand, dass es für mich besser wäre, ungesehen zu bleiben, und ihr war es auch recht, wenn keiner von meiner Existenz erfahren würde, für sie als Witwe, das Geschwätz, ich wüsste schon.

Sie gab mir einen Teller mit Kartoffelsuppe und anschließend tranken wir jeder einen Schnaps vom Selbstgebrannten. Aus einer Zeit, wo noch alles schön und voller Glück und Hoffnung war. Jedenfalls für die Deutschen. Es war dunkel geworden, und sie zeigte mir, wo ich schlafen sollte. Primitive Dachkammer, früher wohl für die Knechte. Ich wusch mich an einem Zuber, und bald darauf schlief ich wie ein Toter.

Am Morgen hörte ich das Geknatter eines Motorrads und war hellwach. Ich schlich mich über eine Klappe im Dach weiter in die Scheune, auf den leeren Heuboden. Diesen Fluchtweg hatte mir die Bäuerin am Abend noch gezeigt, man konnte ja nie wissen. Mit klopfendem Herzen lag ich auf den Brettern und ergab mich meinem Schicksal. Die Zeit wollte nicht vergehen, aber dann wurde die Scheunentür geöffnet, und die Frau rief: Herr Frenzel? Sind Sie da oben? Ich erhob mich. Ich hatte nur meine Unterhose an. Sie zeigte auf eine Latzhose, die in der Scheune an einem Haken hing. Ziehen Sie die an, wird Ihnen passen. Hier brauchen Sie keinen Anzug. Kommen Sie! Frühstück.

Was geschehen war, wollte Kramski wissen.

Als wir uns am Küchentisch gegenübersaßen, fragte sie mich, ob ich irgendetwas mit dem Attentat zu tun hätte. Ich erschrak, aber ließ mir nichts anmerken.

Wieso sie darauf käme, fragte ich zurück. Nun, eben war die Polizei da, aus Rastenburg, die suchen nach Fremden. Hier ist keiner, und sie habe auch niemanden gesehen, habe sie gesagt. Der Führer hat überlebt, er ist nur leicht verletzt, aber die Verschwörer sind heute Nacht in Berlin hingerichtet worden. Stauffenberg und ein paar andere. Das waren keine guten Nachrichten, dachte ich. Wieso haben Sie mich nicht verraten?, wollte ich wissen. Ich brauche Sie noch, meinte sie verschmitzt. Für den Peter!

24.

Tschüss, Freddy!, rief Bronski.

Alfred hatte seine Abrechnung gemacht und verließ das Teppichparadies. Er winkte zu Bronski hinüber. Der junge Russe hatte Alfreds Arbeit übernommen und verkaufte nun vor der Tür die brickel, dazu reichte sein Deutsch. Nach Blums Rausschmiß half Alfred zweimal in der Woche im Laden aus. Kelbassa war nach wie vor ein hilfreicher Kollege. Selbst Honigbaum musste hin und wieder seine Listen fallen lassen und anpacken.

Als Alfred zu seinem Fahrrad kam, das er neben dem Kino an einem Verkehrsschild angeschlossen hatte, blieb ihm fast das Herz stehen. Das Rad war völlig zerstört! Jemand hatte die Speichen der Räder mutwillig zertreten, der Zahnkranz hing herunter, die Reifen waren verbogen, die Gabel gebrochen, ja selbst der Rahmen hatte einen mitbekommen. Die Lampe war zerquetscht worden, und der Sattel war verschwunden. Alfred schossen die Tränen in die Augen. Sein geliebter »Don« war tot.

Der Junge hatte sofort einen Verdacht und rannte wütend die Straße hinunter zu »Sammy's Imbiss«.

Tatsächlich saß da Blum und trank seinen Kaffee. Er war nicht überrascht, Alfred zu sehen, und schaute ihn überheblich an.

Der Junge konnte kaum sprechen vor Wut.

Das warst du!

Blum kaute Kaugummi, und sein Blick hatte etwas Bedrohliches.

Diesmal nur das Rad, das nächste Mal du!

Mieses Dreckschwein!, rief Alfred. Etwas Besseres fiel ihm leider nicht ein.

Du hast verraten mich, das ist die Quittung, meinte der junge Mann, zog seinen Kamm heraus und kämmte sich gelangweilt.

Alfred stand Blum schwer atmend gegenüber, aber er wusste, dass er keine Chance gegen ihn hatte.

Mach dich nicht unglücklich, Bubele, brummte Sammy Werbowitzer, der an der Glasvitrine mit den kalten Frikadellen und dem abgestandenen Kartoffelsalat herumwischte.

Eine schöne Kundschaft haben Sie, sagte Alfred und ging. An der Tür drehte er sich noch einmal zu Blum um und rief:

See you, motherfucker!

Blum lächelte kalt, indem er nur einen Mundwinkel hob. Dann sagte er sarkastisch:

Oj, hab ich moire!

Das Neonlicht flackerte und brummte, als Alfred auf dem großen Tisch saß, die Beine baumeln ließ und die Teilacher beobachtete, die ihre Pakete für morgen zusammenstellten. David zählte Handtücher, Fajnbrot legte Tischtücher und die passenden Servietten aufeinander, während Verständig und Rosenthal einen Ballen mit grobem Leinen auf den langen Tisch hievten. Er hatte gerade von seiner widerlichen Begegnung mit Blum berichtet und wartete nun auf die Reaktion der Männer.

Fajnbrot meinte:

Ihr wisst, Blum hat nebbich viel mitgemacht ...

Das ist kein Grund, dem Jungen das Rad zu zerstören, unterbrach ihn David.

Der Kerl ist ein Stück Dreck, meinte Verständig, er hat Fränkel beganeft, und der Freddy soll dafür zahlen!

Der große, dicke Julius Rosenthal hatte bis jetzt geschwiegen. Er kratzte sich am Kopf und meinte in seinem Hochfrankfurterisch:

Ich weiß nur eins. Wenn man das nicht beenden tut, wird er den armen Bub immer weiterquälen.

Holzmann kam und schaute fragend.

Nu, was ist?

Blum hat mein Fahrrad kaputt gemacht, erklärte Alfred.

Warum?, fragte Holzmann.

Weil er ein primitiver Mensch ist, sagte Verständig. Er glaubt, er muss Freddy bestrafen, weil der ihn angeblich bei Fränkel verpfiffen hat, wegen seiner Mauscheleien.

Aber ich habe ihn nicht verpfiffen! Herr Honigbaum hat die Sache ins Rollen gebracht.

Hast du ihm gesagt, dass du's nicht warst?, fragte Holzmann.

Das würde er nicht glauben, meinte Alfred niedergeschlagen

Soll ich mal mit ihm reden?, fragte Holzmann.

Das ist nett, meinte Alfred, aber ich befürchte das hat keinen Sinn.

Fajnbrot mischte sich ein.

Ich werde mit ihm reden!

Alle lachten.

Ich werde mit ihm reden, sagte Rosenthal.

Und was werden Sie ihm sagen?, fragte Holzmann.

Ich werde ihm sagen, dass ich über zwei Zentner wiege! Und wenn ich auf ihn falle, dann kann man ihn unter der Tür durchschieben.

Alle schwiegen andächtig.

Am folgenden Abend verließ Blum in Begleitung einer jungen Dame das Café Express, und als er um die Ecke bog, um zu seinem Buick zu gehen, drückten sich plötzlich drei Männer an dem Wagen herum. Blum wurde langsamer, dann blieb er stehen. Mit einer Geste bat er seine Begleiterin zurückzubleiben und ging dann weiter. Zwei der Männer in Kamelhaarmänteln, mit Hüten und hochgestellten Kragen, kannte er flüchtig.

Was wollt ihr?, fragte er etwas unsicher.

Wir wollen dich um persönlichen Schutz bitten, sagte Verständig.

Mich? Für wen?

Ja, meinte David, wir wollten dich bitten, dafür zu sorgen, dass Freddy Kleefeld und auch seinen Sachen nichts mehr zustößt.

Blum lachte.

Und wenn ich das nicht tue?

Dann passiert das, leider, sagte Fajnbrot und zeigte in Blums Richtung.

Der drehte sich um und hinter ihm stand jetzt der Bär Rosenthal und sagte:

Dann kriegste die Fresse voll! Fertig, aus!

Blum grinste abfällig.

Du meinst, ich hab moire? Vor dir? Klotz!

Ich werd dir geben »Klotz«!

Und schon hatte er Blum blitzschnell mit der Faust ins

Gesicht geschlagen, dass der rückwärts taumelte und an die Wagentür knallte.

Die junge Frau schrie auf und lief auf ihren Stöckelschuhen davon.

Hilfe!, rief sie über die stille Straße.

Rosenthal hatte inzwischen Blum am Kragen genommen, und so hielt er ihn. Blum blutete aus der Nase.

Und wie gesagt, flüsterte er und zog Blum nah an sich heran, achte drauf, dass dem Freddy nix mehr passiern tut, gell! Sein Schicksal liegt ab jetzt in deiner Hand.

Blum sah ihn hasserfüllt an.

Haste mich verstanden, Kleiner?

Und damit schlug er noch einmal zu.

Blum jaulte auf.

Ich hör nix!, schrie Rosenthal.

Blum murmelte:

Alles klar.

Schön, das du's einsiehst, mein Freund. Besser so. Stell dir vor, ich hätte Gewalt anwenden müssen.

Er ließ Blum los, und der rutschte nach unten, wo er vor seiner Wagentür sitzen blieb. Er sah den Männern wutentbrannt nach und fluchte ihnen auf Polnisch hinterher.

Rosenthal drehte sich um.

Übrigens, schöner Wagen, sagte er. Die gehe nur so leicht kaputt, gell.

Damit gingen die vier Teilacher gut gelaunt davon.

In der folgenden Woche, als Alfred wieder einmal in Davids Wohnzimmer saß und Hausaufgaben machte, klingelte das Telefon. Er nahm den Hörer ab.

Bei Bermann, sagte er.

Hier ist Fahrrad Thöt, sagte eine männliche Stimme, wann wollen Sie denn endlich ihr neues Rad abholen? Das nimmt uns nur Platz weg!

Alfred hielt noch einen Augenblick den Hörer in der Hand. Dann hatte er begriffen. Er legte auf und rannte aus dem Zimmer. Er lief die Treppe hinunter, stürmte aus dem Haus, überquerte die Fressgasse, rannte zum Goetheplatz, durch den Steinweg. Er überquerte die Hauptwache, kürzte ab, an der Katharinenkirche runter, zur Kleinmarkthalle. Nach sieben Minuten stand er atemlos vor dem Geschäft mit der Aufschrift:

Thöt. Nähmaschinen, Fahrräder, Kinderwagen.

Alfred betrat den Laden, und da sah er das Rad. Gleiches Fabrikat, gleiche Farbe. Sein »Don«! Alfred war glücklich.

Am Abend fragte er David Löcher in den Bauch und wollte wissen, was mit Blum geschehen war und ob er das Rad bezahlt hatte. Aber der Onkel sagte bloß:

Weißt du, das Vergnügen mit Blum war uns allen was wert!

25.

Keine Ahnung, sagte Fränkel. Ich kann Ihnen nicht genau sagen, wie viele Tage vergangen waren. Die Frau blieb stundenlang fort, um Salz zu besorgen. Dafür musste sie enorme Strecken machen. Sie durfte ja keine großen Mengen kaufen, das wäre aufgefallen. Da hätten die Leute vermutet, sie würde heimlich schlachten. Obwohl die meisten Deutschen ahnten, dass es langsam zu Ende gehen würde, mit ihrem schönen Dritten Reich, gab es immer noch linientreue Volksgenossen, die sich nicht davor scheuten, andere anzuzeigen. Es herrschte nach wie vor ein Klima der Angst und des Misstrauens.

Wie war Ihr Verhältnis zu dieser Bäuerin, wollte der Offizier von Fränkel wissen.

Ich will Ihnen ehrlich sagen, normalerweise hätte ich diese Dame nicht von der Bettkante gestoßen. Sie sah gut aus, hatte so was Ländlich-Frisches, außerdem war sie unbemannt, also was soll's? Und ich bin davon überzeugt, dass sie mich auch nicht übel fand. Sie müssen sich vorstellen, die Stimmung war danach. Keiner wusste, was der nächste Tag bringen würde. Wir waren jung, warum sollten wir nicht noch einmal leben? Tanz auf dem Vulkan. Morgen konnte alles vorbei sein. Aber ich hatte Angst, dass mein schmock mich verraten würde.

Meinen Sie, die Frau hätte sie denunziert?

Oder ja oder nein. Keine Ahnung. Aber die Gefahr war zu groß.

Was haben Sie in diesen Tagen gemacht?

Ich habe zuerst einmal versucht dem Eber aus dem Weg zu gehen. Sein Anblick machte mich traurig.

Jeder Tag hätte sein letzter sein können, denn inzwischen hatten wir einige Kilo Salz in der Scheune gelagert. Die Frau gab mir Arbeit, sägen, hämmern, was ausbessern, die Pumpe reparieren, im Gemüsegarten hacken, graben, machen, was weiß ich. Auf so einem Hof gibt es immer was zu tun. Ich habe die Hühner gefüttert, gelernt, die Kuh zu melken, ich habe mich sogar mit der Sense versucht und mir keinen Zeh abgeschnitten. Wenn's darauf ankommt, kann selbst ein verwöhnter Stadtmensch wie ich zupacken. Gut zu wissen.

Und abends?, fragte Kramski.

Abends? Wir saßen oft lange in der Küche. Wir duzten uns inzwischen, und manchmal berührte sie gezielt zufällig meine Hand und meinte, Heinz, du bist ein feiner Kerl. Dann sagte ich: Ach, Sybille, was soll nur aus uns werden? Wir sprachen darüber, was wir tun würden, wenn alles vorbei wäre. Sie fragte mich, wie es denn enden könnte mit dem Krieg und was denn an der Wunderwaffe dran sei. Wunderwaffe, lachte ich, billige Propaganda, damit noch mehr Menschen dran glauben müssen. Sybille, sagte ich zu ihr, es wird fürchterlich. Wir bekommen alle unsere gerechte Strafe. Strafe für was?, fragte sie mich, und ich log und sagte, in der Nähe, da wo ich gearbeitet habe, da gab's ein Konzentrationslager und da würden Menschen ermordet. Und sie begann zu flüstern, ja, davon habe sie gehört. Ihr Mann hätte bei seinem letzten Heimaturlaub über Sachen erzählt, über die er niemals erzählen durfte. Da sah ich sogar Tränen in ihren Augen. Wegen dem Mann oder wegen der Sachen? Keine Ahnung. Auf jeden Fall blieben wir züchtig.

Und wie ging es weiter?

Am nächsten Morgen sagte die Frau plötzlich:

Heute machst du's!

Ich wusste, was sie meinte. Ich wollte Zeit schinden.

Mal sehen, sagte ich.

Nicht »mal sehen«, konterte sie frech und drückte mir ein langes, scharfes Messer in die Hand. Heute wird er geschlachtet, aus und fertig! Wenn du mich brauchst, sagst du mir Bescheid. Damit ging sie ins Haus. Und ich stand draußen.

Sie tun mir leid, sagte Kramski, das ist ernst gemeint.

Ich tat mir auch leid, und vor allem tat mir das Schwein leid. Wissen Sie, ich konnte mir ausmalen, wie ich Hitler abgestochen hätte, wie ich genüsslich das Messer in seinem Herzen herumgedreht hätte, wie ich ihm vorher noch die Augen ausgestochen hätte und den Schwanz abgeschnitten, no problem. Aber hier ging es um ein unschuldiges Tier.

Was haben Sie gemacht?

Ich habe einen Moment darüber nachgedacht zu türmen.

Was?

Zu fliehen. Aber dann dachte ich, sie würde vielleicht die Feldjäger rufen oder was weiß ich. Ich konnte mich nicht drücken, und ich habe versucht dem Peter das zu erklären. Ich wollte, dass er mich versteht, ich wollte ihn zu meinem Verbündeten machen.

Kramski schaute Fränkel zum ersten Mal voller Mitleid an.

Peter grunzte vor sich hin und lief zu einer Pfütze, aus der er Wasser schlabberte. Ich lief hinter ihm her und sah ihn mir genau an. Wissen Sie, wie groß so ein Viech ist?

Kramski nickte.

Es nimmt kein Ende. Mindestens zweieinhalb Meter lang. Das Tier drehte sich um, sah mich an. Es stupste mich mit der Schnauze. Ob es was ahnte? Ich weiß es nicht.

Es war schmerzlich zu wissen, dass es jetzt sterben würde. Das beschämte mich. Ich kam mir so größenwahnsinnig vor, als Herr über Leben und Tod.

Kramski bemerkte, dass Fränkels Augen feucht wurden, als er sagte: Noch heute, Sie müssen es mir glauben, habe ich Albträume deswegen. Noch heute erscheint mir dieses Tier in der Nacht und sieht mich an. Blutend, fragend. Es ist entsetzlich.

Sie brauchen nicht weiterzusprechen, wenn Sie nicht wollen, sagte Kramski.

Fränkel wischte sich peinlich berührt Tränen aus dem Gesicht. Es war das erste Mal seit Beginn der Vernehmung, dass er weinen musste. Er konnte über das KZ reden, über den Tod von Menschen, aber hier ging es um ihn selbst, um eine Tat, die er sein Leben lang bereuen würde.

Danke, sagte er schließlich, ersparen Sie mir die Einzelheiten. Es war ein Massaker, und das Schreien diese Tiers schallt mir heute noch in den Ohren, aber irgendwann war es vorbei. Die Frau kam, wir hängten das Tier mit einer Art Flaschenzug an einen Balken in der Scheune. Sie meinte, wie blöd ich mich anstellen würde. Ich sei sicher nur Kopfschlachter und hätte vom Ausnehmen keinen Schimmer. Erleichtert nickte ich. Sie öffnete routiniert den Bauch des Tieres. Als die warmen, dampfenden Gedärme herausquollen, wurde mir schlecht, und ich ging nach draußen. Ich nahm mir an diesem Tag vor, kein Fleisch mehr zu essen, aber wie das so ist mit den Vorsätzen. Ich blieb ja auf dem Hof und musste mitessen, was die Frau kochte. Außer Blutsuppe mit Kartoffeln, ekelhaft! Für sie war es eine Delikatesse. Und eine Wurst habe ich danach nie mehr angerührt. Das erinnert mich zu sehr an diese Gedärme. Ich kann keine Wurst mehr sehen!

Wollen Sie einen Schnaps?, fragte Kramski voller Anteilnahme.

Fränkel nickte.

Sergeant, please stop the tape and go for two brandies.

Lederman sprang auf.

Make it three, sagte der Major.

26.

Jankel Lubliner, genannt »Jacky«, dreiundzwanzig Jahre alt, war bereits ein großer »Macher« in der Szene. Für viele war er der »König der Unterwelt«. Er besaß ein Bordell und einige Bars, wie das »Manhattan«, das »Hippodrom« und die »Madame«. Das waren Lokale, wo nicht nur US-Soldaten verkehrten, sondern auch die damalige Hautevolée des Bahnhofsviertels. Da sah man Tango-Teddy, Lackschuh-Fred, Mambo-Ulla, Diamanten-Helga, Salamander-Wölfi und Himbeer-Toni. In den Hinterzimmern wurde gezockt, und es gab auch Boxkämpfe, auf die man wetten konnte. Da schlugen sich der »Stier von Bornheim« und »Olli, der Hammer« gegenseitig auf die Köpfe, und am Ring saßen rauchende Männer, die ihre Hüte im Genick sitzen hatten und mit Scheinen herumwedelten, während die Goldkettchen und die Omegas an den Handgelenken klapperten. In den Separees kam man zur Sache, der Sekt floss in Strömen, und so mancher Frühkapitalist oder aufstrebende Schlotbaron ließ hier etliche Scheine und musste am nächsten Morgen im eleganten »Frankfurter Hof« ausgelöst werden. Das Frankfurter Bahnhofsviertel war der Nabel der Welt, er saß nur einige Zentimeter tiefer.

Alfred lebte auf verschiedenen Planeten. Da gab es die häusliche Idylle, das neue Bürgertum der etablierten Juden, das fleißig war, das Kultur absorbierte und das langsam wohlhabend wurde. Das sich allerdings mit der Assimilation schwertat. Dann gab es den Planeten der Deutschen, der Eingeborenen, die geschlagen, beobachtet und kontrolliert langsam an die Zivilisation herangeführt wurden. Sie hatten es ungleich schwerer, die Besatzer begegneten ihnen mit Misstrauen, sie trugen die Nazibürde, und bei der Vergabe von Lizenzen mussten sie sich hinten anstellen.

Denn Männern wie Jacky Lubliner konnte man vieles, ja fast alles nachsagen, Nazis waren sie nicht!

Für Alfred tat sich noch eine zusätzliche Welt auf, die der Amis. Er sprach perfekt Englisch. Das war für ihn der »dooropener«, und so hatte er Kontakte zur US-Army und zu zwei jüdischen, amerikanischen Freunden in seinem Alter, Randy Turteltaub und Jerry Kisker. Die wohnten mit ihren Eltern in US-Wohnvierteln jenseits der Miquelallee. Dort gab es bereits Pizzas, Tacos, Cornflakes und Mentholzigaretten, als die Deutschen noch ihr Gemüse und ihren Tabak zwischen den Trümmern anbauten.

Dieser stetige Wechsel zwischen den Welten war für einen Jungen seines Alters faszinierend und verwirrend zugleich, denn er hatte nicht selten das Gefühl von Zerrissenheit. War er bei Juliette Lubinski der wohlerzogene, verliebte Jüngling, so konnte er eine Stunde später durch das Bahnhofsviertel streifen und den Huren mit sehnsüchtigem Blick auf die ausgestellten Brüste starren. All das machte ihn unsicher und ließ ihn zweifeln. Wer war er, und wo gehörte er hin?

»Mach dir keine Sorgen wegen des jüdischen Bastards. Du wirst bald auch auf dem Weg durch den Schornstein sein, und deine Sorgen sind vorbei.« Das sagte Heinrich Baab zu einer jüdischen Mutter, der man gerade das Kind entrissen hatte, und das war der Satz, der mich dazu brachte, alles dafür zu tun, damit solche Menschen für immer hinter Gitter kommen.

Lubinski schaute Alfred an. Der schwieg. Was sollte er auch sagen?

Der Anwalt zündete sich eine Zigarre an.

Es war der erste spektakuläre Nazi-Prozess in Frankfurt. Baab war hier einer der führenden Gestapoleute gewesen und versuchte sich mit allen Mitteln herauszuwinden.

Aber das Gericht konnte Zeugen aufbieten, von denen er dachte, sie seien tot. Auch Emil Verständig gehört zu dieser Gruppe. Während der Verhandlung sagte der lange Teilacher: »Und wenn Sie mir auch noch das zweite Auge rausgehauen hätten, ich hätte Sie immer erkannt, Herr Baab!« Schließlich haben sie dem Gestapomann über fünfzig Morde nachgewiesen, und er bekam lebenslänglich.

Lubinski blies den Rauch in die Luft.

Haben Sie sich nicht manchmal gewünscht, wir hätten die Todesstrafe?, wollte Alfred wissen.

Nein, antwortete Lubinski. Die Todesstrafe ist eine Gnade. Diese Männer sollen bis zu ihrem Ende in den Zellen schmoren und jede Nacht heimgesucht werden von den Toten. Deshalb wünsche ich ihnen ein langes Leben.

In diesem Augenblick betrat Juliette das Arbeitszimmer ihres Vaters. Sie trug eine weiße Bluse, dazu einen rosafarbenen Rock mit breitem schwarzen Gürtel und darunter einen Petticoat und sah aus wie eine Prinzessin. Alfred erhob sich.

Wir müssen los, sagte er.

Hier, brummte Lubinski, zog zwanzig Mark aus seiner Brieftasche und knallte den Schein auf den Schreibtisch. Nehmt euch ein Taxi.

Ja, Papa, sagte Juliette brav, küsste ihren Vater auf die Wange, nahm das Geld und gab es Alfred.

Dann viel Spaß.

Inzwischen war auch Frau Lubinski eingetreten. Sie schaute besorgt drein und sagte:

Nach dem Konzert bringst du Juliette gleich nach Hause, hörst du?

Ja, Frau Lubinski, sagte Alfred artig.

Die beiden jungen Leute zogen vergnügt los, und Lubinski schaute ihnen freundlich hinterher. Seine Frau sah ihn besorgt an.

Juliette saß auf dem Rahmen des Fahrrads, hielt sich an Alfreds Armen fest und drückte sich mit dem Rücken an seine Brust. So fuhren sie fröhlich durch die Stadt in Richtung Zoo. Der rosa Rock flatterte im Wind.

Wie vereinbart warteten Alfreds Freunde Randy und Jerry am Eingang zum Althoff-Bau. Beide trugen enge Anzüge, weiße Hemden und Lederkrawatten. Sie hatten über Jerrys Vater, der beim AFN arbeitete, die Karten organisiert. Das Konzert war schon seit Wochen ausverkauft. Linkisch machten sich die beiden mit Juliette bekannt, dann gingen alle gemeinsam in die große hölzerne Arena des Althoff-Baus. Sie hatten gute Plätze und konnten die gesamte Bühne in der Mitte der Konzerthalle übersehen. Die Spannung war kaum mehr auszuhalten, als der Ansager das große Ereignis ankündigte:

»Ladies and Gentlemen, tonight the one and only ... Louis Armstrong and his Allstars!« Das Haus drohte zusammenzustürzen, die Leute pfiffen und johlten.

Die Musiker erschienen, unter ihnen Gene Krupa, der genialste Drummer dieser Jahre, und dann kam er, Satchmo! Seine goldene Trompete, sein weißes Taschentuch. So wie ihn Alfred unzählige Male im Film, in Wochenschauen und auf Plattenhüllen gesehen hatte. Jetzt in natura. Er war aufgeregt und glücklich. Er nahm Juliettes Hand, und sie ließ es gern geschehen.

Armstrong spielte fast zwei Stunden. Immer wieder wischte er sich mit seinem weißen Taschentuch den Schweiß von der Stirn und zeigte seine weißen Zähne. Er spielte das bekannte Repertoire, seine Oldtime-Nummern wie »St. Louis Blues«, aber auch moderne Sachen. Dazu sang er immer wieder mit seiner unverwechselbaren Stimme. Juliettes Wangen glühten vor Aufregung. Verstohlen und verliebt sah Alfred ihr schönes Profil. Nach jeder Nummer tobte der Saal, die Menschen trampelten mit den Füßen, sie schrien »Satchmo« und forderten immer weitere Songs.

Das Konzert wollte kein Ende nehmen, und die Band gab eine Zugabe nach der anderen. Und am Ende den wahnsinnigen, einmaligen »Tiger Rag« mit dem sensationellen Solo von Krupa – es war unbeschreiblich. Als die Zuschauer nicht aufhören wollten zu trampeln, sagte Armstrong: »Please, guys, don't you break the house down!« Und dann spielten sie den »Tiger Rag« noch einmal!

Erregt und verschwitzt saßen Juliette und Alfred wieder auf dem Fahrrad und fuhren singend und lachend durch die Nacht. Mit dem Taxigeld würden sie heimlich an einem Wochenende Eis mit Sahne kaufen, zweimal ins Kino gehen und anschließend Pommes frites essen.

Kurz vor der Villa der Lubinskis stieg Juliette vom Rad und küsste Alfred auf den Mund. Dann brachte er sie züchtig vor die Tür, das Mädchen wusste, dass die Mutter irgendwo am Fenster stehen würde. Denn bevor ihre Tochter nicht wieder unversehrt zu Hause war, konnte Lulu Lubinski niemals zu Bett gehen. Ihr Mann schnarchte schon seit Stunden.

Frankfurt war in den frühen Fünfzigern bereits die deutsche Jazzmetropole. In der Kleinen Bockenheimer Straße gab es den »Keller«, der, ursprünglich als Probenraum für junge Musiker gedacht, inzwischen zu einer Jazzkneipe geworden war und in dem begabte Amateure wie die Brüder Mangelsdorff spielten, vor allem aber hervorragende US-Musiker, die in und um Frankfurt als Soldaten stationiert waren. Da konnte man Don Ellis hören, Eddy Harris oder Joe Henderson. Alfred entwickelte zu dieser Zeit seine Liebe zum Jazz, auch angeregt durch Onkel David, der ein Jazzfan war. Bereits zu seiner Zeit als Emigrant in Paris hatte er Giganten wie Django Reinhardt, Stéphane Grapelli oder Coleman Hawkins live erlebt. Seine umfangreiche Plattensammlung bestand zum Teil aus Jazzmusik. Und da Davids Wohnung praktisch gegenüberlag, stieg der nach seinen Kartenabenden bei Unterleitner so manches Mal die Stufen zum »Keller« hinunter.

Alfred war durch seine Kontakte zum AFN stets gut informiert, wer wann auftrat, und es gab nicht wenige Jazzer, die nach einem offiziellen Konzert noch in den »Keller« kamen, um mit anderen zu »jammen«. Hier unten war die Subkultur zu Hause. Bourbon, Gin und Flaschenbier, Zigarettenrauch, Rollkragenpullover, Sonnenbrillen, Ballonmützen, Existenzialismus pur. Die Frauen, die hier verkehrten, waren frei oder fühlten sich so.

Es waren Musikfans, Künstlerinnen, Freundinnen von Musikern und Lebedamen mit Hang zur Boheme. Trotzdem fühlte sich Alfred ein wenig fremd und ging selten ohne David hierher. Er war noch jung und wurde von den anderen Gästen nicht ernst genommen, obwohl er sich in moderner Musik auskannte und wohl der Einzige unter den deutschen Gästen war, der »The Catcher in the Rye« im Original gelesen hatte.

Aber immerhin brannte Juliette Lubinski stets vor Neugier, wenn er sie brav und züchtig am Samstagnachmittag besuchte, mit ihr Limonade trank und ihr die Neuigkeiten aus der sündigen Welt unter dem Asphalt da draußen berichtete. Hörten sie dann die Dame des Hauses näher kommen, sprachen sie laut Englisch miteinander, und Frau Lubinski vernahm es mit Wohlwollen.

Oft lud man Alfred zum Essen ein und zum Ausklang des Schabbes. So hatte er Gelegenheit, sich mit dem Hausherrn zu unterhalten. Er hatte den Eindruck, dass es dem Anwalt gefiel, Alfred um sich zu haben. Da er gern dozierte und der Junge ein dankbarer und interessierter Zuhörer war, erfuhr Alfred einiges über Wiedergutmachungsprozesse und darüber, dass die Juristen zwar gegen alte Nazis vorgingen, nur nicht gegen ihresgleichen. Die Juristen der Nazizeit waren anstandslos in den Öffentlichen Dienst der Bundesrepublik übernommen worden, denn sie hatten im Dritten Reich nichts anderes getan, als das gültige Recht umzusetzen, auch wenn es Unrecht war.

Weißt du, Freddy, sagte er einmal, da möchte man verzweifeln. Da stehe ich dann diesen alten Naziköpfen gegenüber und weiß genau, sie sehen in mir nicht den Verteidiger Lubinski, sondern den Juden, der mit der typisch jüdischen Verschlagenheit nur darauf aus ist, das deutsche Volk zu schädigen.

Er grinste frech.

Kürzlich, als ich aus dem Urlaub kam, sagte der Vorsitzende zu mir, na, Kollege Lubinski, Sie sind ja so schön braun. Da sagte ich, früher waren Sie braun, jetzt bin ich's. Das hat mir eine Ordnungsstrafe eingebracht. Die habe ich gern bezahlt.

Alfred musste lachen.

Ein besonderes Vergnügen war es für Alfred, wenn ihn die Lubinskis zu Sonntagsausflügen mitnahmen. Da saß der Anwalt mit Lederkappe und gelben Handschuhen höchstselbst hinter dem Steuer seines Maybachs, daneben seine Frau mit extravaganter Sonnenbrille und buntem Hermès-Schal, auf den Rücksitzen Juliette und Alfred. Man war wie eine Familie. Bei Sonnenschein fuhr man offen. In den Odenwald nach Amorbach oder in den Taunus.

Unweit von Königstein hatte Lubinski einen wohlhabenden Mandanten, den Baron von der Scholle, alter deutscher Kleinadel, der sich gern, wie vor Hitler allgemein üblich, wieder einen jüdischen Anwalt leistete. Sind ja die besten, nicht wahr? Die von der Scholles fühlten sich besonders geehrt, wenn sich Lubinski am Sonntag einfand.

Sie besaßen eine prächtige Villa am Hang. Es gab keinen Weg, der nicht anstieg. Der Pool war in den Felsen gehauen, und eine steile Treppe führte zum Haus. Selbst die armen Pferde, hinter dem Haus auf einer Koppel, standen nie ebenerdig. Alfred vermutete, dass auch die Scholles selbst ein kürzeres und ein längeres Bein hatten, um vor dem Haus gerade zu stehen. Baronin Agnes war eine aufgedrehte, dünne Frau, die immer schnell und atemlos sprach, wobei sich dann gern Spucke in ihren Mundwinkeln sammelte.

Baron Nikolaus von der Scholle hatte die Attitüden eines Landaristokraten und erzählte mit sichtbarem Stolz, dass die Dorfbewohner ihn nach wie vor um Erlaubnis fragen mussten, falls sie heiraten wollten. Als Alfred ihn auch nach dem Recht der ersten Nacht fragte, hüstelte seine Frau verlegen, und man wechselte rasch das Thema.

Schon allein deshalb, weil es eine Tochter von fünfzehn Jahren gab, Baronesse Marina Silvia. Ein knochiges Mädchen mit ausgeprägtem Oberbiss. Die Kinder fühlten sich auf jeden Fall unwohl, wenn sie zu dritt waren, denn während Juliette und Alfred sich auch ohne Worte prächtig verstanden, war Marina ein Störfaktor, und das spürte sie. Trotzdem fuhr Juliette gern hierher, denn es gab nicht nur den liebenswerten alten Setter Seppel, sondern sie durfte auch reiten. Alfred hatte großen Respekt vor Pferden und hätte sich niemals vorstellen können, einige Jahre später mit wehendem Mantel und rauchendem Colt im Galopp Goldtransporte in Texas zu überfallen. Während also die Mädchen ritten, warf sich Alfred in den Pool und lockte auch Setter Seppel ins Wasser, was nicht gern gesehen war. Leider wimmelte es um den Pool herum von Bremsen, und auf der Rückfahrt zählte der Junge die vielen Stiche.

In Amorbach hatte Lubinski Freunde, die er hin und wieder besuchte. Lena und Paul Kranz. Die waren nicht von Adel. Er war ein begabter Maler und Musiker, sie malte auch, leitete aber hauptberuflich die kleine Dorfschule. Sie hatten vier Kinder zwischen zehn und siebzehn, und mit denen verstanden sich Juliette und Alfred sehr gut. Auch Kranz war ein Mandant des Anwalts. Lubinski kämpfte für ihn seit Jahren um ein Herrenhaus, das der Familie von den Nazis weggenommen worden war, nachdem sie sich geweigert hatte, es für eine Erholungsstätte der SA frei zu machen.

So hauste die Familie während des Kriegs in einer Waldhütte, wo sie sich kaum ernähren konnte und die Eltern von Paul Kranz sich das Leben nahmen, damit wenigstens ihre Kinder und Enkel überleben konnten. Mit juristischen Spitzfindigkeiten versuchte nun der Staat den Anspruch von Kranz auszuhebeln, um zu beweisen, dass die Familie seinerzeit freiwillig auf das Anwesen verzichtet habe.

Aber Lubinski war kurz davor, den Prozess zu gewinnen. Wenn das Grundstück tatsächlich der SA gehört hatte, so argumentierte er, wer war denn der legitime Rechtsnachfolger dieser verbrecherischen Organisation? Und wenn es einen gäbe, so habe der sich auch für die Taten der SA zu verantworten, oder? So machte sich Lubinski bei Gericht keine Freunde.

Für die Kranz-Kinder war es immer ein Fest mit Onkel Jean und dem Maybach ins Dorf zu brausen, und einmal hätte der Anwalt beinah einen Spaziergänger überfahren, der gedankenverloren die Hauptstraße überquerte. Lubinski hatte gehupt, und der Herr hatte einen unerwartet großen Satz gemacht und dann dem Wagen erstaunt nachgeschaut. Im Rückspiegel erkannte Lubinski, dass es Adorno war, der hier ein Ferienzimmer bewohnte. Als Alfred am Abend seinem Bruder diese Geschichte erzählte, reagierte Moritz eifersüchtig, obwohl er den Professor doch jeden Tag sehen und sprechen konnte.

Bermann, willst du mich ruinieren?

Fränkel stand David gegenüber, zwischen ihnen ein bunter Juteteppich von eindrucksvoller Größe.

Der Teppich kostet mich allein schon …

David unterbrach.

Fränkel, erzähl das deinem Friseur! Ich hab doch am Etikett gesehen, was er dich kostet im EK. Hundertfünfzig. Also, wenn ich dir zweihundertfünfzig gebe, kannst du heute Abend mit Nina ins Rumpelmayer gehen, ein Menü essen, eine Flasche Kupferberg trinken und eine Havanna Brasil rauchen. Es sei dir gegönnt.

Alfred, der im Hintergrund auf einem Stapel Teppiche lungerte, amüsierte sich köstlich über diese ausgebufften Teilacher.

Ah, Bermann, der große Gönner! Weißt du, was das hier kostet? Miete, Strom, Heizung, Steuer. Hast du eine Ahnung?

Wer zwingt dich? Man droht dir? Wenn Sie nicht sofort einen Teppichladen aufmachen, dann werden wir ungemütlich!

Fränkel rollte den Teppich wieder ein und sagte:

Ich habe meine Zeit nicht gestohlen. Zweihundertachtzig. Mein letztes Wort!

Für diesen tinnef? Zwosechzig.

Zwosiebzig. Sonst kann ich mich erschießen.

Hat er a gewire! Du hast mich schön eingeseift, du alter Koberer. Zweihundertfünfundsechzig, und ich spendier dir einen Drink bei Unterleitner.

Soll sein!

Ein Handschlag folgte.

Alfred war beeindruckt. So etwas könnte er nie.

David winkte den Jungen zu sich, während er Fränkel das Geld gab.

Freddy, mein Wagen steht um die Ecke. Leg das Ding rein. Hier hast du einen Heiermann.

Und er drückte Alfred ein Fünfmarkstück in die Hand.

David stand neben der Treppe in einer hölzernen Telefonkabine und lehnte in der offenen Tür. Er hatte den Hörer am Ohr und zwinkerte Alfred zu.

Direkt aus dem Hamburger Freihafen ... Ja, Sonderverkauf. Ein Prachtstück ... Wie für Ihr Wohnzimmer gemacht ... Schön bunt, ja, ja ... Für Sie einmalige vierhundertfünfundachtzig, jetzt sind Sie platt, gell? ... Gut, morgen Nachmittag bin ich bei Ihnen. Und grüßen Sie Ihre Frau ... Ja, Ihnen auch.

Er legte auf und rieb sich die Hände.

So, Bubele, weiter geht's. Wir sind im Geschäft!

Er lief an Alfred vorbei, der vor einer Flasche 7UP auf einem Barhocker saß, stupste ihn mit der Faust am Arm und verschwand pfeifend im Spielsalon, der sich im Nebenraum befand. Alfred konnte sich im Spiegel hinter der eindrucksvollen langen Bar beobachten, während immer wieder Herr Unterleitner vorbeihuschte.

Der mixte Drinks. Gin Tonic, Cuba libre, Manhattan, Bourbon Ginger Ale. Bewundernswert, wie zielsicher er in die Batterien von Flaschen griff, die exotische Namen wie Bhyrr, Noilly Pratt, Ballentines, Cointreau, Martell oder Cynar trugen, wie er blitzschnell die Gläser bis zum Eichstrich füllte, Zitronenscheiben schnitt, Oliven in öligen Cinzano Bianco fallen ließ. Dabei grantelte er ununterbrochen in seinem Wiener Dialekt:

Weißt, Burschi, die Gäst' san nimmer dös, was sie noch nie worn. Wie hat scho' der selige Kaiser Franz Josef g'sagt?

Geg'n die Menschen hob i nix, aber die Leit, die Leit! Schau zu, dass d' was Gescheit's lernst, damit'st net wie unsereins hier den Deppen geb'n musst.

Sind Sie denn nicht zufrieden, Herr Unterleitner?, fragte Alfred.

No, wie kann mer zufrieden sein? I hab studiert, dann is' der Herr Hitler komman, plötzlich war mer Soldat, ob mer g'wollt hat oder nöt. Und dann hat mer den ganzen Mist mitmachen müssen. Und heit? Hat mer nur machloikes.

Aber der Laden läuft doch.

Is' dös a Profession für an intelligenten Menschen? A schlamassel is' dös. Nebbich. Sog sölber.

Damit schnappte er sich sein großes Tablett und trug es gekonnt in die Spielhölle.

Alfred sah ihm hinterher, wie er am Billardtisch stehen blieb und zwei Bier ablud, dann weiterging zu den filzig grünen Spieltischen, wo Männer unter tief hängenden Lampen im dichten Zigarettenrauch saßen und Poker oder Rommé spielten, umringt von Kiebitzen. Er sah zu David, der mit dem Rücken zu ihm saß und wie immer Tee trank.

An die Teilacher is' doch nix zum Verdienen, war ein Standardsatz von Herbert Unterleitner. Die sitzen a ganze Nacht lang bei am Wosser! Und am End' lassen's eh anschrei'm!

Madame Unterleitner kam die Treppe hoch, rief »'erbert!«, so wie man einen Hund ruft, nickte Alfred kurz zu und flüsterte mit ihrem Mann, der sofort bei Fuß gekommen war. Sicher ging es um den Umsatz oder das Personal, vermutlich um beides. Sonia Unterleitner, geborene Silbertal, war eine rassige französische Jüdin von zweiunddreißig Jahren und noch immer nicht im Nachkriegsdeutschland integriert. Die Juden in Frankfurt machten es ihr auch nicht leicht. Schließlich war ihr zehn Jahre älterer Mann ein ehemaliger Wehrmachtsoffizier, den sie während der deutschen Besatzung von Paris kennengelernt hatte.

Und der warf nur so mit jiddischen Begriffen um sich, um seine wahre Identität zu vertuschen. Doch die Juden ließen sich nicht blenden, und deshalb begegneten sie Unterleitner mit Vorbehalt.

Aber immerhin hatte er seiner Frau das Leben gerettet. Ihre gesamte Familie, bis auf einen Bruder, war deportiert worden. Schon 1946 eröffneten sie hier das Café, zuerst nur für Amerikaner, ein Jahr später für alle. Von diesem Zeitpunkt an war das »Unterleitner« der Treffpunkt für die Teilacher.

Alfred sah auf die große Uhr mit der Binding-Reklame über der Bar. Es war gleich neun. Er musste nach Hause. Aus der bunten Wurlitzer tönte die E7, die Unterleitner in romantischer Erinnerung immer wieder drückte, Caterina Valente:

Ganz Paris träumt von der Liebe,
denn dort ist sie ja zuhaus.
Ganz Paris träumt dieses Märchen,
wenn es wahr wird.
Ganz Paris grüßt dann das Pärchen,
das ein Paar wird.

Mit Juliette nach Paris! Davon träumte er. Alfred rutschte vom Barhocker, wollte zahlen. Unterleitner hielt ihn zurück:

Lass stecken, Burschi, der Onkel wird's scho' richten.

Einen guten bonjour an deine Maman, rief ihm Madame Unterleitner noch hinterher.

Danke, werd's ausrichten.

27.

Die Probe für das Purim-Stück war vorbei, die Kinder waren gegangen. Alfred schleppte einen Tisch in die Mitte der Bühne, dann ein paar Stühle, und während er das tat, trudelten Juliette Lubinski, Milly Freiberger, Leo Bialik und Benny Kohn ein. Sie setzten sich um den Tisch herum und Alfred erklärte:

Also, das Stück heißt »Die schmutzigen Hände«. Es ist von Sartre. Es spielt während des Zweiten Weltkriegs in einem erfundenen Land namens Illyrien. Es geht um den Konflikt zwischen Politik und Moral. Die Hauptfiguren sind der junge Journalist Hugo sowie die beiden Gegenspieler Louis, der für die Revolution ist, und Höderer, der für den Realismus steht. Dann gibt es noch Olga, eine stramme Parteigenossin, und Jessica, Hugos Frau. Auf der einen Seite haben wir also Höderer, Olga und Louis, die alle zur kommunistischen Partei gehören. Auf der anderen Seite gibt es Hugo, der sich wichtigtut, aber ein Bürgersöhnchen ist, und dessen naive Frau. Er möchte unbedingt dazugehören und will eine echte Tat begehen, einen politischen Mord. Der radikale Flügel der Partei erteilt ihm den Auftrag, Höderer zu ermorden, denn der will mit den Kapitalisten aus dem Lande Pentagon zusammenarbeiten, gegen die Faschisten. Hugo gelingt es, Privatsekretär von Höderer zu werden, in der Hoffnung, nah an ihn heranzukommen, um ihn zu töten. Aber je näher die Männer sich kommen, um so mehr ist Hugo von Höderer fasziniert. Er kann ihn nicht mehr ermorden. Für die Partei ist Hugo jetzt ein Verräter. Aber als Hugo seine Frau Jessica erwischt, die mit Höderer rumknutscht, wird er wild und tötet Höderer aus Eifersucht.

Er kommt ins Gefängnis, aber dieses »crime de passion«, das Verbrechen aus Leidenschaft, wird von der Partei verächtlich als unpolitisch, ja großbürgerlich angesehen. Nach dem Tod Höderers setzt sich Louis in der Partei durch. Aber plötzlich sagt die Parteizentrale, dass man dem Kurs Höderers zu folgen habe, und der wird posthum Held der Partei.

Nach seiner Entlassung aus dem Gefängnis geht Hugo zu Olga, die ihm rät zu fliehen. Die Partei wird ihn liquidieren müssen, weil er nach einem von der Partei in Auftrag gegebenen Mord an einem inzwischen verdienten Genossen als Mitwisser zu gefährlich geworden ist. Doch Hugo will nicht mehr mit einer Lüge leben und rennt mit den Worten: »Nicht mehr zu gebrauchen« seinen Mördern in die Arme. So, das ist es in Kurzform, was meint ihr?

Einige hatten nicht alles verstanden, und Alfred musste viele Fragen beantworten. Danach kam es zu einer Diskussion, aber schließlich war man bereit, das Stück zu machen. Milly wurde Olga, Juliette spielte Jessica. Benny Kohn übernahm gern die Rolle des Mörders Hugo, Leo sollte den Höderer spielen, und Alfred übernahm die Rolle des Louis und die Regie. Man verständigte sich darauf, Stillschweigen zu bewahren, denn Alfred und seine Freunde waren sicher, dass dieses Stück von dem eher konservativen Publikum nur schwer angenommen würde.

Deshalb traf man sich immer heimlich nach den Proben mit den Kleinen auf der Bühne des Philantropins und arbeitete bis in den Abend. Nach einer Woche schon wurde die »konspirative« Theatergruppe zu einer verschworenen Fünfergemeinschaft, bei der sich vier von Herzen liebten: Milly und Benny wurden ein Paar, ebenso Juliette und Alfred. Leo blieb allein, dafür konnte er auf Lunge rauchen.

Alfred wurde extrem eifersüchtig, wenn Leo seine Rolle ungefragt ausweitete, besonders bei der Knutschszene mit Juliette. Alle waren erleichtert, als Höderer endlich tot war und Leo den letzten Proben fernblieb.

Eines Abends kam es zum Eklat, als Milly plötzlich eine Änderung des Stücks vorschlug, indem sie eine Bettszene mit Benny Kohn entwickelte, um diesem prüden Stück etwas Pfeffer zu geben. Juliette pflichtete ihr bei, und die Jungs waren ziemlich ratlos. Alfred versuchte einige hilflose Ausflüchte, sprach von »Authentizität« und »Werktreue«, aber die Mädchen ließen sich nicht überzeugen. Denn das eigentliche Thema, um das es ging, war ein ganz anderes. Warum, so wollten die Mädchen wissen, seid ihr bei uns immer so brave, schüchterne Jungs?

Milly brachte es auf den Punkt:

Meint ihr nicht, dass wir auch Lust hätten, mit euch das zu tun, was ihr mit den deutschen Mädchen immer tun wollt? Warum schont ihr uns?

Benny versuchte zu erklären:

Ihr seid jüdische Mädchen und …

… deshalb dürfen wir als Jungfrauen sterben!

Quatsch, meinte Alfred, aber bei euch sind wir eben rücksichtsvoller.

Ja, meinte Milly ironisch, uns hebt ihr euch auf, wenn ihr eure Erfahrungen gemacht habt. Wir werden dann gleich geheiratet und dürfen Mütter werden.

Was erwartet ihr?, rief Benny, dass wir jetzt alle miteinander auf die Matratze springen?

Warum nicht, sagte Milly. Wir wollen endlich wissen, wie das ist! Stimmt's Julie?

Juliette sagte leise: Stimmt, aber ich muss jetzt nach Hause.

Als sie mit Alfred an der Straßenbahnhaltestelle stand, küssten sie sich noch einmal zärtlich.

Es ist sehr schön mit dir, sagte Juliette anschließend. Ich will, dass es so bleibt.

Ich auch, sagte Alfred. Dann kam die Bahn, und Juliette stieg rasch hinten ein. Sie wischte die beschlagene Scheibe frei und winkte so lange, bis der Wagen in der Kurve verschwand.

In jedem Unglück steckt ein Glück. So hieß ein Sprichwort. Bei Alfred war es umgekehrt. Auf dem Höhepunkt seiner Liebe zu Juliette geschah die Katastrophe!

Leo Bialiks Schwester Feli, die Frau des amerikanischen Rabbiners, bekam ein Baby. Deshalb waren die Bialiks eiligst ins US-Army-Hospital zur Friedberger Warte gehetzt. Und so musste Leo im väterlichen Geschäft herumsitzen und darauf achten, dass die interessierten Besucher nicht heimlich »hinlangten«. Kleine Dinge, wie Taschenuhren oder Krawattennadeln, Kugelschreiber oder Zippo-Feuerzeuge, waren gern schnell eingesteckt. Das war Alfreds Glück, denn so erschien Leo nicht zur Generalprobe, und Alfred, der alle Rollen auswendig kannte, übernahm den Part des Höderer. Zu diesem Zweck durfte, ja musste er Juliette leidenschaftlich küssen, bevor Benny als der gehörnte Hugo Zeuge dieser Szene wurde. Die Freunde hatten vereinbart, dass sich Benny viel Zeit mit seinem Auftritt lassen würde.

Juliette und Alfred wälzten sich also auf Höderers Kanapee herum, als aus dem dunklen Zuschauerraum ein entrüstetes »Juliette!« zu hören war. Eine Sekunde später war Frau Lubinski auf der Bühne, gab Alfred eine Ohrfeige und zog ihre Tochter mit sich ins Dunkel.

Es war ein Albtraum für Alfred. Tränenblind saß er auf seinem Fahrrad und fuhr durch die regennassen Straßen. Als er zu Hause ankam, hatte Frau Lubinski bereits bei seiner Mutter angerufen und sie gebeten, darauf zu achten, dass sich Juliette und Alfred nicht mehr wiedersehen. Es sei ein Skandal, mehr noch, ein Verbrechen, dass hier ein unschuldiges Mädchen von einem Halbstarken verführt wurde. Sie, Frau Lubinski, habe ja keinen Einfluss auf die Erziehung des Jungen, aber wenn es nach ihr ginge, dann helfe nur noch unerbittliche Strenge und ein Jahr Kino- und Musikverbot.

Denn nur diese neumodische amerikanische Musik und diese Gangsterfilme seien der Grund für die Zügellosigkeit der heutigen Jugend. Baby versprach der Frau des Anwalts, mit harter Hand gegen ihren missratenen Sohn vorzugehen, es würde kein Pardon geben.

Als Alfred verheult und mit nassen Haaren das Wohnzimmer betrat, legte Baby Patience, und David hörte eine Quizsendung im Radio. Bevor sich der Junge offenbaren konnte, sagte seine Mutter, dass sie Bescheid wisse, was passiert sei, und er hätte das selbst auszubaden. Ansonsten sei es Strafe genug, das Mädchen nicht mehr treffen zu dürfen. Und David meinte, wie man nur so blöd sein konnte, sich erwischen zu lassen. Alfred begann Frau Lubinski als klaffte und Hexe zu verfluchen, aber Baby verteidigte die Frau.

Ich kenne sie, Freddy. Alle diese jüdischen Mütter, die das Lager oder das Versteck überlebt haben, sind doch gestört, waren in etwa ihre Worte. Sie haben ihre Angehörigen verloren, und ihr eigenes Dasein ist ihnen gleichgültig. Sie leben nur noch für ihre Kinder. Die werden sorgfältig erzogen, bekommen eine gute Ausbildung. Sie sind der Pfeil, den man in die ungewisse Zukunft abgeschossen hat. Wenn man selbst nicht mehr da ist, lebt man in ihnen fort.

Aber dafür müssen die Kinder Leistungen bringen, und die heißen Rücksichtnahme und Dankbarkeit. »Schämst du dich nicht, deiner Mutter gegenüber?«, »Mir hat man die Jugend gestohlen«, »Ich habe mir nie etwas gegönnt«, »Für dich habe ich überlebt!« oder »Wenn ich mal nicht mehr bin, dann wirst du weinen« ... Das sind die üblichen Drohungen. Aber das muss man verstehen.

Moritz saß über seinen Büchern, als Alfred ins Zimmer kam. Er warf sich auf sein Bett. Moritz erhob sich. Alfred war erstaunt, dass sein Bruder sich zu ihm setzte, ihm über das Haar strich und sich geduldig die Tragödie schildern ließ, ohne, wie sonst üblich, über den Dingen zu stehen. Nein, er versuchte sogar, auf eine zwar unbeholfene, aber mitfühlende Weise, den kleinen Bruder zu trösten. Das Leben geht weiter, sagte Moritz, aber da war Alfred nicht mehr sicher.

Am nächsten Tag betrat er Bialiks An- und Verkaufsladen, um seinem Freund Leo von der Schmach zu berichten, aber der war völlig aufgekratzt und musste unbedingt zuerst seine eigene, unglaubliche Geschichte loswerden. Was konnte das schon sein, dachte Alfred. Vielleicht kann er jetzt den Rauch durch die Ohren rauspusten!

Aber Leo war nicht zu stoppen. Da war doch tatsächlich gestern Nachmittag eine junge Frau, so um die fünfundzwanzig, klasse aussehend, im Laden erschienen und war mit ihm ins Gespräch gekommen. Übers Leben und so, und da hat Leo beiläufig ein paar schlaue Höderer-Texte eingestreut, wie: Das Wahrhaftige zeigt sich nicht im einmaligen Handeln, sondern im realen, bewussten Leben!

Die Frau war jedenfalls dermaßen hin und weg von seiner Abgeklärtheit, dass sie doch direkt ... Verstehst du? Wir haben miteinander geschlafen, und sie hat sogar ... also sie hat ihn mit dem Mund ...

Wen?, fragte Alfred und ahnte nichts Gutes.

Meinen Spatz! Sie hat ihn in den Mund genommen!

Alfred musste an Sartre denken, wie er einen schwarzen Rollkragenpullover anzog, darüber die Jacke mit den Lederflicken an den Ellbogen, das Barett aufsetzte und den dicken Schal umlegte, den ihm die Concierge gestrickt hatte. Er verließ seine eiskalte Bude in St. Germain, weil er das Tropfen des Bidets nicht mehr ertragen konnte, und schlurfte ins »Café de Flore«, wo er einen Noisette bestellte und anschreiben ließ. Dieser feingliedrige Mensch mit der Brille aus Brenngläsern beobachtete die satten, selbstgefälligen Bürger und begann zu schreiben, und die Worte flossen nur so auf das billige karierte Papier, während er eine Gauloises nach der anderen paffte. Niemand konnte nur ansatzweise ahnen, dass wenige Jahre später in Frankfurt am Main ein Einzeller namens Leo Bialik ... zwei Worte holten Alfred aus seinen Gedanken in die Wirklichkeit zurück: vierzig Mark!

Wie? Was?, hörte sich Alfred sagen.

Na ja, sie wollte vierzig Mark.

Sie war eine Nutte, sagte Alfred.

Was denkst du denn?, rief Leo, eine kommt hier rein und stürzt sich auf mich? Klar, war sie eine Nutte. Und es hat auch nur vier Minuten gedauert, obwohl es mir vorkam wie …

Drei!, rief Alfred.

Die beiden Freunde mussten lachen.

Leo zündete sich eine Pall Mall an.

Und, fragte er, erzähl, wie war die Generalprobe?

Frag lieber nicht, meinte Alfred und berichtete seinem verblüfften Freund vom Desaster des Vortags.

Danach griff er zum Telefon und wählte die Nummer der Lubinskis. Almut war am Apparat. Nein, das gnädige Fräulein sei nicht zu sprechen.

Das war's, sagte er zu Leo, nachdem er aufgelegt hatte.

Alfred wusste, was geschehen würde, als er zwischen den Kindern stand und mit der Probe zum Purimspiel beginnen wollte und Herr Lustig mit ernster Miene erschien und ihn in den leeren Zuschauerraum rief:

Kinder, es geht gleich weiter, ich muss nur schnell mit dem Freddy was klären.

Lustig verzog sich in eine der hinteren Reihen. Kaum war Alfred neben ihm, legte er los:

Ich bin sehr, sehr enttäuscht, das kannst du dir sicher denken. Heute früh hat mich Frau Lubinski über die Vorkommnisse in Kenntnis gesetzt. Das ist ja ungeheuerlich!

Herr Lustig, ich möchte sagen, dass … wollte Alfred einwenden, aber der Gemeindevorsitzende unterbrach ihn ruppig.

Jetzt rede ich! Wie kannst du mein Vertrauen so bitter

enttäuschen? Du hast mich ausgenützt, hast hier heimlich eine Orgie inszeniert. Und wir haben dir unsere Kinder anvertraut. Wie stehe ich denn da?

Jetzt konnte sich Alfred nicht mehr zurückhalten.

Ich habe nichts Schlimmes getan. Ich weiß nicht, was Ihnen Frau Lubinski erzählt hat. Ich habe lediglich nach der Probe mit den Größeren ein anderes Stück geprobt. »Die schmutzigen Hände« von Sartre. Wir wollten Sie alle damit überraschen.

Lustig sprang auf.

Das ist dir gelungen. Ausgerechnet Sartre! Dieser französische, kommunistische Dreck! Was soll das? Gibt es nicht wunderbare Stücke von Scholem Alejchem oder meinetwegen Erich Kästner. Wo sich Menschen nicht küssen und an die Wäsche gehen? Das Mädchen ist noch ein Kind! Bist du meschugge? Willst du, dass wir alle ins Zuchthaus wandern?

Zuchthaus! Das fand Alfred reichlich übertrieben und musste grinsen.

Das sah Lustig als Provokation.

Ja, amüsier dich nur. Du hörst ab sofort mit der Arbeit hier auf. Du hast den Ruf des jungen jüdischen Theaters kaputt gemacht. Schäm dich.

Alfred war geknickt.

Und was wird aus dem Purim-Stück?, fragte er, die Kinder werden enttäuscht sein.

Zerbrich dir darüber nicht den Kopf, sagte Lustig, ich werde das Stück mit den Kindern weiterproben. Die Vorstellung findet statt. Auch ohne dich. Und du gehst jetzt bitte.

Alfred ging nach vorn an die Bühne und nahm seine Jacke. Die Kinder sahen ihn alle fragend an.

Herr Lustig probt mit euch weiter, sagte er und versuchte

mit der Stimme nicht zu zittern. Er verließ den Saal. Als er die Treppe hinunterlief, wäre er beinah gestürzt.

Alfred fuhr mit seinem Rad kreuz und quer durch die Stadt, er hatte kein Ziel. Sein Herz tat ihm weh, wie gern hätte er mit Juliette gesprochen. Er war sogar sicher, dass Herr Lubinski das alles nicht so tragisch sah. Aber seine Frau hatte das Kommando, ganz klar. Sie war der Zerberus! Und sie hatte beschlossen, dass sie sich nicht mehr sehen sollten. Aber tief in seinem Innersten wusste Alfred, dass sich diese Liebe nicht zerstören ließ. Niemals! Von niemandem! Er würde Juliette bis ans Ende seiner Tage lieben, nur sie. Und das musste er ihr so schnell wie möglich sagen. Deshalb fuhr er gegen sieben zum Holzhausenpark und würde warten, bis es dunkel ist. Er setzte sich auf eine Bank und beobachtete ein paar amerikanische Kinder, die auf einer Wiese Baseball spielten. Er dachte zurück an New York. Als er noch ein Kind war und einen Schläger besaß, auf dem »Adirondack« stand. Und als er auch so einen dicken Handschuh trug und keine Sorgen hatte.

Die Villa der Lubinskis lag im Dunkeln, nur in Juliettes Zimmer war noch Licht. Alfred schlich durch den Garten, der Kies knirschte leise. Am Haus, unterhalb von Juliettes kleinem Balkon, wucherten kräftige Weinranken. Geschickt kletterte der Junge nach oben und beugte sich über den steinernen Balkonsims. Er warf ein Kieselsteinchen gegen die Scheibe, und wenige Sekunden später war Juliette auf dem Balkon. Sie reichte ihm ihre Hand und zog ihn zu sich auf den Balkon. So standen sie sich eine Weile schweigend gegenüber, bis Alfred die Initiative ergriff und sie in seine Arme nahm und sie lang und innig küsste. Als sie zu weinen anfing, beschwor er sie, nicht aufzugeben, es würde alles wieder gut werden. Das müsste irgendwann auch ihre Mutter einsehen, aber sie legte ihm den Finger auf den Mund und sagte:

Ich muss in ein Internat, in der Schweiz!

Dann versagte ihr die Stimme.

Alfred hatte das Gefühl, Olli, der Hammer, hätte ihm in die Magengrube geschlagen! Wie perfide. Aber logisch. Die schreckliche Mutter würde alles tun, um sie zu trennen. Wie naiv er war! Wie konnte er nur geglaubt haben, dass sich bald alles wieder einrenken würde. Er machte sich gleichzeitig Vorwürfe. Er hatte dieses wunderbare Geschöpf aus ihrem behüteten, sorgenfreien Mädchenleben gerissen. Er konnte sich nicht mehr zurückhalten und begann ebenfalls zu weinen. Sie nahmen sich in die Arme, und Alfred schien es, als stünde er als Romeo mit seiner Julia auf dem Balkon in Verona und sie hätten beschlossen, gemeinsam in den Tod zu gehen.

In diesem Moment hörte er aus dem Hintergrund Frau Lubinski »Juliette?« rufen! Er sprang über den Sims, ließ sich in die Weinranken fallen und tat sich dabei ziemlich weh. Aber er hielt sich trotz der Schmerzen im Geäst fest und wagte kaum zu atmen. Juliette war zur Balkontür gelaufen, in der nun die Mutter erschien.

Was machst du denn da draußen?, wollte die Mutter wissen.

Ich dachte, man könnte die Sterne sehen, antwortete Juliette.

Komm, mein Kind, hörte Alfred die Mutter sagen. Es ist doch viel zu kalt. Nicht, dass du dir was holst. Das fehlte noch.

Sie schob das Mädchen ins Zimmer, schloss hinter ihm die Tür und zog die Vorhänge zu.

Alfred kletterte unter Schmerzen nach unten. Sein Ellbogen blutete. Vollkommen aufgelöst setzte er sich auf das Fahrrad und fuhr los. An der übernächsten Ecke sah er die blinkende Neonreklame einer Bar. Philip Marlowe hätte jetzt einen doppelstöckigen »Four Roses« gekippt. Aber Alfred radelte brav nach Hause.

In dieser Nacht hatte er einen entsetzlichen Traum:

Juliette wurde in einem einsamen, düsteren Kloster irgendwo im Massiv des Montblanc festgehalten. Alfred kämpfte sich des Nachts durch den eisigen Wind und den meterhohen Schnee, bis er in der Ferne die mächtige Festung erkannte. Über die Weinranken am Haus erreichte er den dunklen Schlafsaal der Novizinnen. Leise schlich er an den Betten entlang, wo die jungen Mädchen schliefen. Dann bemerkte er Juliette. Er küsste sie auf den Mund, um sie am Schreien zu hindern. Danach nahm er sie bei der Hand, und sie flohen ins Freie.

Aber der Schneesturm hatte zugenommen und heulte schauerlich. Oder waren es Wölfe? Alfred trug das Mädchen in seinen Armen durch die eisige Nacht. Juliette wurde immer schwächer, immer bleicher, immer kälter. Als sie bei einem düsteren Dorfgasthaus ankamen, war sie tot!

Alfred schreckte schreiend hoch, sodass sein Bruder wach wurde.

Was ist los?, fragte er verschlafen.

Ich habe Juliette verloren, für immer.

Alfred ließ sich zurück in sein Kissen fallen.

Ach so. Schlaf weiter, sagte Moritz.

Er war wieder der Alte.

28.

Nein, ich kann Ihnen nicht genau sagen, wie lange ich auf dem Grawert-Hof blieb.

Fränkel überlegte.

Warten Sie, ich bin am 20. Juli hingekommen, und es war Ende Oktober, als ich weg bin.

Immerhin knapp drei Monate, bemerkte Kramski, gibt es da irgendetwas zu berichten? Ich meine, was relevant für uns wäre.

Ich habe ja keine Ahnung, was relevant für Sie ist. Einmal interessieren Sie sich für meine Kleidung, dann fragen Sie nach dem Wetter oder was ich gegessen habe.

Mister Fränkel, Sie sind hier, weil man Ihnen vorwirft, mit dem nationalsozialistischen Regime zusammengearbeitet zu haben …

Das glauben Sie tatsächlich immer noch?, fragte Fränkel ernsthaft besorgt.

Es ist nicht von Bedeutung, was ich glaube. Wir erstellen hier ein Protokoll, und danach wird es übersetzt, und danach wird es durchgearbeitet von verschiedenen Abteilungen und Beamten, die sich gut auskennen. Und danach bekommen Sie Bescheid, ob Sie entlastet sind. So läuft das.

Und Ihre Meinung zählt überhaupt nicht?

Doch, sicher wird man mich auffordern, eine Beurteilung abzugeben, aber …

Ah, und wie wird Ihre Beurteilung ausfallen, Major? Das

würde mich schon interessieren, nachdem wir seit Monaten hier aufeinanderhocken.

Fränkel sah den Offizier an. Der blieb einen Moment schweigsam, er drückte sich ganz offensichtlich um eine Aussage. Dann begann er:

Meine Meinung ist nicht ausschlaggebend. Und außerdem weiß ich noch nicht, wie Ihre Geschichte endet. Also, wenn ich bitten darf.

Er bat Lederman, die letzten Worte des Verhörs abzuspielen.

»... und eine Wurst habe ich danach nie mehr angerührt. Das erinnert mich zu sehr an diese Gedärme. Ich kann keine Wurst mehr sehen.«

Lederman stoppte das Band.

Bitte, sagte Kramski zu Fränkel und nickte dem Sergeanten zu.

Der drückte auf zwei Tasten, das Band lief wieder, und Fränkel begann weiterzuberichten:

Die nächsten Wochen verliefen einigermaßen friedlich, wenn man das so sagen kann. Die Frau hatte alles aus dem Schwein rausgeholt, was man rausholen konnte. Einiges hatte sie verkauft, vieles getauscht. Ich kümmerte mich um das Räuchern des Schinkens und half bei der täglichen Arbeit. Glücklicherweise erkannte man schon von Weitem, ob sich jemand dem Gehöft näherte. So konnte ich immer rechtzeitig verschwinden.

Bekam die Frau oft Besuch?

Nein, selten. Mal ein Nachbar, der blieb nicht lange. Eine Kriegerwitwe mit totem Sohn ist den Leuten keine so angenehme Gesellschaft. Sybille wurde gemieden, und ihr machte das nichts aus, im Gegenteil. Einmal kam der Bürgermeister, und ich versteckte mich wieder oben auf dem Heuboden.

Was wollte der?

Er hatte die Vermutung, dass die Frau schwarz geschlachtet habe, aber sie widersprach heftig.

Dann wollte er das Schwein sehen, und sie sagte, dass litauische SS hier durchgezogen sei und es mitgenommen hätte. Warum Sie das nicht gemeldet habe, wollte der Mann wissen.

Hättest du persönlich die Verfolgung aufgenommen?, fragte sie zurück.

Das war dem Bürgermeister nicht angenehm, und er verzog sich.

Wie vergingen die Tage? Und die Nächte, Herr Fränkel.

Gut, ich gebe zu, es war schon prickelnd, mit einer attraktiven Landfrau alleine, und ich war sicher, sie hätte auch nicht Nein gesagt. Außerdem hätte es das letzte Mal sein können und dann hätte ich mir Vorwürfe gemacht, das nicht noch einmal genossen zu haben. Einmal sind wir uns abends vor dem Kamin ziemlich nahgekommen, aber dann habe ich doch einen Rückzieher gemacht. Schade, Pech.

Haben Sie mitbekommen, wie es um den Krieg stand?

Ja, wenn die Frau wegfuhr, habe ich mich angeboten zu kochen, und dann habe ich in der Küche London gehört, und bevor sie kam, die Skala wieder verstellt. Ich war informiert und wusste, dass die Russen schon vor Königsberg standen.

Haben Sie mit ihr über Politik gesprochen?

Klar. Es war furchtbar, dass Hitler noch lebte, dass er das Attentat überstanden hatte und dass er noch schlimmer wütete als vorher. Man hatte den Eindruck, er wollte das deutsche Volk dafür bestrafen, dass es den Krieg zu verlieren schien, und er hat ja so etwas Ähnliches auch gesagt. Das deutsche Volk sei seiner nicht würdig und solle untergehen. Die Zukunft gehört den Ostvölkern. Das muss man sich mal vorstellen! In »Mein Kampf« hatte er ja schon geschrieben: Das deutsche Reich wird Weltmacht sein oder nicht mehr sein.

Wie hat die Frau darauf reagiert?

Diese Frau war gebrochen. Sie wollte nur, dass bald alles zu Ende ist. Das wäre auch beinah passiert.

Wie das?

Es war in der letzten Septemberwoche, glaube ich, als plötzlich das Geräusch von Truppen zu hören war. Raupen, Motoren, Ketten, Eisenräder, Reifen. Ich rannte so schnell ich konnte wieder zum Heuboden, um mich zu verstecken. Vorsichtig lugte ich hinaus. Deutsche Soldaten, Wehrmacht kam auf den Hof! Artillerie mit einer Kanone, mit Raupenfahrzeugen, Kübelwagen, einem Mannschafts-Lkw. Etwa fünfzig Mann. Eine Vorhut ging in die Küche zu der Frau, der Rest lungerte im Innenhof herum. Einige waren abgestiegen und schauten neugierig in den Stall und um die Ecken. Sie suchten nach Essbarem. Dann kam der Zugführer wieder aus dem Haus und sagte, dass die Frau gestattet hätte, dass sie alle hier übernachten! Er hatte sogar einen Schinken dabei, den die Bäuerin ihm mitgegeben hatte. Ein »Hoch« der edlen Spenderin! Alle applaudierten. Dann aßen sie zu Abend, sie tranken und grölten und verteilten sich anschließend, um sich Schlafplätze zu suchen. Als einige von ihnen in die Scheune kamen und nach einer Leiter suchten, um auf den Heuboden zu kommen, schlich ich mich durch meine Bodenklappe in die Kammer. Auf der Stiege hörte ich bereits Stiefel nach oben stampfen und laute Stimmen. Sybille hatte den Offizieren wohl gestattet, im Haus zu übernachten. In der Kammer hatte ich eine Flasche vom Selbstgebrannten versteckt, und ich trank in raschen Schlucken. Eine Ladung gab ich auf mein Hemd, dann legte ich mich aufs Bett und tat, als ob ich meinen Rausch ausschliefe. Wie ich es erwartet hatte, stand plötzlich ein Soldat in meinem Zimmer und rief: He, kommt mal her. Seht euch das an!

Hinter ihm erschienen ein paar andere und lästerten, und schließlich kam ein Leutnant, der die Gaffer wegscheuchte. Er baute sich vor mir auf, schrie: Aufstehen! Wer bist du?

Ich erhob mich, versuchte einen Hitlergruß und schwankte und lallte: Also, es ist so, ich … Das ist Heinz Frentzel, mein Schwager, hörte ich die Frau im Hintergrund sagen, ihm gehört die Hälfte des Hofs, seit meine Schwester tot ist.

Das ist korrekt, lallte ich.

Reißen Sie sich zusammen, Mann!, schrie der Offizier. Ihre Schwägerin schuftet wie blöd, und Sie? Sie saufen sich den Verstand weg.

Jawoll, Herr General, zu Diensten!

Er schubste mich aus dem Zimmer, und ich fiel auf die Dielen.

Von unten rief ich: Gestatten, Invalide, Beinschuss, Herr … wie war der Name?

Das war dem Offizier unangenehm, er bat zwei Soldaten, mich auf die Beine zu stellen. Die Frau sah mich mit großen Augen an. So eine perfekte Show hatte sie nicht erwartet.

Melde gehorsamst, sagte ich hinkend und grüßte militärisch, meine Schwägerin hat Mann und Sohn dem Führer geopfert. Sie braucht mich hier, verstehen Sie?

Der Offizier wurde handzahm.

Ja, das verstehe ich, Herr …?

Frentzel, Heinz Frentzel, wenn's beliebt.

Aber Sie müssen sich zusammenreißen, trotz der Schicksalsschläge. Auch hinter der Front wird jede Hand gebraucht. Also, wir trinken ja alle gern ein Schnäpschen, aber … wie gesagt, Ihre Schwägerin braucht sie. Er zeigte in die Kammer. Legen Sie sich wieder hin, Herr Frentzel, und morgen früh will ich Sie frisch und munter sehen. Und nüchtern. Verstanden?

Damit warf ich mich wieder auf mein Bett, und alle verließen mein Zimmer. Ich drückte mein Gesicht in das Strohkissen und dachte, wann ist dieser Albtraum endlich vorbei?

Wie ging es dann weiter?, wollte Kramski wissen.

Am nächsten Morgen rückten sie gegen sechs ab. Ich war nüchtern und stand neben Sybille vor der Küche. Der Trupp sollte die Rote Armee spätestens am Kurischen Haff aufhalten, und wir wünschten viel Glück. Die Soldaten winkten noch lange, und wir auch. Als sie verschwunden waren, hakte sich Sybille bei mir unter und gab mir einen Kuss auf die Wange. Du warst knorke, sagte sie. Du aber auch, Schwägerin, gab ich das Kompliment zurück.

Gab es sonst noch irgendwelche Ereignisse in diesen Wochen?

Nein. Aber Ende Oktober ging es richtig los.

Was geschah da?

Die Russen kamen!

Fränkel machte eine Pause. Er legte die Finger an die Schläfen, als müsste er sich zwingen nachzudenken. Leise sprach er dann weiter:

Sybille war einige Male im Dorf gewesen und auch mal zwei Tage in Rastenburg bei einer Tante, und jedes Mal, wenn sie zurückkam, sagte sie, es könne nicht mehr lange dauern und der Russe sei hier.

Der Russe! Es gab ja nur einen. Na ja, sie berichtete über schreckliche Dinge, die er mit den Frauen anstellte. Und dass er die Männer ohne Gnade erschoss, der Russe. Er raubte und plünderte und hinterließ verbrannte Erde. Ich riet der Bäuerin, sich irgendwo zu verstecken oder Richtung Westen zu fliehen, am besten mit einem der zahlreichen Flüchtlingstrecks, die hier vorbeizogen. Oder nach Gotenhafen zu gehen, von dort aus gingen Schiffe. Aber sie wollte von all dem nichts wissen.

Sie würde den Hof nicht im Stich lassen, egal was auch kommt!

Und Sie?, wollte Kramski wissen.

Ich? Ich war davon überzeugt, dass ich bei den Russen sicher wäre. Ich sehnte mich förmlich nach ihnen, dann wäre für mich die Flucht vorbei, dann wäre ich ein freier Mann.

Im Oktober wurde Königsberg eingekesselt. Einige Tage danach hörten wir schon Geschützdonner in etwa vierzig Kilometer Entfernung. Vermutlich versuchte die Einheit, die bei uns Station gemacht hatte, mit ihrer lächerlichen Kanone den russischen Vormarsch aufzuhalten.

An einem Nachmittag musste ich mich schnell auf dem Heuboden verstecken, denn ein deutsches Militärfahrzeug näherte sich dem Hof. Ich konnte aus meiner Luke spähen und sehen, wie Sybille mit zwei Männern sprach, die dann wieder davonfuhren. Später erzählte sie mir, dass es zwei Männer der Gauleitung waren, die ihr mitgeteilt hatten, wann und wo der letzte Transport hier aus der Gegend abgehen würde.

Und wann sollte das ein?

Am nächsten Morgen um acht.

Und? Kramski war sehr gespannt.

Für die Frau kam das gar nicht infrage, sie würde bleiben. Und ich sowieso. Also setzten wir uns in die Küche und spielten eine Partie Zwickmühle, ein Brettspiel für Kinder. Gegen zehn Uhr gingen wir zu Bett. Ich hatte mich kaum hingelegt, da klopfte sie an der Tür. Sie kam ins Zimmer und setzte sich auf mein Bett. Sie nahm meine Hand und sagte: Was immer auch passiert, ich bin sehr froh, dass du bei mir bist. Danke. Dann küsste sie mich auf den Mund, sie schloss die Augen, versuchte mit ihrer Zunge meinen Mund zu öffnen, aber ich reagierte nicht. Sie lächelte traurig und ging.

Was geschah dann?

Am nächsten Tag, es war gegen Mittag, da lief ich zu ihr in den Stall und sagte, ich glaube, ich habe Panzer gehört. Sie war ruhig.

Sie machte ihre Arbeit zu Ende, ging ins Haus und meinte, es sei besser, wenn ich mich verstecken würde. Sie gab mir etwas Brot und Speck und schickte mich auf den Heuboden. Eine Stunde später hörte ich einen Lkw kommen und einen zweiten Wagen und kurze Zeit später russische Befehle, Schreie, Rufe.

Was haben Sie empfunden?

Ich war ziemlich sicher, was mich betraf, aber ich machte mir ernsthaft Sorgen um Sybille, zumal ich sie einige Male habe schreien hören.

Was haben Sie gehört?

Lasst mich in Ruhe! Ich bin kein Nazi! Aber die Russen haben gegrölt und gelacht, und dann hörte ich Schläge und Schüsse. Und dann wurde die Tür zur Scheune aufgestoßen, und einige Soldaten kamen rein, sie stießen die Frau vor sich her. Sie fiel auf den Boden. Drei Soldaten kamen und machten sich über sie her.

Was passierte genau?

Muss das sein?

Ja. Bitte.

Sie vergewaltigten sie. Einer von hinten, der andere von vorne. Einer hielt sie fest. Dabei wurde sie geschlagen und bespuckt. In einem Moment lag sie auf dem Rücken und starrte zu mir hoch. Als einer lachend von ihr abließ, hörte ich, dass sie »Heinz, hilf mir« röchelte. Es war der Wahnsinn! Was sollte ich tun? Es kamen ja bereits die nächsten Soldaten rein und zogen die Hosen runter. Sie müssen wissen, ich bin nicht zum Helden geboren. Ich lag also da oben und schaute runter, aber brachte mich nicht in Deckung.

Ich dachte, wenn sie mich jetzt erwischen, dann soll es so sein. Und tatsächlich. Einer folgte ihrem Blick nach oben und sah mich.

Er brachte seine Maschinenpistole in Anschlag und schrie und machte eine Bewegung, dass ich runterkommen sollte. Aber es gab ja keine Leiter. Egal. Ich musste versuchen runterzuklettern, was ich auch tat, dann sprang ich runter, aus etwa drei Metern. Dabei stürzte ich und verknackste mir den Fuß. Aber ich biss die Zähne zusammen und erhob mich und hielt die Hände hoch. Jedenfalls ließen sie die Frau in Ruhe, die zusammengekrümmt auf dem Boden lag und wimmerte. Der Soldat schrie und beschimpfte mich und stieß mich mit dem Gewehrlauf nach draußen ins Freie.

Haben Sie nicht versucht Ihre Situation zu erklären?

Was denken Sie? Da herrschte nur noch Panik, von beiden Seiten! Alle brüllten durcheinander, keiner sprach Deutsch, und wenn ja, hätten sie mir auch geglaubt? Ich musste mich hinknien, und der Kommandant kam. Ein großer, viereckiger, wenig vertrauenerweckender Mann mit einem Revolver. Er hatte ja noch nicht einmal seine Leute davon abgehalten, über die Frau herzufallen. Die hatten sie inzwischen aus der Scheune geschleift und neben mich geworfen, wie einen Sack. Sie wimmerte. Sie hatte Schmerzen.

Was ging in Ihnen vor?

Ich war davon überzeugt, dass irgendein hasserfüllter Soldat in der nächsten Sekunde auf mich schießen würde, einfach so. Warum auch nicht? Wir waren für sie das Naziehepaar, ganz einfach. Ich dachte, verdammte Scheiße, da bist du so einen langen Weg gegangen, hast so viele Gefahren überstanden, um hier abgeknallt zu werden. Aber vielleicht war es die Tatsache, dass ich, äußerlich jedenfalls, ruhig blieb und immer wieder den gleichen Satz sagte, wie bei einer Schallplatte, die hängt: Ich Jude, ich KZ, Frau gut, nix Nazi! Ich Jude, ich KZ, Frau gut, nix Nazi!

Irgendwann hörten sie auf zu schreien und mich zu beschimpfen, ich solle das Maul halten, aber ich sprach immer weiter, und so konnten meine Worte gehört werden. Selbst Sybille drehte ihren Kopf zu mir und starrte mich an.

Dokument, sagte der Offizier, und ich fingerte meinen Ausweis aus meinem Hemd. Er nahm ihn.

Geinz Frentzel, las er laut.

Sie wissen vielleicht, die Russen sprechen das H wie ein G. Auch der Hitler heißt bei denen Gitler. Komisch, nicht? Klingt fast jüdisch.

Kramski erhob sich. Das alles schien ihn ziemlich mitzunehmen, obwohl Robert Fränkel ja lebend vor ihm saß und er das Drama vermutlich überlebt hatte.

Sprechen Sie weiter, bitte, sagte der Amerikaner, der jetzt hinter ihm stand.

Fränkel redete zu dem leeren Stuhl vor ihm.

Irgendwann schrie er mich an.

Du KZ? Wo?

Sachsenhausen.

Warum?

Ich Jude. Mein Name Fränkel, Robert Fränkel.

Fränkel? Jewrej?

Ja.

Geinz Frentzel!

Papiere nix gut.

Wo?

Gekauft. Dollar.

Er machte mit seinem Revolver eine Bewegung, dass ich aufstehen sollte und die Hose runterlassen. Das tat ich.

Der Kommandant und ein weiterer Soldat besahen sich meinen Schwanz. Dann sprachen sie miteinander. Sie schienen mir zu glauben. Dann zeigten sie auf die Frau.

Ich sagte schnell: Frau gut, nix Nazi!

Der Kommandant gab einen Befehl. Zwei Soldaten stellten Sybille auf die Beine, sie konnte kaum und nur unter Schmerzen laufen. Sie legten ihr eine Decke über die Schultern und setzten sie in einen Geländewagen. Ich musste hinten hineinkriechen. Zwei Soldaten und der Fahrer stiegen zu. Wir fuhren los.

Kramski setzte sich wieder.

Wie spät war es?, fragte er.

Ich schätze mal so zwei Uhr.

Wo brachte man Sie hin?

Ins Dorf. Es war gespenstisch. Zerschossene Häuser,

Scheunen brannten. Leichen lagen neben der Straße oder in den Vorgärten. Nicht nur Wehrmacht, auch eine Menge Zivilisten. Auch Frauen und Kinder. Es war die Hölle. Auf dem Marktplatz standen ein paar Männer, darunter der Bürgermeister, die Hände hinter dem Kopf. Offensichtlich schon seit Stunden. Vor ihnen ein Panzer, der das Rohr auf sie gerichtet hatte. Es war dem kleinen Rathaus gegenüber, an dessen Fenster der Volksempfänger gestanden hatte, als ich mit dem Rad vorbeigefahren war, am 20. Juli. Knapp drei Monate waren vergangen, und jetzt? Jetzt hatten die Russen das Sagen. Und das taten sie auch. Und wie! Sie werden es nicht glauben, aber mich überkam so etwas wie Mitleid. Diese geschundenen Menschen. Einfache Bauern, die nur ihr kleines verschissenes Leben retten wollten.

Kramski wollte das nicht hören:

Es waren Nazis. Sie hatten die Juden ausgerottet. Vielleicht nicht sie persönlich, aber sie hatten dem System gedient.

Wissen Sie, Major, sagte Fränkel, ich habe mich oft gefragt, wie das so ist mit der individuellen Schuld. Welche Möglichkeiten hatte der Einzelne, Nein zu sagen?

Kramski unterbrach.

Das mag sein, und das ist sicher auch so, aber der, der Nein gesagt hat, hat etwas getan. Für sich und für die Opfer. Lassen Sie uns Schluss machen für heute.

29.

Der Tag war gekommen – Armageddon! Juliettes Abreise in die Schweiz. Bis zuletzt hatte Alfred noch gehofft, eine unerwartete Wende würde eintreten. Ein Blitz hätte in die Lubinski-Villa eingeschlagen und Juliette als Waise zurückgelassen. Oder ihre Mutter hätte plötzlich erkannt, dass Liebe alle Ketten sprengt, oder das Unwahrscheinlichste: Lubinski hätte sich gegen seine Frau durchgesetzt!

Alfred hatte es vor ein paar Tagen tatsächlich gewagt, den Anwalt morgens vor seinem Büro abzupassen. Obwohl es ein normaler Schultag war, hatte Alfred am Vortag behauptet, morgen sei ein jüdischer Feiertag, und der Klassenlehrer hatte, wie nicht anders zu erwarten, frag- und arglos die Abwesenheit genehmigt. Der erzwungene Philosemitismus der Nachkriegsjahre hatte durchaus nutzenswerte Vorteile.

Da der Maybach im Halteverbot vor der Kanzlei stand, Herr Ruppert davor, die Bild-Zeitung lesend, wusste Alfred, dass Lubinski zum Gericht fahren würde. Und schon wehte der dicke Anwalt, Robe, Leitz-Ordner und Aktentasche unter dem Arm, aus dem Haus. Ruppert warf die Zeitung auf den Beifahrersitz und war im Begriff, die hintere Tür zu öffnen … als Alfred, wie aus dem Nichts, plötzlich dastand und Juliettes Vater ansprach!

Herr Doktor Lubinski, sagte er mit unsicherer Stimme, ich hätte Sie gern einen Moment gesprochen.

Lubinski blieb stehen, sah sein Gegenüber prüfend an und sagte dann süffisant: Guten Tag, Alfred.

Ja, Verzeihung, guten Tag, holte der Junge rasch nach.

Inzwischen sah der Anwalt skeptisch auf seine riesige Jaeger-LeCoultre-Armbanduhr, welche die Ausmaße von Big Ben hatte, und meinte nur:

Ich bin auf dem Weg zu einem Gerichtstermin. Ergo, zwei Minuten. Schieß los!

Zwei Minuten! Wie sollte Alfred in zwei Minuten seine tonnenschwere Seelenlast loswerden? Er begann:

Es tut mir sehr leid, das mit Juliette, aber es war wirklich ganz harmlos. Wir haben ein Theaterstück geprobt, und da stand ein Kuss im Text. Und dann kam Ihre Frau und war ziemlich wütend. Aber ich frage mich, ob es nicht eine zu harte Strafe ist, Juliette deshalb in ein Internat zu stecken. Ich versichere Ihnen, dass ich keine unehrenhaften Absichten verfolge, im Gegenteil. Ich respektiere und bewundere Juliette, und meine Liebe für sie ist rein platonisch, das müssen Sie mir glauben. Ich würde mich verpflichten, sie ein Jahr lang nicht zu sehen, wenn sie in Frankfurt bleiben dürfte. Ich akzeptiere auch jede andere Strafe, aber sie dürfen Ihre Tochter nicht für meinen Fehler bestrafen. Das ist ungerecht, und Sie sind doch ein Mann des Rechts.

Der Anwalt schaute den Jungen einen Augenblick schweigend an, dann sagte er:

Recht hat nichts mit Gerechtigkeit zu tun. Das wirst du irgendwann verstehen, mein junger Freund. Und was den Fall meiner Tochter betrifft, sind mir die Hände gebunden. Meine Frau hat sich nun mal ganz der Erziehung des Kindes gewidmet, und ich muss ihre Entscheidungen akzeptieren, auch wenn ich sie hin und wieder fragwürdig finde.

Können Sie denn nicht Einspruch einlegen?, fragte Alfred und benutzte bewusst einen juristischen Terminus.

Lubinski musste schmunzeln.

Dem wird nicht stattgegeben, Freddy! No way.

Lubinski hatte ihn Freddy genannt, das bewies ohne Frage ein gewisses Wohlwollen, auch Verständnis. Wieder sah der Anwalt auf die Uhr.

Vivere militare est, sagt Seneca. Du weißt, was das heißt?

Ja, antwortete Alfred, leben heißt kämpfen.

Gut so, ich muss los. Adieu.

Lubinski tätschelte ihm kurz die Wange, rief dann »Ruppert«, und schon wurde der Schlag geöffnet, und der Anwalt stieg ein. Er ließ sich schwer auf den ledernen Rücksitz fallen, dass es zischte, öffnete den Aktenordner und vertiefte sich in den nächsten Fall, während der Wagen davonfuhr. Alfred sah ihm nach, wie er sich in den Verkehr einfädelte.

Der Tag, an dem Juliette mit ihrer Mutter Frankfurt in Richtung Schweiz verließ, war ein schwarzer Tag für Alfred. Er saß in der Schule, schrieb eine Mathearbeit und konnte sich nicht konzentrieren. Er wusste, er würde die Arbeit vergeigen, das war der Tribut, den er für die Liebe zu zahlen bereit war. Er dachte an seine Freundin, wie sie schweigend im eleganten Helvetia-Express nach Zürich saß, in der Ersten Klasse, der strengen Mutter gegenüber. So wie er hier, würde auch sie traurig aus dem Fenster schauen, und jeder Telegrafenmast, der vorbeiflog, entfernte sie immer mehr von ihrem Glück.

Er schloss die Augen und sah sich plötzlich einige Jahre später. Als jungen erfolgreichen Filmstar. Mit einem Rolls Royce und quietschenden Reifen raste er eine Schweizer

Serpentinenstraße hoch und kam irgendwann vor einer trutzigen Burg am Wassergraben zu stehen.

Ich bin Alfred Kleefeld, schrie er hinüber, öffnet das Tor! Ich bin gekommen, meine Verlobte zu holen.

Die Zugbrücke wurde knarrend heruntergelassen und das Gitter hochgezogen. Mit dem Wagen fuhr er auf den Innenhof, und aus den Fenstern sahen viele junge Mädchen nach unten. Sie flüsterten, sie hatten ihn erkannt. Aus den Filmzeitschriften, die sie heimlich lasen. Und dann erschien sie! Juliette war in den wenigen Jahren noch viel schöner geworden. Sie war zu einer edlen jungen Frau gereift. Er nahm sie in die Arme, und von überall war Applaus zu hören …

Schläfst du oder was?, fragte Dr. Funke, der Mathelehrer, der einarmige Bandit, wie ihn die Schüler nannten.

Alfred schreckte hoch.

Funke bemerkte, dass Alfred noch kaum eine Aufgabe gelöst hatte.

In fünf Minuten ist Sense, sagte er kalt.

Alfred schaute zu Ernst Seidel, seinem Nebenmann. Der schob ihm unauffällig sein Heft zu.

Am Ende reichte es für eine Drei. Alfred hatte bewusst ein paar Fehler eingebaut, er war ja nicht blöd.

30.

Mit etwas Glück ist das heute unsere letzte Sitzung, sagte Kramski. Sehr bedauerlich, meinte Fränkel verschmitzt, ich hatte mich gerade an Sie gewöhnt. Ich weiß gar nicht, was ich in Zukunft dienstags machen soll.

Der Major lachte, was ja in den letzten Monaten selten vorgekommen war, und sagte dann:

Nun, Mister Fränkel?

Ja, wie gesagt, die Russen hatten ganz schön gewütet. Wir wurden zum Rathaus gefahren, zum russischen Standortkommandanten. Ruppig stieß man Sybille und mich aus dem Auto. Nach einer Minute befanden wir uns im ehemaligen Büro des Bürgermeisters. Hitler lag zerbrochen und zertreten am Boden, jetzt hing der Genosse Stalin am Haken. Hinter dem Schreibtisch des Bürgermeisters saß der Kommandant, neben ihm stand ein Politkommissar. Er sah aus wie einer von der Gestapo, mit Ledermantel und unerbittlichem Blick. Der Offizier, der uns begleitet hatte, übergab dem Kommandanten meinen Ausweis. Die Männer sprachen leise, während der Lederne uns nicht aus den Augen ließ. Dann sagte der Kommandant etwas auf Russisch, und der Mann in Leder übersetzte in gar nicht mal so schlechtem Deutsch.

Sie sind Jude?

Ja, sagte ich.

Wie kommen Sie zu dem deutschen Ausweis?

Ich habe ihn gekauft, in Berlin, nach meiner Flucht aus Sachsenhausen.

Die Männer sprachen wieder einen Moment miteinander.

Stimmt es, dass in Sachsenhausen auch russische Kriegsgefangene sind?

Ja, das ist richtig. Und denen geht es noch schlimmer als den Juden. Man lässt sie verhungern.

Wie konnten Sie aus dem Lager fliehen?, fragten sie mich.

Bei Außenarbeiten, sagte ich.

Kramski unterbrach und fragte:

Wieso haben Sie den Russen nicht die Wahrheit gesagt?

Fränkel lachte.

Na, Sie machen mir Spaß! Damit ich bei denen das Gleiche erlebe wie hier? Mit Kollaboration und so? Nein, ich hatte die Absicht, eine normale Häftlingsgeschichte zu erzählen. Die wurde mir auch abgekauft. Die Vernehmung dauerte etwa eine Stunde, und ich war sehr gut. Ich erzählte, wie ich geflohen bin, mich nach Berlin durchgeschlagen habe und mich dort ein paar Wochen verstecken konnte ... bei ehemaligen deutschen Genossen!

Na, das war was, als die das Wort »Genossen« gehört haben. Sie haben sich angegrinst. Bei Genossen untergekommen! Das war die halbe Miete. Von da an haben sie mir alles geglaubt. Auch dass ich mich mit dem falschen deutschen Ausweis wieder unters Volk mischen musste und dann eine Tätigkeit in Königsberg bekam. Und als wir alle zum Volkssturm eingezogen werden sollten, da hatte ich keine Lust, mich kurz vor dem Ende noch für das Schwein Hitler totschießen zu lassen, und bin abgehauen. Die Bäuerin, Mann und Sohn verloren, die hat mich monatelang versteckt, obwohl ich ihr gesagt habe, dass ich Jude bin und Deserteur. Sie ist eine Heldin.

Das sahen die Russen genauso. Sie haben Sybille die Hand geschüttelt, und der Kommandant hat sich entschuldigt, für die »Unannehmlichkeiten«, die ihr seine Leute bereitet haben. Er hat uns einen Passierschein ausgestellt. Einen sogenannten »Propusk«.

Was stand da drauf?

Dass ich Robert Fränkel heiße, Jude bin, ehemaliger KZ-Häftling und Genosse und im Widerstand war.

Haben Sie den noch?, fragte Kramski.

Ach was! Stellen Sie sich vor, ich hätte mich bei den Amerikanern als Genosse vorgestellt. Nein, nein, ich habe denen gesagt, ich komme aus dem KZ und habe keine Papiere mehr.

Wie sind Sie nach Berlin gekommen?

Wir sind zuerst noch mal zurück auf den Bauernhof gekarrt worden. Dort hatten die Russen inzwischen das Pferd konfisziert und die Kuh geschlachtet, und eine Grillparty war in vollem Gange. Das war denen sehr unangenehm, als wir dort erschienen, insbesondere das mit der Frau, also das war hochnotpeinlich. Je besoffener sie wurden, desto öfter haben sie sich bei der Frau entschuldigt, und der Kommandant hat der Frau sogar angeboten, die Männer, die sie vergewaltigt hätten, hart zu bestrafen! Aber Sybille wollte sich nur waschen. Dann gingen wir in ihr Schlafzimmer und haben uns dort aufs Bett geknallt, und ich habe sie in den Arm genommen, so wie ein guter Freund, und sie hat sich in den Schlaf geweint.

Am nächsten Tag habe ich ihr geholfen, ein paar Sachen zusammenzupacken, Erinnerungsstücke, Fotos, Schmuck, Klamotten, das Notwendigste halt. Ein Koffer. Dann sind wir ins Dorf gefahren worden, und als uns einige Dorfbewohner gesehen haben, in dem Armeewagen, da haben sie Sybille böse angeschaut und ihr »Verräterin« und »Russenhure« hinterhergerufen.

Wir sind im Tross der Roten Armee Richtung Berlin gezogen, sie haben uns immer den Weg freigeschossen, wenn Sie so wollen, ein halbes Jahr hat das gedauert, bis wir in Torgau ankamen, im April 45. Da standen die Amerikaner auf der anderen Seite der Elbe, und die Russen haben uns rübergelassen.

Denn wir hatten gesagt, wir wollen in den Westen. Sybille hatte Verwandte in Kassel. Erst jetzt habe ich wirklich daran geglaubt, dass alles vorüber war. Ich bekam einen US-Passierschein auf meinen Namen und war ein freier Mann.

Kramski bemerkte, dass Fränkel Tränen in den Augen hatte, als er nach einer Pause weitersprach.

Ich hatte schon viel gesehen in diesem Krieg, aber als ich nach Berlin kam, Mannomann, dit hat ausjesehn. Da war ja keen Stein mehr uff'm andern!

Was geschah mit Sybille Grawert?

Tja, gute Frage. Sie wollte auf keinen Fall in Berlin bleiben. Sie wollte nach Kassel. Und das hat sie auch gemacht. Wir wollten in Verbindung bleiben, was man so sagt, nicht wahr? Als ich dann zwei Jahre später von Berlin über Kassel nach Frankfurt fuhr, mit der Eisenbahn, da hatte ich in Kassel kurz das Bedürfnis, auszusteigen, aber ich bin sitzen geblieben. Wie das so ist. Wer weiß, wenn ich ausgestiegen wäre …

Fränkel schaute in die Ferne.

Kramski lehnte sich zurück und gab Lederman das Zeichen, das Band zu stoppen. Er sagte förmlich:

Wir sind am Ende, Herr Fränkel. Haben Sie vielen Dank für Ihre Mitarbeit.

Er beugte sich nach vorn und legte Fränkel ein Formular vor.

Hier, wenn Sie so nett sind und unterschreiben …

Kramski holte einen Füllfederhalter hervor und legte ihn auf das Formular.

Was unterschreibe ich da?, wollte Fränkel wissen.

Sie bestätigen, dass Sie Ihre Aussagen nicht unter seelischem oder körperlichem Druck gemacht haben, dass Sie respektvoll behandelt wurden und alle Einlassungen freiwillig waren. Dass Sie nach bestem Wissen und Gewissen ausgesagt haben, über sich und andere. Dass Sie gegebenenfalls bereit sind, die Aussagen zu beeiden. Und dass Sie über das Gesprochene, Gesehene und Gehörte Stillschweigen wahren werden.

Wie, sagte Fränkel unsicher, ich darf weder meiner Frau noch meiner Tochter irgendwann davon erzählen?

Kramski lächelte.

Nein, das sehen wir nicht so streng. Aber warten Sie bitte, bis Sie den Bescheid über das Ergebnis der Untersuchung in Händen haben. Wie gesagt, das kann ein wenig dauern. Ach, und noch etwas. Sie bekommen von uns eine Abschrift in englischer Sprache zugestellt. Wenn Sie die bitte prüfen oder prüfen lassen, von einer Person Ihres Vertrauens und dann gegenzeichnen? Damit alles seine Richtigkeit hat. Und falls es Einwände gibt, lassen Sie es mich wissen.

Fränkel unterschrieb.

Kramski erhob sich.

Auch Fränkel stand auf.

Die Männer gaben sich die Hand.

Thank you, Mister Fränkel, sagte Kramski, it was a pleasure talking to you. You are a bright person and pretty entertaining, indeed.

Gleichfalls, sagte Fränkel.

Er nahm seinen Mantel, ging zu Lederman und sagte:

Mister Jedermann, thank you.

Goodbye, Mister Fränkel.

Lederman öffnete die Tür, und Fränkel verließ zum letzten Mal Kramskis Büro.

31.

In den ersten Wochen schrieben sich Juliette und Alfred noch regelmäßig lange Briefe. Anschrift und Absender waren mit Davids Adresse und dem Namen »Baby Bermann« versehen, sodass im Internat kein Verdacht erregt wurde. Alfred war sicher, dass Frau Lubinski bereits eine Geheimagentin, eine Mata Hari in diesem Mädchengefängnis hatte, die ihr regelmäßig Bericht erstattete.

Juliette erzählte in ihren Briefen von den merkwürdigen Regeln und Ritualen in diesem abgelegenen Haus, das sie »Zauberberg« nannte. Sie schrieb von ersten Freundschaften, die sich ergeben hatten, von wohlerzogenen Mädchen aus reichen Familien, die Zoe, Miranda, Heather oder Phoebe hießen. Die Tage waren eintönig, der Unterricht streng, Radio konnte man nur heimlich hören. Einmal im Monat ging es mit dem Bus nach Genf ins Theater, wo man sich ein Stück von Molière oder immerhin von Jean Giraudoux ansehen durfte. Anschließend mussten die Mädchen dann lange Abhandlungen auf Französisch schreiben.

Alfred wollte Juliette immer mit skurrilen Neuigkeiten aus Frankfurt aufheitern. Er berichtete vom WIZO-Ball, den seine Mutter organisiert hatte, und davon, dass ausgerechnet Herr Bialik, also Leos Vater, in der Tombola eine KitchenAid gewonnen hatte, von denen etliche in seinem Laden standen. Der Hauptpreis, eine Reise nach Israel inklusive Schlammkur am Toten Meer, war an die Frau des Rabbis gegangen. War das ein Zufall? Einige witterten Schmu. Alfred schrieb von der schrecklichen Band, die nur öde Tanzmusik gespielt und sich geweigert hatte, einmal einen Boogie zu spielen – oder wenigstens eine Swing-Nummer.

Dann kam ihm das Louis-Armstrong-Konzert wieder in den Sinn, und er hoffte, dass die Erinnerung an das gemeinsame Erlebnis auch bei Juliette ein wenig Sehnsucht auslösen würde.

Aber im Lauf der nächsten Monate wurden die Tage wieder länger und die Briefe kürzer. Was Alfred noch vor wenigen Wochen für schier unmöglich gehalten hatte, trat ein: Langsam begann seine Liebe zu erkalten, das Feuer drohte zu verlöschen.

Grund dafür war ein neuer Treffpunkt in der Stadtmitte, wo sich viele Jugendliche einfanden: das »Shepherd's«! Es war ein düsteres Hinterhaus auf einem Trümmergrundstück, das Vorderhaus existierte nur noch als Fassade. Das »Shepherd's« lag in der Schäfergasse, daher der Name. Die beiden Eigentümer des Tanzschuppens waren zwei unternehmungslustige junge Männer, mit denen sich Alfred bald anfreundete.

Karl Lindner, der sich »Charly« nannte, war im Brotberuf Anzeigenvertreter bei der »Frankfurter Rundschau« und fuhr einen Chevy Bel Air. Er war ein Beau. Groß und dünn, hatte Schlafzimmeraugen und sprach stets leise. Er war ernst und zugeknöpft, das wirkte seriös. Aber er zeigte ab und zu ein schiefes, abschätziges Lächeln und zog die Frauen damit magisch an.

»Joe« Reichenbach, der eigentlich Jürgen hieß, studierte Medizin und besaß eine Vespa, das war auch schon etwas in dieser Zeit. Während Charly wenig sprach, war Joe derjenige, der die Frauen zuquatschte, sie »zerredete«, wie sein Geschäftspartner es bissig nannte.

Während Charly bereits zur Sache kam, redete Joe und redete. Laut und ausschweifend. Er berichtete von der Halbwelt, in der er verkehrte, kannte verrufene Orte und Namen, die man nur hinter vorgehaltener Hand aussprach.

Dieser Blick in die Abgründe Frankfurts war verführerisch. Man kannte jemanden, der die wichtigen Leute kannte. Daher glaubten die jungen Damen dazuzugehören. Joe war ein langer rotblonder Mensch, der stets einen schwarzen Hut trug, eine dunkle Sonnenbrille, enge Anzüge und gebückt ging. Das gab ihm etwas Unverwechselbares. Doch er musste einsehen, dass Charly begehrter war. Sein Schweigen gab ihm etwas Geheimnisvolles, ja Verwegenes. Die Mädchen spürten, dass er mit seinen Gedanken nicht ganz bei ihnen war, und das schien zu wirken wie Fliegenleim.

Bei einer seiner Akquisitionstouren war Charly auf diesen Laden gestoßen, und anstatt dem Besitzer eine Werbeannonce zu verkaufen, verkaufte dieser ihm das Lokal. Charly hatte kein Geld, aber kannte Joe, der aus einer wohlhabenden Arztfamilie stammte und das Geld einschoss.

Das »Shepherd's« wurde in wenigen Wochen zu einem Eldorado der Jugend. Hier traten Amateurbands auf, man spielte vor allem Jazz. Aber man hörte hier auch diesen neuen, verrückten Rock'n Roll, der unaufhaltsam aus Amerika herüberschwappte. Klar, dass Alfred als eifriger AFN-Hörer bereits Rock'n Roll Musik gehört hatte, aber hier in dieser düsteren, geheimnisvollen Höhle, wo die Jugendlichen Jeans, weiße Hemden, dünne Krawatten, Jacken oder Trenchcoats mit hochgestelltem Kragen und Sonnenbrillen trugen, hörte er zum ersten Mal bewusst Bill Haley and his Comets, und hier musste eine Entscheidung fallen: Entweder wollte man weiter das spießige, eintönige Leben der Erwachsenen imitieren, oder man hatte den Mut für etwas Neues. Koteletten mit Tolle oder nicht, das war die Frage. Alfred war hin- und hergerissen zwischen den Verführungen dieser verrückten Welt und seiner biederen Geborgenheit.

Am Anfang noch hatte er das Gefühl, Verrat zu üben gegenüber seiner Juliette, die irgendwo in der unwirtlichen, felsigen Einöde des Kantons Waadt in einer uneinnehmbaren Festung saß, fernab jeglicher Zivilisation. Aber mit der Zeit lernte er junge Mädchen kennen, die Kati, die Biggy, die Evi und die Uschi, und siehe da, auch sie waren hübsch und reizvoll.

Das »Shepherd's« war offiziell erst für Jugendliche ab achtzehn Jahren erlaubt, aber da Alfred ein langer Schlacks war und auch sonst einen reifen Eindruck machte, wurde er bald Stammgast.

Durch seine Kontakte zu den Amis konnte er immer wieder neue aktuelle Hits besorgen, und so schleppte er »Shake, Rattle and Roll«, »I Got so Lonely«, »Clap your Hands«, aber auch »Bag's Groove« von Miles Davis oder »Folk Blues« von John Lee Hooker, zum Teil noch auf Schelllack, ins »Shepherd's«.

Das Lokal hatte nur dreimal geöffnet: Freitag, Samstag und Sonntag. In der Woche musste Joe studieren und Charly arbeiten, um Geld für sein Lokal zu verdienen. Alfred hatte manchmal den Eindruck, dass die beiden den Laden nur hielten, um immer wieder neue Frauen kennenzulernen. Nach der Polizeistunde saßen die beiden Besitzer noch gern mit Mädels und Stammgästen zusammen.

Die zwei Freunde Charly und Joe nannten sich »die Meister«. Sie sagten niemals, wir machen jetzt Feierabend oder gehen jetzt dort oder dort hin, sondern sie sagten: Die Meister machen jetzt Feierabend. Die Meister gehen jetzt dort hin. Die Meister nehmen noch einen Drink. Die Meister rauchen noch eine.

Als Charly eines Tages Alfred vor dem »Shepherd's« in den Arm nahm, ihn freundlich drückte und fragte: Was hältst du davon, wenn die Meister jetzt nach Wiesbaden fahren?, da war es für den Jungen, als würde er geadelt. Er gehörte nun dazu.

Einmal nahm Alfred seinen älteren Bruder mit in diese Unterwelt.

Für den biederen Moritz war es eine Erfahrung, auf die er gern verzichtet hätte. Die Musik war so laut, dass man sein eigenes Wort nicht verstand, und die zwei jungen Männer, die ihm Alfred vorstellte, so meinte er, waren es nicht wert, kennengelernt zu werden.

Dein Bruder scheint mir ein wenig hochmütig, mit Verlaub, ich habe den Verdacht, er hält sich für was Besseres, meinte Joe, der sich gern gewählt ausdrückte und ein gutes Gespür für Menschen hatte.

Alfred verneinte vehement und sagte:

Er ist nur etwas zurückhaltend.

Doch er nahm sich vor, in Zukunft auf Moritz' Begleitung zu verzichten. Ihm war es peinlich, dass er für seinen Bruder eine Gebrauchsanweisung parat haben musste.

Obwohl ein Rennrad nicht dazu angetan war, einen bleibenden Eindruck bei jungen Damen zu hinterlassen, war Alfred beliebt. Er war intelligent und witzig, und wenn er mit Mädels in Kontakt kam, konnte er punkten.

Das war besonders dann gegeben, wenn die Meister mit einer ihrer Freundinnen Schluss gemacht hatten, was wöchentlich der Fall war. Alfred hörte sich dann stundenlang Wutausbrüche, Verzweiflung, Weltschmerz, kurz, den Liebeskummer einer jungen Frau an. Und weil er Ruhe ausstrahlte und Verständnis vorgab, kam es vor, dass er Moni, Hilde, Susi oder Gerti nach Hause begleiten durfte.

Das war seine Spezialität. Dann hielt er die schniefenden jungen Damen fest im Arm, schob sein Rad, und schlenderte mit ihnen nach Bockenheim, nach Eckenheim oder Bornheim. Mit seiner hausgemachten Psychologie erklärte er den jungen Damen den vielschichtigen Charakter von Charly und Joe und den Männern schlechthin.

Bist du auch so?, fragten die Mädchen dann oft verheult und erschrocken, und Alfred verneinte.

Kurz nachdem er Rilke zitiert hatte, kam es in dunklen Hausfluren zu heißen Küssen, es wurde ein wenig gegrabscht, aber mehr passierte nicht.

Es war wieder einmal spät geworden. Einige Gäste hingen noch am Tresen herum oder fläzten sich auf Stühlen, die an der schwarz gestrichenen Wand entlang aufgestellt waren. Ein einsames Pärchen tanzte noch einen Blues. Sie war ein »Fraulein«, er ein schwarzer GI. Alfred saß mit den beiden Inhabern am »Meistertisch«, als die Tür schwungvoll geöffnet wurde und zwei junge Frauen kichernd und ausgelassen das Etablissement betraten. Sie sahen sich für einen kurzen Augenblick um, dann kamen sie zum Tresen. Charly erhob sich und fragte nach ihren Wünschen.

Sekt!, rief die eine.

Joe und Alfred wurden aufmerksam.

Ja, sagte die andere, es gibt was zu feiern.

Schon als Alfred diese Stimme hörte, war es um ihn geschehen! Ein Klang wie ein Frühlingsmorgen. Und dann sah er zum ersten Mal diese grünen Augen, den kirschroten Mund, das wunderbare, engelsgleiche Gesicht, das rötliche Haar. Wenn es so etwas gibt wie Liebe auf den ersten Blick, so war es das!

Auch die junge Frau drehte sich zu Alfred um, der jetzt schräg hinter ihr stand. Sie schaute zu ihm auf, lächelte und sagte:

Na? Wer sind Sie denn?

Guten Abend, sagte Alfred und räusperte sich, mein Name ist Alfred Kleefeld, und mit wem habe ich das Vergnügen?

Carla Lombardi, sagte die junge Frau und reichte ihm die Hand.

Alfred war hingerissen. Er nahm ihre Hand und wiederholte:

Carla Lombardi. Das klingt ja wie aus einer Oper von Puccini.

Die andere Frau lachte:

Ganz warm, sagte sie.

Charly stellte inzwischen den Sekt und zwei Gläser auf den Meistertisch und bat die Damen mit einer Handbewegung Platz zu nehmen.

Die setzten sich und winkten die drei Männer herbei.

Lassen Sie uns anstoßen!

Carla hatte tatsächlich allen Grund, zu feiern. Sie war heute am Frankfurter Opernhaus als Gesangselevin aufgenommen worden. Ihre Freundin Ingelore, eine junge Schauspielerin, hatte sie auf die Prüfung vorbereitet, ihr die Daumen gedrückt, und es hatte funktioniert.

Die Meister und Alfred merkten sofort, dass diese Mädels anders waren, und benahmen sich entsprechend zurückhaltend und kultiviert. Joe und Charly hatten außerdem erfasst, dass es bei Alfred gefunkt hatte, und unterstützen ihn, wo sie nur konnten. Sie schwärmten den Frauen gegenüber von seiner Intelligenz, seinem Charme, und es gab nur einen Schwachpunkt:

Freddy ist leider Jude, sagte Joe ironisch, und Carla strahlte.

Ich auch, meinte sie, jedenfalls zur Hälfte.

Die obere oder die untere?, fragte Alfred schlagfertig, und alle lachten

Es war schon lange nach Mitternacht, als sich Carla bei Alfred untergehakt hatte und die beiden die dunkle, endlose Wolfsgangstraße entlanggingen.

Zuerst hatten sie Ingelore gemeinsam nach Hause begleitet, die nicht weit vom »Shepherd's« wohnte und die wusste, dass der Abend für ihre Freundin noch nicht vorbei war.

Lombardi ist der Mädchenname meiner Mutter, sagte Carla, ich heiße Adler. Mein Vater ist Joseph Adler, ein Musiker …

Joseph Adler war ein jüdischer Kontrabassist, der viele Jahre bei den Berliner Philharmonikern gespielt hatte. 1932, anlässlich eines Auftritts in Mailand, setzte er sich ab und blieb in Italien.

Der berühmte Dirigent Arturo Toscanini engagierte ihn auf der Stelle. An der Scala lernte Adler die junge Sängerin Adriana Lombardi kennen, und ein Jahr später kam Tochter Carla zur Welt. Vier Jahre danach emigrierte Toscanini in die USA und nahm einige seiner Lieblingsmusiker mit. Zu denen gehörte auch Adler. Der hatte zwar vor, seine kleine Familie hinüberzuholen, aber es kam nicht dazu. Um ihre Tochter vor dem Zugriff der Faschisten zu schützen, ließ sich Frau Lombardi scheiden und verbrachte die Kriegsjahre mit Carla bei ihrer Familie in der Toscana. Joseph schickte derweil Pakete aus New York.

Nach dem Krieg kam das NBC-Orchestra mit Toscanini und dessen Schwiegersohn, dem Pianisten Vladimir Horowitz, zu einem Benefiz-Gastspiel in die Scala, aber Adriana und Joseph hatten sich auseinandergelebt, die Gemeinsamkeiten waren verschwunden. Nur um die Tochter kümmerte sich Joseph weiterhin, so gut er konnte, und interessierte sich für ihre Entwicklung. Vor zwei Jahren, nachdem sie achtzehn geworden war, begann sie ein Musikstudium und eine Gesangsausbildung zur Opernsopranistin. Ihr Vater hatte gute Verbindungen zur Frankfurter Oper, die für ihre Gesangspädagogik berühmt war.

Daher, so dachte er, könne es Carla nicht schaden, wenn sie mal nach Deutschland ginge. Zumal er eine Cousine in Frankfurt hatte, Tante Adele.

Und vor deren Wohnhaus standen jetzt Carla und Alfred und hielten sich an den Händen. Sie lächelten sich scheu an. Dann zog sie ihn hinter die hohe Buchsbaumhecke und küsste ihn leidenschaftlich.

Baby bemerke es zuerst, dass ihr Sohn sich verändert hatte. Er war beängstigend gut gelaunt und fast überaktiv. Er erledigte die Hausaufgaben, ohne zu murren, war hilfsbereit und zeigte ein ungeahntes Interesse für die italienische Oper. Auch seinem älteren Bruder wurde er suspekt, und Onkel David fürchtete, einen Kinokumpan zu verlieren, denn

Alfred verschwand jetzt immer öfter an den Wochenenden, ohne zu sagen, wohin.

Freddy ist verliebt, sagte Baby eines Tages zu ihrem Freund.

Meinst du?

Eine Mutter spürt das.

Bubele, weißt du, was mir auffällt?, sagte David eines Abends während einer der selten gewordenen Schachpartien.

Ja, antwortete Alfred.

Und? Wirst du es ihr sagen?

Alfred war unsicher.

Sie brachen die Partie ab.

David zündete sich eine Zigarette an.

Gibt es eine andere?

Ja.

Möchtest du darüber sprechen?

Ich bin wahnsinnig verliebt. Das kannst du dir nicht vorstellen. Ich meine, in deinem Alter …

Warum denkt ihr jungen Leute immer, dass nur ihr das Privileg habt, verliebt zu sein. Das kann jedem immer und überall passieren. Das Zittern, die Aufregung, das Herzklopfen. Auch einem alten Kacker wie mir. Was glaubst du?

Tatsächlich?

Ja, stell dir vor! Also, wer ist es? Kenne ich sie?

Nein. Sie ist drei Jahre älter als ich …

Das kann erst mal nicht schaden. Da lernst du was. Und was macht sie?

Sie ist Sängerin. Opernsängerin. Also, sie studiert das gerade.

Das hört sich doch gut an. Und woher kommt sie?

Aus Italien.

Aus Italien!

Alfred zelebrierte den Namen förmlich:

Sie heißt Carla. Carla … Lombardi!

Was du sagst!

Ihr Vater heißt Adler.

Klingt sehr »katholisch«.

Ja, er ist Jude. Er lebt in Amerika.

Und was macht er? Ist er wenigstens reich?

Keine Ahnung. Er ist Bassist bei Toscanini.

Nebbich. Wenn er wenigstens Geiger wäre. Wer kennt schon Bassisten?

Nach einer Pause sagte Alfred leise:

Onkel David?

Hm?

Würde es dir was ausmachen, morgen Nachmittag mal nicht in deine Wohnung zu kommen?

Ah, verstehe. Damenbesuch!

Alfred wurde verlegen.

Ja, ich wollte Carla gern mal …

… die neue Lesemappe zeigen. Stimmt's?

Alfred nickte und lächelte.

Danke.

Geht in Ordnung. Auch wenn du es nicht für möglich hältst: Ich war auch mal jung!

Als es klingelte, war Alfred schrecklich aufgeregt, aber er versuchte es zu verbergen. Er drückte den Türöffner, hörte wie die Haustür aufging und vernahm dann die Schritte auf der Treppe. Er stand in der Wohnungstür, als Carla um den

Treppenabsatz kam, dann schneller wurde und ihm förmlich in die Arme flog. Mit der Hüfte schloss er die Tür, während sie sich leidenschaftlich küssten.

Eng umschlungen gingen sie ins Wohnzimmer, wo Alfred auf dem Couchtisch die Tortenstücke platziert hatte, daneben ein paar Flaschen Coca-Cola. Aus der Phonotruhe erklang Benny Goodman mit seiner Big Band.

Möchtest du ein Stück Torte?, fragte Alfred.

Später vielleicht, sagte sie.

Carla schaut sich um.

Wo geht es da hin?

Ins Schlafzimmer, erklärte Alfred.

So?

Sie lachte und fiel ihm wieder um den Hals.

Willst du mir das nicht zeigen?

Gern, murmelte Alfred unter ihren leidenschaftlichen Küssen.

So tanzten sie förmlich durch die Tür ins Schlafzimmer.

Während Carla sich auf das Bett fallen ließ, ging Alfred zum Fenster und ließ den Rollladen herunter. Nur durch die Ritzen kam noch Tageslicht in den Raum. Als Alfred sich umdrehte, sah er, dass ein Lichtstrahl das schöne Profil von Carla traf. Sie streckte ihm einladend ihre Arme entgegen und sagte leise:

Nun komm schon.

Als David am Abend in sein Wohnzimmer kam und das Licht anmachte, entdeckte er die unberührte Kuchenplatte. Schwarzwälder Kirsch, Sachertorte, Nuss-Sahne und Käsekuchen! Köstlich, sagte er zu sich und nahm sich ein Stück. Dann schlug er die »Revue« auf. Das doppelseitige Riesen-Kreuzworträtsel war noch unangetastet. Der Abend war gerettet.

In den Osterferien fuhr Carla nach Mailand, um ihre Mutter zu besuchen. Außerdem wollte sie in der Scala ein Konzert mit Renata Tebaldi erleben, der Sopranistin, die ihr großes Vorbild war. Alfred vermisste sie zwar jetzt schon, aber drei Wochen ohne Carla waren auszuhalten.

Juliette kam über Pessach nach Hause. Alfred kam sich schäbig vor, weil er immer noch sein Geheimnis hütete und Juliette sicher dachte, alles sei wie vorher. Außerdem war er gar nicht sicher, ob und wie er sie sehen konnte und inwieweit Frau Lubinski den Bann gelockert hatte. Deshalb war er einigermaßen überrascht, dass er und seine Mutter, David und Moritz von den Lubinskis zum Seder eingeladen wurden! Alfred war erstaunt, dass sich der Anwalt offenbar zu Hause mal was zu sagen getraut hatte.

Jedenfalls machten sich alle fein und fuhren gegen Abend zur Villa der Lubinskis. Während der Fahrt wurde festgelegt, welche Themen auf keinen Fall angeschnitten werden sollten: Juliette und Alfred, der Zustand der heutigen Jugend im Allgemeinen und der Niedergang der jüdischen im Besonderen. Auch dass Religion Opium fürs Volk sei, war tabu. Am besten, man sprach über die alten und neuen Nazis. Da konnte Lubinski filibustern. Das war unverfänglich.

Der Empfang war freundlich, überschwänglich ist anders. Frau Lubinski war ja von jeher eine reservierte Person, doch auch Juliette war zweifelsfrei angehalten worden, sich zurückzunehmen. Lediglich der Anwalt verhielt sich aufgeräumt und gönnerhaft wie immer. Während die Erwachsenen und Moritz im Salon den Aperitif nahmen, zogen sich Juliette und Alfred nach einem strengen Genehmigungsblick der Hausherrin ins Kinderzimmer zurück, das sich nicht verändert hatte.

Es hatte immer noch diesen rosa-weißen Zuckerbäckercharme. Selbst in der Ecke stand noch das Kasperletheater. Nur die Stühle waren inzwischen höher. Schleiflack, Louisseize. Alfred fühlte sich unwohl und wäre lieber im Salon geblieben, um unangenehmen Fragen ausweichen zu können. Denn er musste an Carla denken, an ihre leidenschaftliche Liebe und was sie wohl sagen würde, könnte sie ihn hier sehen, in dieser Puppenstube mit einer wohlerzogenen, unschuldigen, jüdischen Tochter.

Juliette kam gleich zur Sache, was ihn überraschte. Sie hatte bemerkt, dass seine Briefe weniger und kürzer geworden waren. Sie bat ihn, ehrlich zu sein und ihr zu sagen, wie es um seine Gefühle beschaffen sei. Zuerst eierte Alfred herum, er sagte, wie froh und glücklich er doch wäre, sie zu sehen, aber sie ließ ihn damit nicht davonkommen.

Freddy, du liebst mich nicht mehr, ich spüre das!

Alfred schluckte. Sah man es ihm an?

Ich will, dass wir ehrlich zueinander sind, sagte Juliette, denn ich empfinde auch nicht mehr das Gleiche für dich!

Das war für Alfred der Hammer! Er hätte erleichtert sein können, aber war tief getroffen.

Gibt es einen anderen?, fragte er vorsichtig.

Nein, aber ich bin eine andere geworden, sagte Juliette.

Wahrscheinlich schaute er sie blöd an, denn sie sagte direkt:

Ich werd's dir erklären: Unsere Beziehung hemmt mich. Das ist mir im Internat klar geworden. Ich merke, dass ich immer für uns beide denke. Schule, Ferien, Zukunft. Bei allem bist du mit dabei, und das ist nicht gut für mich. Meinen Freundinnen gegenüber komme ich mir manchmal vor wie eine verheiratete Frau. Die anderen machen Pläne fürs Reisen, für ihr Studium, für das Leben. Die erträumen sich etwas, die warten noch auf etwas Unbekanntes. Und ich? Ich habe einen festen Freund in Frankfurt. Na, toll! Einer, der hier sein Leben lebt und auch nicht glücklich ist, weil er sich verpflichtet und gebunden fühlt, ich weiß das. Und irgendwann wird die Liebe in Ablehnung umschlagen.

Mein Gott, dachte Alfred, dass sie klug ist, das habe ich immer gewusst, aber das hier? Das war eine Lektion in Psychologie, die ihn umhaute.

Er konnte sich nicht zurückhalten, und seine Augen wurden wässrig. Aus Trauer, aus Schmerz, aus Erkenntnis der Wahrheit. Sie strich ihm liebevoll über die Wange und sagte:

Freddy, du bist und bleibst mein liebster Freund, aber du lebst dein Leben, ich meins. So ist das.

Ich habe ein Mädchen kennengelernt, hörte sich Alfred plötzlich sagen.

Juliette lächelte.

Das habe ich mir gedacht, sagte sie.

Kinder! Seder!, vernahm man Almuts Stimme auf dem Flur.

Wir kommen!

Sie standen sich gegenüber und hielten sich an den Händen. Dann nahmen sie sich fest in die Arme.

Es war wie ein Abschied von der Kindheit.

Alfred, der nicht religiös war, empfand trotzdem eine wohltuende Wärme, als er mit den anderen im großen Speisezimmer der Lubinskis an der langen Tafel saß. Nach dem Gespräch mit Juliette fühlte er sich traurig und erleichtert zugleich.

Am oberen Ende thronte Dr. Dr. Jean Lubinski und führte durch das umfangreiche Programm, das nichts für Menschen war, die Hunger hatten. Ein Sederabend konnte sich mit etwas Pech viele Stunden hinziehen. Seder heißt auf Hebräisch »Ordnung«.

An jenem Abend wird an den Auszug der Kinder Israels aus der ägyptischen Sklaverei erinnert. Der Hausherr liest aus der Haggada, die diese Erzählung aus Exodus Zwölf beinhaltet, dazu kommen Liedtexte und Kommentare zur Speisenfolge. Die Speisen haben alle Symbolcharakter. Man isst Mazzen, das ungesäuerte Brot, denn als die Juden von Moses in die Wüste geführt wurden, mussten sie sich beeilen und hatten deshalb nur Mehl und Wasser dabei.

Man trinkt vier Becher Wein wegen der vier Elemente der Erlösung, man taucht Petersilie in Salzwasser, um an die Tränen der Versklavten zu erinnern. Auf dem Sederteller in der Mitte befinden sich außerdem Sellerie und Radieschen als Frucht der Erde, dann Bitterkraut als Zeichen der Bitterkeit in der Knechtschaft, Charoset, eine Mischung aus geriebenem Apfel, Datteln und Mandeln, die an den Lehm erinnern soll, aus dem die Sklaven Ziegel herstellen mussten, ein Ei zum Zeichen der Zerbrechlichkeit des Lebens. Außerdem gibt es immer einen Platz am Tisch, der frei bleibt, an dem ein Glas Wein steht und eine Mazze liegt, bestimmt für den Propheten Elija. Falls er denn kommt …

Der Jüngste am Tisch stellt Fragen, die dann von den Erwachsenen beantwortet werden, wie beispielsweise:

Was unterscheidet diese Nacht von allen anderen Nächten?

Vorher waren wir gebeugt, aber in dieser Nacht sitzen wir angelehnt als freie Menschen.

Als Juliette ihre Fragen stellte, war schon die Hälfte des Abends vorbei. Alfred saß ihr gegenüber. Sie lächelte ihn hin und wieder an, und selbst Frau Lubinski sah zeitweise freundlich zu ihm herüber. Vermutlich war sie über alles informiert und wusste genau, dass die Gefahr gebannt war. Wieder musste Alfred an Carla denken und war stolz, dass so eine Frau ihn liebte. Was er mit ihr erlebte, konnte keiner hier im Raum auch nur erahnen. Keiner hatte vor ihm je so ein Glück erfahren.

Alfreds Mutter sang und betete lautstark mit, sie kannte alles auswendig, ihr machte keiner in religiösen Dingen etwas vor, so wie es sich für eine echte Konvertitin gehörte. David und Moritz murmelten ihre Gebete herunter und hofften wie Alfred, dass es bald etwas Handfestes zu Essen gab.

Frau Lubinski hatte eine Fußklingel, auf die sie trat, wenn Almut erscheinen sollte, und Alfred war erleichtert, den Ton zu hören, denn kurze Zeit später wurde endlich die Mazzeknödelsuppe aufgetragen.

Gegen Mitternacht wurde zum Abschluss das Lied »chad gadja« gesungen, das Lied vom fatalen Kreislauf des Lebens:

Ein Lämmchen, ein Lämmchen,
das mein Vater für zwei Münzen gekauft hat,
ein Lämmchen, ein Lämmchen.
Da kam die Katze

und fraß das Lämmchen,
das mein Vater für zwei Münzen gekauft hat,
ein Lämmchen, ein Lämmchen
und so weiter bis zum Schluss, denn …
Da kam der Ewige
und rief den Todesengel,
der den Schächter rief,
der den Ochsen tötete,
der das Wasser trank,
das das Feuer löschte,
das den Stock verbrannte,
der den Hund schlug,
der die Katze biss,
die das Lämmchen fraß,
das mein Vater für zwei Münzen gekauft hat,
ein Lämmchen, ein Lämmchen.

Alle hatten sich erhoben, tranken Wein und wünschten sich »gut jontef«, schöne Feiertage. Die Lubinskis, so war sich Alfred sicher, würden nun acht Tage lang kein Brot anrühren und den Pessachregeln folgen. Er dagegen freute sich schon wieder auf eine Rindswurst mit einem knackigen Brötchen.

Als man sich auf dem Flur verabschiedete, zog Frau Lubinski Alfred plötzlich am Arm zur Seite und sagte leise:

Freddy, sei mir nicht mehr böse wegen der Ohrfeige. Es tut mir leid.

Alfred war sichtlich bewegt, schluckte und antwortete:

Ist schon okay, Frau Lubinski.

Sie strich ihm liebevoll mit der Hand über die Wange, hielt ihn dann am Kinn fest, sah ihn lange an und meinte schließlich:

Du bist ein guter Junge, das weiß ich.

Noch nie hatte er diese Frau so weich erlebt, und das verwirrte ihn.

Nu, fragte David, als sie nach Hause fuhren, was hat die klaffte noch von dir gewollt?

Sie ist keine klaffte, meinte Alfred streng.

Entschuldige, meinte David, du hast sie selbst so genannt.

Ich habe meine Meinung geändert.

Das freut mich, sagte seine Mutter.

Die Zeit mit Carla war stürmisch und aufregend. Dann begannen die Sommerferien. Der letzte Abend, bevor sie wieder zu ihrer Mutter nach Italien fuhr, war wild und romantisch zugleich. Zunächst hatte Alfred seine geliebte Carla das erste Mal auf der Bühne gesehen und gehört. Sie hatte zwar nur eine lächerlich kleine Rolle in »Hoffmann's Erzählungen«, aber für Alfred war sie herausragend, die Beste.

Anschließend waren sie in Ingelores kleine Wohnung gegangen, die Freundin hatte sich diskret ins Kino verdrückt. Sie verstand es gut, dass die beiden ein letztes Mal zusammen sein wollten.

Alfred war am Tag von Carlas Abreise niedergeschlagen, und als er sie zum Bahnhof begleitete, wurde ihm das Herz so schwer wie ihr Koffer, den er trug. Er löste eine Bahnsteigkarte, ging mit ihr am Zug entlang und schaute in die Fenster, auf der Suche nach einem freien Platz.

Er half ihr, einen Fensterplatz zu finden, legte den Koffer ins Gepäcknetz und nahm sie lange und fest in den Arm. Dann erschien eine ältere Dame im Abteil, und Carla brachte ihren Freund noch an die Tür.

Es wird alles gut, sagte sie und strich ihm liebevoll über das Haar. In ein paar Wochen bin ich wieder da. Nach deinem Abitur gehst du auf die Schauspielschule, und wir ziehen zusammen.

Alfred lächelte. Ja, so würde es sein.

Als sich der Zug in Bewegung setzte, hatte Alfred Tränen in den Augen. Wie sollte er es so lange ohne seine Carla aushalten?

32.

Die Stimmung an jenem denkwürdigen Sonntag im Juli 1954 war großartig. Schon Stunden vorher hatte sich das »Unterleitner« gefüllt, Stühle wurden geschleppt und verschoben, und selbst die Kapitalisten, die bereits einen eigenen Fernsehempfänger besaßen, waren gekommen. Das Gemeinschaftserlebnis wollte sich niemand entgehen lassen. Das Finale von Bern war die Entscheidungsschlacht, die man gemeinsam mit den Ungarn schlug, obwohl man auch die nicht sonderlich leiden mochte. Die Pfeilkreuzler hatten sich schließlich während des Krieges schrecklich aufgeführt und viele Juden getötet, aber gegen die Nazis waren sie Waisenkinder.

Alfred wusste, dass die Nachkriegsjuden zwar zufrieden und unbehelligt in Deutschland lebten, dass sie mit ihren Herzen jedoch niemals Deutsche werden würden. Die Vernichtung des Jüdischen Volkes war eine Hypothek, die alle Deutschen nach dem Krieg zu tragen hatten und die auch im Lauf der Jahre nie getilgt werden konnte. Die Juden lebten zwar unter den Deutschen, mit den Deutschen lebten sie nicht. Die Mentalitäten waren zu verschieden, es gab keine gemeinsame Erinnerung. Und vor allem, es gab kein Verzeihen. Wie hätten die Lebenden im Namen der Toten vergeben können?

Alle starrten auf den winzigen Schwarz-Weiß-Fernseher, der auf einem Büfett stand. Dann kam die 84. Minute, und die Stimme des Reporters Zimmermann war zu hören:

... Schäfer nach innen geflankt. Kopfball ... abgewehrt. Aus dem Hintergrund müsste Rahn schießen ... Rahn schießt ... Tooor! Tooor! Tooor! Tooor!

Die Atombombe von Hiroshima hatte nicht mehr Verheerungen anrichten können! Die Menschen saßen starr, wie unter Schock.

Nur zwei Kinderstimmen waren zu hören:

Tor! Tor für uns!

Micky und Marian sprangen herum und verstanden es nicht, warum sich niemand über das Tor freute. Was war da los? Warum schauten alle so wütend zu ihnen herüber?

Max Holzmann versuchte unbeholfen seinen Sohn zu entschuldigen.

Was kann er wissen ...?

Und Juwelier Perlmann meinte verlegen:

Er ist doch noch ein Kind.

Zimmermann schrie einige Minuten später mit vor Rührung bebender Stimme:

Aus! Aus! Das Spiel ist aus! Deutschland ist Weltmeister!, Es herrschte eine Stille, die wehtat.

Die Deutschen hatten den Zweiten Weltkrieg doch noch gewonnen! Stalingrad war nur die Ouvertüre gewesen zu einer finalen Schlacht, die in einem Stadion in Bern entschieden wurde. Die Ungarn hatten es in der Hand gehabt, den Deutschen ihren Platz in der Welt zu zeigen. Aber dieses merkwürdige, sperrige Volk hatte sich aufgebäumt, im strömenden Regen, gegen eine Übermacht, wie einst im Morast des Teutoburger Waldes, hatte den Bruchteil einer Sekunde genial genutzt:

Welt, sieh, wir sind wieder da!

Das rhythmische Autohupen, das von der Straße zu hören war, brachte die traumatisierten Juden in die Wirklichkeit zurück. Nicht nur Max Holzmann hatte Tränen in den Augen. Und damit niemand das bemerkte, ging er zum Fenster, schob die verrauchte Gardine zur Seite und sah nach draußen durch die regennasse Scheibe.

Alfred konnte sehen, wie der kleine Micky von hinten kam und stumm die Hand seines Vaters ergriff. Er spürte, dass etwas Ungewöhnliches passiert sein musste. Hatte es mit ihm zu tun? Hatte er am Ende diesen Schmerz verursacht?

Holzmann beugte sich liebevoll hinunter und nahm seinen Sohn auf den Arm.

Onkel David trat neben die beiden.

Alfred kam von hinten und legte ihm die Hand auf die Schulter.

Alle schauten auf den Platz, wo sich wildfremde Menschen im Regen glücklich in den Armen lagen.

Wer weiß, sagte David, vielleicht ist das gar nicht so schlecht …

Er hatte recht.

Es war in der Tat gar nicht so falsch, dass sie gewonnen hatten, meinte David irgendwann etwas später, denn sie zeigten der Welt das Bild eines neuen, jungen, aufstrebenden Deutschlands. Die ältere Generation war schuldig geworden, hatte ihr Leben verpfuscht. Und obwohl die Politiker noch aus dieser Generation kamen, waren es die jungen

Menschen, Frauen und Männer, die anpackten, die unbelastet waren und eine neue Zeit einforderten.

Wenn die Teilacher in den folgenden Wochen unterwegs waren, konnte es passieren, dass Kunden ihnen sogar ein Getränk spendierten, weil Deutschland gewonnen hatte. Langsam gewöhnten sie sich daran und ließen es geschehen. Sie mussten damit leben oder gehen. Auf jeden Fall konnten sie noch einmal durchstarten, sie boten »weltmeisterliche« Preise, ihre Wäschekollektionen hießen »Rahn« und »Fritz Walter«.

Selbst Fränkel hatte großen Erfolg mit seinem Teppichmodell »Bern«. Erst nach den Sommerferien ebbte die Euphorie etwas ab.

Fränkel hatte Alfred zu einem abendlichen Treffen gebeten. So war Alfred entsprechend aufgeregt, als er sich nach Ladenschluss im Teppichladen einfand. Zurzeit nahm ihn das letzte Schuljahr vor dem Abitur ziemlich in Beschlag, sodass er dort nicht mehr aushalf.

Fränkel öffnete mit einem Schlüssel die Schublade seines Schreibtisches und holte eine Mappe hervor. Er schlug sie auf. Alfred erkannte auf den ersten Blick am Papierformat, dass es sich um ein US-Dokument handeln musste.

Fränkel klopfte mit der Hand auf den Papierstapel und sagte:

Freddy, ich möchte, dass du das hier liest. Aber du musst es für dich behalten, versprichst du mir das?

Na klar, Herr Fränkel. Ehrensache.

Es ist ein englischer Text. Es ist die Übersetzung einer Aussage, die ich beim US-Geheimdienst machen musste.

Vielleicht erinnerst du dich, ich war dienstags immer unterwegs …

Ja, sagte Alfred.

Da war ich beim CIA und habe das alles zu Protokoll gegeben. Es sind meine Erlebnisse während des Krieges und während meiner Verfolgung, mehr oder weniger. Ich habe die Aussage auf Deutsch gemacht, und alles wurde mit einem Tonband aufgenommen. Dann haben sie es übersetzt ins Englische, und nun muss ich überprüfen, ob alles seine Richtigkeit hat. Aber wie du ja weißt, bin ich nicht gerade ein Großmeister im Englischen, und da dachte ich, dass du eventuell …

Wie stellen Sie sich das vor?, Alfred war zögerlich, soll ich das alles auf Deutsch runterschreiben?

Nein, um Gottes willen, ich dachte, wir setzen uns hier ein paar Abende zusammen, und du übersetzt mir das aus der Lameng. Es geht ja nur darum, dass sie keine Fehler eingebaut haben, die mir nachträglich schaden könnten. Denn ich muss das am Ende, wie sagt man, absegnen und unterschreiben.

Aha, sagte Alfred.

Du sollst das auch nicht umsonst machen, damit du mich richtig verstehst …

Nein, das ist nicht nötig, Herr Fränkel, das mache ich gern.

Weißt du was, ich kaufe dir zehn Kinokarten nebenan bei Rosenzweig, was hältst du davon?

Klasse! Danke. Das nehme ich an.

Aber, wie gesagt, topsecret, mein Freund.

Er legte den Finger an die Lippen.

Sie können sich auf mich verlassen, sagte Alfred.

Gut, meinte Fränkel, dann leg mal los.

Er machte für Alfred Platz hinter dem Schreibtisch und setzte sich in einen Sessel.

Alfred begann:

Also, hier steht: In dem Fall von Fränkel, Robert. Geschäftsmann. Geboren in Posen, Deutschland, 12. Januar 1904. Jüdisch. Wohnhaft Frankfurt am Main, Kettenhofweg 35, nach Vorladung persönlich erschienen. Vernehmender Offizier: Major Howard G. Kramski. Protokoll: Sergeant Louis B. Lederman. Der zu Vernehmende wurde aufgeklärt über seine Rechte …

Und so wurde Alfred in Fränkels Geheimnis eingeweiht. Und diese Geschichte war so unglaublich und geradezu absurd, dass er manchmal vermutete, Fränkel habe das alles erfunden, um sich wichtigzumachen. Zuzutrauen war ihm das jedenfalls. Alfred bedauerte, dass er über diese Sache schweigen musste, denn er hätte Onkel David gern davon erzählt, aber er hielt sein Versprechen.

Am letzten Abend, als er die letzte Seite vorgelesen hatte, verließ Alfred Fränkels Laden gegen zehn Uhr und raste mit seinem Fahrrad zum »Shepherd's«.

Dort wartete Carla auf ihn! Sie war nach dem Sommer in Italien heute Abend nach Frankfurt zurückgekommen. Er konnte es kaum erwarten, sie endlich wieder in seine Arme zu schließen.

Als er das Lokal betrat, lief gerade »Rock Around the Clock« von Bill Haley, der Titel, der die Welt verändert hatte. Alfred winkte Charly zu, der in eine Ecke deutete. Da saß sie: seine Carla!

Alfred hatte sich wie verrückt auf das Wiedersehen gefreut, aber nun hatte er den Eindruck, dass ihr etwas auf der

Seele zu liegen schien. Sie lächelte zaghaft. Er versuchte sie aufzumuntern, zog seine zehn Kinokarten aus der Tasche und strahlte seine Freundin an.

Carla nahm seine Hände und sagte, dass sie zurück nach Mailand gehen würde, denn dort hätte sie nun die Möglichkeit, in eine Meisterklasse zu einer berühmten Sängerin zu kommen. Das war so viel mehr, als ihr Frankfurt je bieten konnte.

Alfred war wie unter Schock. Er schlug ihr sogleich vor, alles stehen und liegen zu lassen und mitzukommen, aber sie beschwor ihn, hierzubleiben und erst einmal sein Abitur zu machen.

Aber ich will doch Schauspieler werden, dafür brauche ich kein Abitur, widersprach er.

Sie strich ihm über das Gesicht.

Bitte, sagte sie leise, tu's für mich.

Wann fährst du?, fragte er.

Übermorgen, sagte sie.

Die Freude und das Glück waren verflogen.

Auf dem Heimweg sprachen sie kaum ein Wort miteinander.

Epilog

Drei Monate später starb Dr. Dr. Jean Lubinski! Aus der Mitte des Lebens, wie es pathetisch hieß, herausgerissen. Wenn das Leben ein Fünf-Gänge-Menü wäre, dann hatte Lubinski kurz nach der Hauptspeise das Zeitliche gesegnet, noch bevor er sich von der überreichen Käseplatte bedienen, dazu frische Feigen essen und einen Château d'Yquem genießen konnte. Und auch das köstliche Dessert war ihm verwehrt geblieben: Birne Helene mit geeisten Vanille-Profiteroles, darüber heiße Schokoladensoße. Danach einen alten Rémy Martin und dazu eine Romeo y Julieta No. 2, die ihm seine Tochter angezündet hätte. Aber dazu kam es leider nicht mehr. Er erlitt in seiner Kanzlei einen profanen Herzinfarkt, und das war's. Herr Weinheber, sein rühriger Bürovorsteher, der noch Ärmelschoner trug, fand seinen Chef bereits kalt und bleich und mit offenem Mund im Sessel vor. Er rief Fuchs-Urzt nach oben, der nur noch den Tod des Anwalts feststellen konnte und auch gleich den Grund in dessen krankhaftem Übergewicht sah. Tja, er habe den Anwalt mehr als einmal gewarnt. Sie fressen sich noch zu Tode, hatte er ihm gesagt.

Gemeinsam legten sie den Anwalt auf den Boden, wie es sich für Juden gehörte, und riefen dann Frau Lubinski an. Die bekam einen Nervenzusammenbruch, und der Hausarzt Dr. Herschkowitz musste gerufen werden.

Die Herren der Chewra Kaddisha, des Beerdigungsvereins, taten sich schwer mit dem Leichnam des Anwalts, und schließlich wickelte man ihn in weiße Tücher, und vier Männer stellten ihn aufrecht in den Fahrstuhl, quetschten sich mit hinein, damit er nicht umfallen konnte.

Der überladene Lift setzte sich knirschend in Bewegung, und der Anwalt fuhr zum letzten Mal ins Erdgeschoss, wo ihn die Helfer auf eine Bahre legten und zum Leichenwagen brachten. Draußen hatte sich ein regelrechtes Spalier gebildet, und viele Anwohner aus der Nachbarschaft, aber auch zufällige Passanten standen stumm. Es hatte sich wie ein Lauffeuer herumgesprochen, dass der große Lubinski tot war. In etwa zwanzig Metern Entfernung saß der treue Ruppert auf dem Trittbrett des Maybachs, hielt sein Gesicht in den Händen und wurde von Weinkrämpfen geschüttelt.

In der folgenden Nacht reiste Juliette aus der Schweiz an, um ihrer Mutter beizustehen. Als sie das Schlafzimmer betrat, saßen einige Frauen, darunter auch Baby und Else, am Bett der tief Schlafenden. Herschkowitz hatte ihr schließlich ein starkes Beruhigungsmittel verabreichen müssen.

Wie bei Juden üblich, war bereits am nächsten Tag die Beerdigung. Der Neue Jüdische Friedhof hatte bis dato solch einen Auftrieb noch nie erlebt. Viele Hundert Menschen hatten sich eingefunden, dazu Honoratioren der Stadt, angeführt vom Oberbürgermeister. Die Elite der Justiz war vertreten. Es wurden Reden gehalten und der Verlust beklagt. Es war für die Juden in Frankfurt in der Tat ein enormer Verlust, denn wer sollte sich in Zukunft für ihre Belange ins Zeug legen? Wer hatte den Mut, sich mit den deutschen Gerichten anzulegen und unbequeme Fragen zu stellen? Mit Lubinski war ein starkes Element jüdischer Emanzipation verloren gegangen.

Eine tiefe Trauer empfanden auch David, Baby, Moritz und Alfred, als sie am offenen Grab vorbeigingen, eine Schaufel Erde auf die schlichte Holzkiste warfen und dann Mutter und Tochter kondolierten. Frau Lubinski zeigte Haltung, war hinter ihrem schwarzen Schleier kaum zu erkennen. Alfred und Juliette gaben sich die Hand, sahen sich einen Moment stumm an und ließen sich dann los.

In den folgenden sieben Tagen fand jeden Nachmittag in der Villa der Lubinskis ein gemeinsames Trauergebet statt, bei dem mindestens zehn erwachsene Männer anwesend sein mussten. Aber wie man sich denken konnte, war der Salon übervoll, so viele wollten kommen und des Verstorbenen gedenken. Auf einer Matratze saßen Frau Lubinski und Juliette und schwiegen in tiefer Trauer, während eine verheulte Almut herumlief und den Gästen Kuchen und süßen Wein offerierte. Auch David und Alfred kamen täglich.

Am letzten Abend der Trauerwoche sprachen Juliette und Alfred im Hausflur noch einmal miteinander. Er war davon überzeugt, dass sie nun aus dem Internat zurückkäme, um bei ihrer verwitweten Mutter zu leben, zumal diese ja bekanntermaßen zur Schwermut neigte. Aber Juliettes Rigorosität überraschte ihn. Nein, sie hatte nicht die Absicht, die Schweiz zu verlassen. Sie fühle sich inzwischen wohl auf ihrem Zauberberg und ihre Mutter habe ja Almut und Ruppert, also genug Personal, das sich um sie bemühen würde. Und wie sie so an der Treppe standen, umarmte ihn Juliette plötzlich und küsste ihn leidenschaftlich.

Alfred verließ die Villa völlig aufgewühlt. Er stellte den Kragen seiner Jacke hoch, steckte seine Hände tief in die Hosentaschen und marschierte in Gedanken mit langen Schritten los. Wie ein Kind versuchte er die Fugen der Gehwegplatten nicht zu berühren. Erst als er zu Hause angekommen war, bemerkte er, dass er sein Fahrrad bei den Lubinskis vergessen hatte.

Glossar

a broch ein Fluch
a glusl tei ein Gläschen Tee
arunter runter
a sach eine Menge
a stup ein Stoß
aweggenommen weggenommen
balebuste Hausfrau
beganeft bestohlen
bekowed/bekuwed gemütlich
benschen segnen
boker tov! hebr.: Guten Morgen
broche hebr.: Bracha, Segensspruch
broiges beleidigt, eingeschnappt
challe Mohnzopf
Chanukah Lichterfest
chanukia acht- oder neunarmiger Leuchter
chaverim hebr.: Freunde
dawaj russ.: Los!
emmes wirklich
effche vielleicht
erez hebr.: das Land
ganef Dieb
gewire Ausdauer
goj, Plur. *gojim* Nichtjude
Hatikva die Hoffnung. Israelische Nationalhymne
imma hebr.: Mutter
Iwrit modernes Hebräisch
jecke, Plur. *jeckes* deutscher Jude
jenne jene, auch eine
jewrej russ.: Jude
jidn Juden
jingele Jungchen
kaddisch Totengebet
kiddusch Segensspruch zum Shabat
kippa Käppchen
klaffte bissiges Weib
koberer Türsteher, Animateur
kojach Kraft
kojne, Plur. *kojnim* Kunde(n)
kto tam russ.: Wer ist da?
leikech Honigkuchen
leila tov hebr.: Gute Nacht
lobi Zuhälterbegriff für Geld
lockschnsupp Nudelsuppe
machloike, Plur. *machloikes* Machenschaft(en), Ärger, Zwist
madrichim die Erzieher, Sing. *madrich*
maiße, Plur. *maißes* Geschichte(n)
maos zur Chanukah-Lied: *Oh Fels meiner Rettung, mit Freude preisen wir Dich. Du erbaust den neuen Tempel, wo wir Dir unsere Gaben bringen, der Du unsere Feinde vernichtet hast.*
mazl tov! Glückwunsch! Wörtlich: Gutes Glück

mechaje Genuss
menorah siebenarmiger Leuchter
meschigge meschugge, verrückt
meschores Diener, Faktotum
mizwe gute Tat
moire hebr.: *mores*, Angst
nebbich bedauernswerterweise, leider
nudnik Nervensäge
panuße Geschäft
poshalujsta russ.: Bitte
pekl kleines Paket
Pessach das jüdische Osterfest
potz Wichtigtuer
Purim Karneval, Freudenfest, Dankesfest
rabotaj russ.: Arbeite!
rachmunes Mitleid
reb Kurzform für *rebbe*, Rabbiner
Schabbes Sabbath
schammes Synagogendiener
schlamassel Unglück, Pech (auch Pechvogel)
schmock Schwanz, Trottel
schmonzes Quatsch, Unsinn,
schmusen/schmisen quatschen, plaudern
schnorrer Bettler
schofar Widderhorn, sakrales Instrument
schul/schil altes jiddisches Wort für Synagoge (Schule)
Seder Gemeinsames Abendmahl, wo der Exodus gefeiert wird
sheket! hebr.: Ruhe!
smotri russ.: Sieh
spasibo russ.: Danke
spielt a roll! Spielt keine Rolle
stupn stoßen, auch bumsen
talles talith, Gebetsschal
Teilacher jidd.: Handelsvertreter, Reisender
tinnef Mist, wertloses Zeug
tuches Arsch
Ufa – Schmufa! abfällig, in dem man realen Worten ein schm… vorsetzt
Yalla! arab.: Los!
zures Sorgen

Irene Dische im dtv

»Irene Dische besitzt einen Humor, der nicht den Zeigefinger hebt, sondern angelsächsisch lustig ein Zwinkern vorzieht.«
Rolf Michaelis in ›Die Zeit‹

Der Doktor braucht ein Heim
Übers. v. Reinhard Kaiser
ISBN 978-3-423-**13839**-0
Brillante Erzählung, in der die Tochter ihren Vater in ein Altenheim bringt und der betagte Nobelpreisträger sein turbulentes Leben Revue passieren lässt.

Ein Job
Kriminalroman
Übers. v. Reinhard Kaiser
ISBN 978-3-423-**13019**-6
Ein kurdischer Killer in New York – ein Kriminalroman voll grotesker Komik.

Fromme Lügen
Übers. v. Otto Bayer und Monika Elwenspoek
ISBN 978-3-423-**13751**-5
Irene Disches legendäres Debüt: Erzählungen von Außenseitern und Gestrandeten.

Großmama packt aus
Roman
Übers. v. Reinhard Kaiser
ISBN 978-3-423-**13521**-4
»›Großmama packt aus‹ zeigt das Gesamtbild bürgerlicher Familienkatastrophen. Unbarmherzig, liebevoll, hinreißend.« (Michael Naumann in der ›Zeit‹)

Loves / Lieben
Übers. v. Reinhard Kaiser
ISBN 978-3-423-**13665**-5
Irene Disches Liebesgeschichten sind eigentlich moralische Erzählungen. Sie suchen nach Gerechtigkeit und finden sie nicht. Denn die Liebe ist zutiefst unfair.

Clarissas empfindsame Reise
Roman
Übers. v. Reinhard Kaiser
ISBN 978-3-423-**13904**-5
Um ihren Liebeskummer zu vergessen, will Clarissa nach New York reisen. Stattdessen landet sie aber in Miami, mitten in einem erhitzten Wahlkampffrühling.

Veränderungen über einen Deutschen oder Ein fremdes Gefühl
Roman
ISBN 978-3-423-**13958**-8
Die Geschichte eines Mannes, der nicht weiß, was Liebe ist – und schließlich so etwas wie die vollkommene Liebe findet.

Peter Henisch im dtv

»Peter Henisch ist ein Autor, der nicht nur zu erzählen weiß, sondern auch weiß, worüber.«
Karl-Markus Gauss in der ›Süddeutschen Zeitung‹

Die schwangere Madonna
Roman
ISBN 978-3-423-**13591**-7

Josef Urban will nichts als weg, da kommt ihm das Auto, an dem der Schlüssel steckt, gerade recht. Dass es nicht seines ist und er keinen Führerschein besitzt, berührt ihn wenig, schon eher, dass auf dem Rücksitz ein Mädchen schläft.

Die kleine Figur meines Vaters
Roman
ISBN 978-3-423-**13673**-0

Peter Henisch versucht das Leben seines Vaters zu erzählen, sich ihm anzunähern – kritisch, zuweilen ablehnend und doch mit viel Zuneigung. Ein Klassiker der österreichischen Literatur.

Eine sehr kleine Frau
Roman
ISBN 978-3-423-**13866**-6

1945, auf Spaziergängen durch das zerbombte Wien erzählt Peter Henischs Großmutter ihrem Enkel Geschichten, die für sein Leben bestimmend waren.

Schwarzer Peter
Roman
ISBN 978-3-423-**13975**-5

Peter, Sohn einer Wiener Straßenbahnschaffnerin und eines US-Soldaten, ist nicht völlig schwarz, aber schwarz genug, um ein Außenseiter zu werden – in Wien, aber auch am Mississippi.

Der verirrte Messias
Roman
ISBN 978-3-423-**14111**-6

»Im neuen Roman des mit allen heiligen Wassern der Erzählkunst gewaschenen Peter Henisch kehrt Jesus nicht nur unerkannt auf die Erde zurück, sondern gar als Heimatloser, der seiner Identität nicht sicher ist.« (Karl-Markus Gauß in der ›NZZ‹)

Mortimer & Miss Molly
Roman
ISBN 978-3-423-**14431**-5

Die Liebesgeschichte von Mortimer und Miss Molly und von Julia und Marco, die es in die Toskana verschlagen hat. Zwei Liebesgeschichten durchmischen sich in diesem heiteren, feinsinnigen Roman.

Gerhard Henschel im dtv

»Henschel ist der satirischste Realist unter den deutschsprachigen Autoren.«
Thomas Andre im ›Hamburger Abendblatt‹

Kindheitsroman

ISBN 978-3-423-13444-6

Zwischen Sandkasten und Carrerabahn – Eine tief berührende Chronik deutschen Familienalltags in der alten Bundesrepublik. Ein literarisches Fotoalbum, schöner als jede Zeitreise.

Der dreizehnte Beatle
Roman

ISBN 978-3-423-13977-9

Er hat die besten Absichten: Billy Shears, Zeitreisender aus dem 21. Jahrhundert, will die Trennung der Beatles verhindern. Doch sein Eingreifen in die Ereignisse der Swinging Sixties droht mehr zu verändern, als ihm lieb ist.

Jugendroman

ISBN 978-3-423-14079-8

Eine Jugend in den siebziger Jahren auf dem platten Land zwischen Schule, Fußball und erster Liebe. »Mehr als einmal schlägt man sich beim Lesen die Hände vors Gesicht und denkt sich: O Gott, genau so schrecklich war das ...« (Matthias Wulff in der ›Welt am Sonntag‹)

Liebesroman

ISBN 978-3-423-14124-6

1978 – die Zeit scheint stillzustehen in der emsländischen Kleinstadt Meppen. Doch die Ruhe trügt, denn in Martin Schlosser brodelt es: Morgen wird er seiner Mitschülerin Michaela Vogt endlich offenbaren, was er für sie empfindet ...

Abenteuerroman

ISBN 978-3-423-14424-7

Endlich hat Martin Schlosser eine Freundin gefunden, und schon beginnen zermürbende Beziehungsdiskussionen. Es sind die frühen 80er und Martin möchte nichts dringender, als der Kleinstadt Meppen entfliehen.

Bildungsroman

ISBN 978-3-423-14500-8

Nach seiner Studienzeit in Bielefeld zieht es Martin Schlosser ins vom Leben umtoste Berlin, wo er sich kopfüber in eine Affäre stürzt, die sein Leben für immer verändern wird.

Barbara Honigmann im dtv

»Sinnlich, lebendig, lebensklug.«
Jürgen Verdofsky in ›Literaturen‹

Alles, alles Liebe!
Roman
ISBN 978-3-423-13135-3
Mitte der 70er Jahre. Anna, eine junge jüdische Frau in Ost-Berlin geht als Regisseurin an ein Provinztheater. Zurück bleiben ihre Freunde, ihre Mutter, ihre ganze Existenz. Und nicht zuletzt Leon, ihr Geliebter.

Damals, dann und danach
ISBN 978-3-423-13008-0
Ein überaus persönliches Buch, das von vier Generationen erzählt und davon, wie eng Gestern und Heute verknüpft sind.

Ein Kapitel aus meinem Leben
ISBN 978-3-423-13478-1
Das Leben einer außergewöhnlichen Frau im Europa der Kriege und Diktaturen. Eine Tochter erzählt von ihrer Mutter: geboren 1910 in Wien, aufgewachsen im Grenzgebiet zwischen Ungarn und Kroatien, schließlich vor den Nazis nach London geflohen.

Roman von einem Kinde
ISBN 978-3-423-12893-3
Sechs literarische Erzählungen, die einen direkten Eindruck vom Leben einer im Nachkriegsdeutschland geborenen Jüdin geben.

Eine Liebe aus nichts
ISBN 978-3-423-13716-4
Zwei ineinander verflochtene Geschichten, vom Vater, dem Journalisten Georg Honigmann, seiner Tochter und deren Auf- und Ausbruch aus Deutschland und ihrer gescheiterten Liebe.

Soharas Reise
Roman
ISBN 978-3-423-13843-7
Sohara, algerische Jüdin, nach Frankreich »repatriiert«, erzählt von Lebensreisen, Exil und Aufbruch – und von einer bewegenden Emanzipation.

Bilder von A.
ISBN 978-3-423-14240-3
Die Geschichte einer großen, weitgehend unerfüllten Liebe. Ein Erinnerungs- und Nachruf an A., den bedeutenden Theaterregisseur, der ihr Lebensmensch war und der jetzt tot ist.

Bitte besuchen Sie uns im Internet: www.dtv.de

Walter Kappacher im dtv

»Walter Kappacher ist ein stiller und großer Autor.«
Iris Radisch

Selina oder Das andere Leben
Roman
ISBN 978-3-423-**13872**-7
»Das einfach erscheinende Leben als großes kosmisches Kippbild.« (NZZ)

Silberpfeile
Roman
ISBN 978-3-423-**13873**-4
Ein Roman über Motoren, V2 Raketen, Geschichte und ihre Verdrängung.

Morgen
Roman
ISBN 978-3-423-**13874**-1
Winkler, Angestellter in einer Werbeagentur, leidet unter den Widrigkeiten seiner beruflichen Existenz. Erst als er kündigt, sieht er einer abenteuerlichen Zukunft entgegen.

Der Fliegenpalast
ISBN 978-3-423-**13891**-8
Der alternde Schriftsteller H. kehrt 1924 an den Ort seiner Kindheit zurück: Bad Fusch in den Salzburger Bergen.

Ein Amateur
Roman
ISBN 978-3-423-**13965**-6
Zuerst als Motorradfahrer, dann als Schauspieler sucht Simon »das Gefühl, mehr selbst zu sein, indem er außer sich gerät«.

Wer zuerst lacht
Erzählungen
ISBN 978-3-423-**14009**-6
Vom gewöhnlichen Leben gewöhnlicher Menschen.

Rosina
Erzählung
ISBN 978-3-423-**14185**-7
Nach einem Unfall wird Rosina die schreckliche Enge ihres Daseins bewusst. Von der Anpassung des Menschen an scheinbar vorgezeichnete Lebensmuster.

Land der roten Steine
Roman
ISBN 978-3-423-**14339**-4
Ein Roman, »der die Sehnsucht nach dem sinnerfüllten (neuen) Leben ernst nimmt.« (Die Welt)

Die Werkstatt
Roman
ISBN 978-3-423-**14475**-9
Seeger fährt Stockcar-Rennen in den USA. In den Ferien in Salzburg trifft er alte Kollegen. Tagelang sitzen sie zusammen und erzählen sich von früher.